Nadia Ghulam · Agnès Rotger

Das Geheimnis meines Turbans

Als Junge verkleidet unter den Taliban

Aus dem Spanischen
von Silke Kleemann
(auf Grundlage der Übersetzung
aus dem Katalanischen von Montse Alberte)

cbt

Bei diesem Buch wurden die durch das verwendete Material und die Produktion entstandenen CO_2-Emissionen ausgeglichen, indem der cbj Verlag ein Projekt zur Aufforstung in Brasilien unterstützt.
Weitere Informationen zu dem Projekt unter:
www.ClimatePartner.com/14044-1912-1001

FSC www.fsc.org MIX Papier aus verantwortungsvollen Quellen FSC® C014496

Wir produzieren Klimaneutral ClimatePartner.com/14044-1912-1001 Druckprodukt

Penguin Random House Verlagsgruppe
FSC® N001967

Einige Namen von Personen und Organisationen in diesem Buch wurden aus Sicherheitsgründen geändert.

Die Übersetzung dieses Werks wurde gefördert durch Acción Cultural Española, AC/E

Die Übersetzerin dankt Ayeda Alavie für ihre Hilfe bei Ausdrücken aus dem Persischen und bei landeskundlichen Fragen.

Unterrichtsmaterialien zu diesem Buch sind erhältlich unter www.schullektuere.de.

3. Auflage
Deutsche Erstausgabe Juni 2021

Dieser Titel wurde vermittelt durch die Agentur
Sandra Bruna Agencia Literaria, S.L., über die Literarische Agentur SvH.

Die Originalausgabe erschien unter dem Titel »El secret del meu turbant« bei Columna Edicions, S.A., Barcelona/»El secreto de mi turbante« bei Editorial Planeta
Aus dem Spanischen von Silke Kleemann
Lektorat: Andreas Rode, München
Umschlaggestaltung: Suse Kopp, Hamburg, nach einer Vorlage von Arte & Diseño
Umschlagmotiv: Alison Wright
kk · Herstellung: ik
Satz: KompetenzCenter, Mönchengladbach
Druck: GGP Media GmbH, Pößneck
ISBN 978-3-570-31378-7
Printed in Germany

www.cbj-verlag.de

Für die mutigen Frauen in meiner Familie

AGNÈS

Für meine Mutter

NADIA

Meine Mutter schreit, während sie mit fliegenden Händen die Gips- und Zementbrocken wegräumt, die auf mich gestürzt sind. Voll Panik suchen ihre Augen nach einem Anzeichen von Leben in meinem achtjährigen Körper.

Gerade ist eine Bombe auf unser Haus gefallen. Und meine Mutter wirft sich auf mich, erstickt mit ihrem Körper die auf meinem Körper züngelnden Flammen, umarmt mich fest, um mir so wieder das Leben zu schenken. Sie achtet nicht darauf, dass sie sich selbst verbrennt, dass sie beleibt und wenig beweglich ist; sie achtet nicht auf den Rauch und die Trümmer, reißt mich in ihre Arme und innerhalb weniger Sekunden aus dem, was mein Grab hätte werden können. Erst als sie mich rausgezogen hat und sieht, dass ich noch atme, schwinden ihre Kräfte. Meine Mutter fängt unkontrolliert zu zittern an und wiederholt meinen Namen, immer und immer wieder, als könnte sie nie wieder damit aufhören: »Nadia, Nadia, Nadia, Nadia.«

Damals, in unserem Haus in Kabul, war das letzte Mal, dass meine Mutter mich bei meinem Namen nannte. Als wir wieder ein Haus besaßen, war ich der Mann der Familie.

Das verlorene Paradies

Ich duschte nicht gern, aber meine Mutter ließ sich auf keine Diskussionen ein: »Weißt du nicht, dass Mädchen, die sich nicht waschen, nachts von den Läusen geholt und in den Fluss geworfen werden?«

Die Geschichte mit den Läusen machte mir solche Angst, dass ich Tag für Tag nachgab. Ich folgte meiner Mutter ins Bad, ließ mich von ihr ausziehen und kniff die Augen fest zusammen, während sie mir Shampoo auf den Kopf spritzte und Wasser dazugab, damit viel Schaum entstand, den sie dann kräftig einmassierte. Nach dem Haarewaschen kam etwas noch Schlimmeres: das Kämmen. Ich habe schon immer stark gelocktes Haar gehabt – ein Paschtunen-Erbe von meinem Vater –, und wenn meine Mutter es mit dem Kamm zu entwirren versuchte, war das die reine Folter. Sie sang, um mich abzulenken, und zwischen meinem Wehgeschrei stimmte ich in den Refrain ein. Wir ergaben ein ziemlich komisches Duo.

Bei uns zu Hause gab es kein fließendes Wasser, doch dank unseres improvisierten, aber wirksamen Duschsystems mit heißem Wasser waren wir immer blitzsauber. Wenn ich mich mit einem großen Seufzer aus dem täglichen Reinigungsritual befreite, rannte ich in den Garten zu Zelmai, der mich zwischen Granatapfelbäumen und Pinien versteckt erwartete. Manchmal, wenn es warm war, spritzten wir uns gegenseitig mit Wasser aus dem Brunnen nass. Andere Male fingen wir Frösche und spielten, dass wir die armen Tiere impften. Der Garten war groß, voller Blumen, Pflanzen und Bäume, mit Schlupfwinkeln und Kleingetier, er war unser privates Universum. Nach drinnen ins Haus gingen wir nur, wenn wir mussten, wenn meine Mutter uns rief, weil der Gärtner, unser geliebter Onkel Ayub, schon das warme Brot fürs Frühstück gebracht hatte.

Wir Afghanen sind sehr stolz auf unser Brot, das *naan*, es ist flach, fluffig und aromatisch wie kein anderes. Zelmai riss es gern in Stücke und tauchte es in seine Tasse mit gezuckertem Tee, und ich machte ihm das immer nach. Zum Frühstück saßen wir neben meinem Vater auf dem Teppich und schauten uns dabei im Fernsehen Zeichentrickfilme an. Rund um uns herum werkelte unsere Mutter: Sie gab meinen beiden kleinen Schwestern Frühstück, bereitete unsere Schuluniformen vor, den Aktenkoffer meines Vaters, das Essen … Sie schwitzte.

»Sag mir, Zelmai *jan*, was ist die Quadratwurzel von neununddreißig?«

Zelmai *jan* (also »der liebe« Zelmai) setzte ein Pokerface auf und steckte sich schnell noch ein Stück Brot in den Mund, denn mit vollem Mund darf man ja nicht sprechen …

Mein Vater kontrollierte seinen Lernfortschritt streng,

aber mein Bruder, der schlau wie ein Fuchs war, interessierte sich viel mehr für Bollywood-Filme als für Mathematik. Manchmal brachte er mir Tänze aus den Filmen bei, die freitagabends im Fernsehen liefen. Für sich wählte er immer die Rolle des starken und gut aussehenden indischen Prinzen und ich schaute ihm bewundernd zu. Wenn mein Vater uns dabei sah, wurde er sehr wütend auf Zelmai, statt so viel mit einem kleinen Mädchen zu spielen, solle er lieber lernen und arbeiten, sagte er. Dafür schicke er ihn schließlich in die Schule, und aus demselben Grund habe er mit seinem Freund und Geschäftspartner Korban vereinbart, dass er als Lehrling im Teppichladen arbeiten könne. Zelmai antwortete »Ja, aber natürlich, Papa *jan*«, aber wenn wir allein waren, erzählte er mir immer wieder, dass er absolut keine Lust darauf habe, in einem dunklen Loch wie dem Teppichladen zu versauern. Stets suchte er nach Entschuldigungen, um vorzeitig nach Hause zu kommen, wo er den Geschichten von Onkel Ayub zuhörte oder es sich vor dem Fernseher gemütlich machte.

Ich hingegen fand die Schule toll. Ich fand es toll, meinen Stift und meine Hefte zu haben, ich fand meine Pultnachbarin toll, die Nadia hieß wie ich und das Haar zu zwei Zöpfen gebunden trug. Und wir hörten beide gern zu, wie Fräulein Shikebah die Gedichte von alten persischen Dichtern vortrug, die wir nie wieder vergessen würden:

Ich habe eine Überraschung für dich,
der Frühling ist schon da,
in den Gärten blühen die Rosen,
das Wasser glitzert im Fluss
und die Vögel jubilieren ihr Lied.

Auf einmal unterbrach der Schlussgong den Zauber, und alle verabschiedeten sich respektvoll von der Lehrerin und stürmten nach Hause. Ich blieb im Schulhof und wartete auf Zelmai, weil die Größeren etwas später als wir aufhörten. Mit sechs Jahren war ich die Jüngste in der Schule.

In den ersten Schulwochen wusste ich nicht, was ich tun sollte, um die Zeit rumzubringen. Aber an diesem Tag hatte ich das Springseil mitgenommen, ich rollte es also aus und begann zu hüpfen, dabei zählte ich »Eins, zwei, drei … Eins, zwei …«. Ich konnte das noch nicht so gut und verhedderte mich sofort, und bald war ich richtig sauer und hatte keine Lust mehr. Mit einem Stein zeichnete ich Hüpfekästchen auf den Boden. Aber allein war das nach ein paar Runden langweilig.

An einem Ende des Schulhofs war der kleine Laden von Herrn Fakir. Der langweilte sich auch und vertrieb sich die Zeit damit, Musik im Radio zu hören und den Kindern zuzuschauen, die draußen im Freien Sport machten. Ich beobachtete ihn gern heimlich, denn ich fand ihn irgendwie spannend, mit seinem verrutschten Turban und dem merkwürdigen Lächeln, ich achtete aber immer darauf, dass er das nicht mitbekam.

So ein Pech: »Was? Du willst heute nichts bei mir kaufen?« Herr Fakir lachte und zeigte mir seine Zähne, die mir ein bisschen Angst machten, die Eckzähne spitz wie bei einem Vampir.

»Ich weiß nicht … was gibt es heute, Onkel Fakir?«, fragte ich, obwohl er immer das Gleiche hatte: Trockenfrüchte, frisches Obst, Schokoladenriegel.

Ich nannte ihn »Onkel«, denn so werden in Afghanistan alle erwachsenen Männer genannt.

»Für dich hab ich gesalzene Pistazien. Und schau mal, die Kirschen hier, was hältst du davon?«

Die Pistazien waren schon genug, um den schlimmsten Hunger zu stillen, aber die Kirschen schienen nach mir zu rufen, sauber, dunkel und glänzend, in kleinen Plastikbeutelchen … Mein Vater gab uns jeden Tag zehn Afghani, und normalerweise wollte ich die sparen, um meinem Bruder einen Drachen zu kaufen, aber Langeweile und Hunger wogen schwerer, ich kaufte also beides und aß davon, während ich weiter wartete.

Später kamen Kholedah, die Tochter einer Lehrerin, und Shakra zu mir. Sie waren älter als ich, wohl ungefähr zwölf oder dreizehn, und weil ich die Kleinste an der Schule war, spielten sie gern mit mir, wie mit einer Puppe. Sie winkten mir, damit ich mich neben sie auf den Boden setzte, und fragten mich, ob ich Geschwister habe. Leise antwortete ich, dass mein Bruder Zelmai hieß. Sie sahen sich an und brachen in Lachen aus: »Ah, der Anführer aus der B! Er ist sehr hübsch, nicht wahr?« Ich nickte unbehaglich, denn ich wusste nicht, ob sie über mich lachten. Zelmai war in seiner Klasse Klassensprecher und alle kannten ihn. Dann nahm Kholedah eine Kirsche aus meiner Tüte.

»Gib mir die Hand, Nadia«, sagte sie entschlossen. »Wir machen dich richtig hübsch!«

Ich sah mich um, für den Fall, dass ich schnell wegrennen müsste, denn ich traute diesen beiden nicht so ganz. Kholedah biss ein Stück von der Kirsche ab und drückte sie zusammen, bis Saft herauskam, dunkelrot wie ein Blutstropfen. Mit der Kirschtinte malte sie auf meiner Hand herum, und ihre Freundin tat es ihr nach. Kreise und Spiralen, die auf der Handfläche begannen und sich zu den Fingern schlängelten.

»Super, fertig. Heb die Hände in die Luft, damit sie trocknen.«

Ich gehorchte, ohne einen Mucks zu sagen. Kholedah hatte denselben autoritären Ton wie ihre Mutter. Im Unterricht hatte diese Lehrerin mir einmal befohlen, einer Klassenkameradin eine Ohrfeige zu geben, weil diese den Stoff nicht gelernt hatte. Ich weigerte mich und fing an zu weinen. Am Ende wurden wir beide bestraft, mit dem, was an der Schule »dunkles Zimmer« hieß, und am nächsten Tag beschwerte sich mein Vater: »Wie können Sie derart ein Mädchen behandeln, das noch nicht einmal weiß, wo rechts und wo links ist?«

Der Schulleiter, ein Freund von ihm, entschuldigte sich. Ich hatte Glück und erhielt von nun an eine Vorzugsbehandlung, denn normalerweise wird man in Afghanistan viel geschlagen, wenn man klein ist.

Als Herr Fakir mich mit erhobenen, kirschroten Händen sah, lachte er los: »Die haben dich aber hübsch hergerichtet, Nadia! Du siehst ja aus wie eine Braut mit Henna an den Händen!«

Eine Braut, o nein, wie peinlich! Ich nahm die Hände runter und lief dann doch in eine Ecke des Hofs, um allein zu sein. Ich hörte das Lachen des Verkäufers, das ich überhaupt nicht lustig fand, und die betäubende Musik aus seinem Radio; die Hände versteckte ich zwischen den Rockfalten meiner Schuluniform, die schwarz war, es machte also nichts, wenn sie ein paar Flecken Kirschsaft abbekam …

Zum Glück kam Zelmai gleich darauf aus dem Unterricht, genau in dem Moment, als ich die große und schlanke Gestalt von Onkel Ayub näher kommen sah, der uns abholte, die übliche Wollmütze auf dem Kopf. Onkel Ayub war für uns viel mehr als der Gärtner. Er hatte uns sehr gern und sorgte für uns, als wären wir seine eigenen Kinder, obwohl er schon genug Arbeit mit den neunen haben musste, die bei ihm zu Hause auf ihn warteten.

»Nimmst du mich auf die Schultern?«

»Später, Nadia. Wie war es in der Schule?«

»Kholedah und ihre Freundin, kennst du die? Die großen Mädchen? Die haben mir die Hände angemalt. Wir haben ein Gedicht über den Frühling gelernt, Noriah ist ausgeschimpft worden, weil sie die ganze Zeit gequatscht hat, und weißt du was? Ich hab mich ein bisschen vollgepinkelt. Das war die Schuld von unserem Fräulein, sie hat mir nicht erlaubt rauszugehen, bis ich fast nicht mehr konnte, und das Klo ist ja im oberen Stock, und ich kann mich nicht so gut hinhocken und gleichzeitig den Rock hochhalten, immer passiert dasselbe … Das ist mir so peinlich, wenn ich in die Klasse zurückgehe, falls das jemand sieht und über mich lacht. Ah, und dann haben wir noch ein neues Lied gelernt. Und sie haben mich gefragt, ob wir Rosen von zu Hause mitbringen können für das Lehrerfest, das ist bald … Du hast doch nichts dagegen, oder? Nur ein paar, ganz wenige …«

Ich redete wie ein Wasserfall und unterstrich meine Worte mit den Händen, zeigte ihm, wo sie mich mit Kirschsaft bemalt hatten und wo der Pipifleck war, und ich sang ihm das Lied vor. Onkel Ayub rief mir in Erinnerung, dass es nicht in Ordnung war, manche Dinge laut auf der Straße zu erzählen, auch wenn er unter seinem Schnurrbart zu schmunzeln schien. Er war ein Tadschike wie meine Mutter, ein guter, schüchterner und großherziger Mann, der eine besondere Schwäche für mich hatte.

»Ist ja gut, Nadia, ich nehm dich auf die Schultern. Und bind dir das Kopftuch richtig um, Mädchen!«

Die Schuluniform für die Mädchen bestand aus einer Kombination aus schwarzem Rock und schwarzer Bluse mit einem weißen Tuch, das die Haare bedeckte. Meins schien ein Eigenleben zu führen, denn es fiel mir ständig runter. Onkel Ayub half mir, es zurechtzubinden, und nahm mich auf die Schultern. Dort oben fühlte ich mich wie eine Königin, und als ich ein Mädchen sah, das ich aus meiner Straße kannte, warf ich ihr ein stolzes Lächeln zu.

Die Schule war nicht weit weg von unserem Haus, wir brauchten nicht lang für den Heimweg. Am Gartentor wartete Ali auf uns, ein Junge in Zelmais Alter, eine leere Zwei-Liter-Cola-Flasche in der Hand. Er war einer von den Lehrlingen aus den Werkstätten und Läden in unserer Straße, die normalerweise bei uns im Garten Wasser holen kamen, weil sie selber keins hatten und es für den Tee für sich und ihre Kunden brauchten. Ali machte Botengänge für den Mechaniker und war ziemlich nett. Manchmal blieb er sogar ein Weilchen zum Spielen bei uns. Er war richtig gut mit den Murmeln.

Meine Mutter hörte uns kommen und erwartete uns an der Haustür. Schreiend rannten wir durch den Garten auf sie zu. Ich hatte so viel Schwung, dass ich sie eher umrannte als umarmte, fast warf ich sie um. Meine Mutter war ziemlich füllig, sie umhüllte mich vollständig, wenn sie mich umarmte, und verströmte immer einen köstlichen Geruch nach Essen, Gewürzen, Zwiebeln, Tomaten und frischer Petersilie.

»Geht euch waschen und schnell umziehen, Kinder, wir essen gleich. Und schreit nicht rum, die Kleinen schlafen.«

Ich tauchte Gesicht und Hände gleichzeitig in den Wassertrog, und ohne Zeit mit Abtrocknen zu verplempern, schlüpfte ich aus Rock und Bluse und zog mir ein

T-Shirt über, auf dem »Miami« stand, dazu eine verschlissene kurze Baumwollschlafanzughose: das war die bequeme Drinnen-Uniform. Wie jeden Mittag kam ich um vor Hunger.

»Was gibt's zum Essen, *modar*?«

Alles stand vorbereitet auf dem Boden, auf der Tischdecke aus Wachstuch mit aufgedruckten Margeriten, die der Stolz meiner Mutter war. Viel praktischer und moderner als die von Onkel Janagah und Tante Delia, sagte meine Mutter, die noch Stofftischtücher benutzten, die man alle naslang waschen musste.

Zelmai rasselte das Gebet in zwei Sekunden runter, bevor er mit geübter Hand den Reis mit Fleisch und Gemüse attackierte. Meine Mutter, die neben uns stand – sie aß erst, wenn wir fertig waren –, schloss verzweifelt die Augen und seufzte: »Zelmai …« Ich begann in gemäßigterem Tempo zu essen, weil ich es nicht mochte, wenn meine Mutter sich aufregte. Ich kaute sogar eher überaus langsam, um das Fleisch eines Lammes, das wir vor zwei Monaten geschlachtet hatten und getrocknet aufbewahrten, gut herunterzubekommen. Ich kaute und kaute und ließ dabei den Blick über die Anrichte schweifen, vollgepackt mit Erinnerungsstücken und Geschenken, die ich in- und auswendig kannte.

»Glaubst du, dass Papa uns heute Nachmittag eine Runde in dem neuen Auto mitnimmt, *modar*?«

»Von dem Auto möchte ich kein Wort hören, Zelmai. Dein Vater ist ein Verschwender. Und jetzt hat seine

Cousine ihn gefragt, ob wir ihr eine Nähmaschine kaufen können. Ich konnte es nicht fassen. Und er hat Ja gesagt! Sechshundert Afghani! Um Himmels willen, was machen wir nur mit diesem Mann? Denkt er etwa nicht an deine Zukunft, mein Sohn?«

Zelmai lächelte beim Gedanken an das neue Auto.

Besagte Cousine und ihre Familie kamen nur in die Stadt nach Kabul, wenn sie zum Arzt mussten oder einen wichtigen Behördengang zu erledigen hatten. Bei ihren Besuchen wohnten sie bei uns, und meine Mutter machte das nervös, weil sie viele Sonderwünsche hatten, obwohl sie, wie meine Mutter sagte, nicht gerade Edelleute waren, sondern eher Landpomeranzen. Zelmai und ich lachten uns kaputt, denn wenn wir den Fernseher anmachten – bei ihnen im Dorf ein unbekanntes Objekt –, bedeckten die Frauen sich schnell das Gesicht aus Angst, die Männer im Fernseher könnten sie sehen.

Als wir mit dem Essen fertig waren, schickte meine Mutter uns zum Mittagsschlaf, was wir beide hassten. Oft protestierte Zelmai, aber an dem Tag sah ich überrascht, wie er gefügig Richtung Zimmer losmarschierte. Als er an mir vorbeikam, bückte er sich und flüsterte mir ins Ohr: »Ich bin nicht müde, und du?« Ich sah ihn an und wusste nicht, was er von mir wollte. Er gab mir einen Klaps: »Wer zuletzt am Brunnen ist, ist ein Dummkopf!«

Das Freitagsfest

Als ich klein war, sah es bei uns zu Hause freitags, an unserem freien Tag in der Woche, wie in einem Restaurant aus. Die Freunde meines Vaters – nie weniger als ein halbes Dutzend – gesellten sich zum Essen zu den Onkeln und Cousins. Während ich im Bett herumfläzte, drang der Geruch von Fleischbällchen mit Trockenfrüchten und Gewürzen zu mir, der Geruch von Duftreis und in Zucker frittiertem Brot … ich meinte sogar Rote-Linsen-Creme mit Joghurt riechen zu können, Kuchen und Gemüsesuppe …

Meine Mutter bereitete all diese üppigen Köstlichkeiten allein zu. Sie musste sehr früh aufstehen und auf dem Herd mit Töpfen und Pfannen und den von meinem Vater besorgten Zutaten hantieren. Die Gäste priesen stets ihre Kochkünste – nicht ohne Grund kamen sie immer wieder –, aber oft verbitterte sich die warme und lebendige Stimmung, wenn der letzte Gast das Haus verließ, nachdem sie noch lange scherzend beim Kartenspiel zusammengesessen hatten. Meine Mutter warf meinem Vater die Arbeit vor, die ihr diese Essen machten, und vor allem die Kosten. Aber mein Vater hätte um nichts in der Welt darauf verzichtet, und um diese festlichen

Zusammenkünfte auszurichten, war ihm kein Afghani zu schade.

Die Ladenbesitzer im Viertel wussten das sehr wohl und nutzten ihn aus, so gut sie konnten. Der Fleischer sagte beispielsweise: »Ich habe gerade ein zartes Lamm reinbekommen, das wird Sie entzücken!« Mein Vater malte sich gleich den Erfolg aus, den das bei seinen Gästen haben würde, und bat, die Hälfte für ihn zurückzulegen: »Heben Sie das für mich auf, klar?« Er hörte nicht auf meine Mutter, die ihm an den Kopf warf, alle Welt würde ihn für dumm verkaufen. Er wollte nicht länger mit dieser Frau streiten, mit der er nicht mehr glücklich war, und befahl ihr lediglich, in einem unserer beiden Kühlschränke Platz freizuräumen.

Mein Vater verdiente wohl ziemlich viel Geld. Wir nannten seine Arbeit immer einfach »die Apotheke«, auch wenn es viel mehr war als das. Er war der Einzige aus seiner Familie, der aus dem Dorf weggegangen war. Wie alle jungen Männer hatte er in der Zeit, in der die Sowjets in Afghanistan herrschten, zwei Jahre Militärdienst leisten müssen, und er hatte das Glück gehabt, nach Kabul geschickt zu werden. Dort ließ er den in seiner Heimat üblichen Analphabetismus hinter sich, und als er mit dem Militärdienst fertig war, verpflichtete er sich als Freiwilliger weiter, um sein Studium bezahlen zu können. Er hatte Glück und wurde als Soldat der Lazarettabteilung zugeteilt.

Endlich, den frisch errungenen Abschluss unterm Arm,

wurde er im Gesundheitsministerium eingestellt. Als ich klein war, war er für die Medikamentenverteilung in allen Krankenhäusern des Landes verantwortlich. Er war ein Vorbild für die gesamte Familie – seine eigene und die meiner Mutter – und für die Nachbarn, die immer zu uns nach Hause kamen, wenn sie irgendwelche gesundheitlichen Probleme hatten oder Geld brauchten. Nie wies er jemanden ab, was ein ständiger Streitpunkt zwischen ihm und meiner Mutter war.

Für seine Arbeit musste mein Vater Krankenhäuser im ganzen Land besuchen, und ich sah ihn morgens fein hergerichtet das Haus verlassen, gekleidet im westlichen Stil, mit Jackett und Krawatte: Kleidungsstücke, die wenig später eine Seltenheit werden würden. Und da er mit vielen Leuten zu tun und eine gute Stellung hatte, bekam er oft Geschenke. Allmählich füllten sich die Wände bei uns zu Hause mit handgewebten Teppichen, die er gern zur Zierde aufhängte. Ein Arzt, mit dem er regelmäßig arbeitete, brachte ihm einmal von einer Reise nach Russland ein Set Champagnergläser mit, die als Ausstellungsstücke in der Vitrine landeten und zu den von allen meistbewunderten Dingen gehörten. Meine Mutter staubte die Gläser jede Woche ab und zeigte sie stolz ihren Gästen, doch eingeweiht wurden sie nie: Bei uns zu Hause habe ich nie jemanden auch nur einen Tropfen Alkohol trinken sehen. Tee, Fanta und Pepsi waren die einzigen Erfrischungsgetränke, die bei den Treffen gereicht wurden.

Mein Vater lebte für diese fröhlichen und lärmigen

Zusammenkünfte, bei denen er sich als Gastgeber präsentieren konnte. Und entgegen dem, was meine Mutter im Streit zu ihm sagte, auch dafür, zu sehen, wie sein Sohn es zu etwas brachte. Doch das alles, das Glück jener Tage und der Traum vom Wohlstand, zerbrach, als in unserer Stadt der Krieg ausbrach.

Für mich fing alles an dem Freitag an, als Amin mir nicht die Hand gab. Ich wartete jede Woche freudig auf ihn, weil ich diesen Freund meines Vaters am liebsten hatte. Er begrüßte Zelmai und mich immer mit einem übertrieben festen Händedruck und einer halben Verbeugung, dabei sagte er: »Der Herr …, die Dame …« Wir lachten uns kaputt. Er und seine Frau, die für mich so umwerfend aussah wie eine Filmdiva, waren immer aufmerksam, sie brachten uns Bonbons mit und vergaßen nie, uns zu fragen, wie es bei uns so lief. Als sie daher an jenem Freitag im Jahr 1992 ängstlich ins Haus stürzten, als wäre ihnen jemand dicht auf den Fersen, und keinen Blick für mich übrighatten, ahnte ich, dass irgendwas nicht in Ordnung war.

In manchen Momenten wirkte alles ganz normal, es war das Geräusch der Karten zu hören, die die Spieler ein ums andere Mal aufnahmen; und das Knacken der gerösteten Kürbiskerne zwischen den Zähnen; das »Tztztz!«, wenn die ausgeteilten Karten nicht gut genug waren; oder das »Mmmhh«, das heißen sollte: »Du wirst schon noch sehen …« Das waren vertraute und beruhigende Klänge, sie standen für entspannte Momente unter Freunden. Doch plötzlich schwang die Stimmung um und die Erwachsenen verstummten, keiner kaute mehr oder mischte die Karten neu, jeder in seine Sorgen versunken. Oder sie sprachen in ernstem Tonfall miteinander, ohne darauf zu achten, ob wir Kinder zuhörten. Nebenbei bekam ich den einen oder anderen Kommentar mit, den ich lieber nicht gehört hätte. Ich hätte spielen gehen sollen, aber ich konnte nicht. Ich stand da wie angewurzelt – irgendwie war mir bewusst, dass das, was den Erwachsenen da Sorgen bereitete, bald unser ganzes Leben auf den Kopf stellen würde.

Ich hörte, wie mein Vater und Amin, die sich seit Langem kannten, daran erinnerten, dass die Mudschaheddin schon vor drei Jahren die sowjetische Armee vertrieben hätten, die Afghanistan ein Jahrzehnt lang besetzt hatte. Dass sie jedoch, statt den Frieden zu bringen, einen neuen Bürgerkrieg begonnen hatten. Nur das Ziel, die Besatzungsmacht rauszuwerfen, habe sie vereint, meinte mein Vater, und jetzt seien sie untereinander verfeindet, weil jeder der Anführer die Kontrolle über das Land für sich wollte.

»Sie zerstören Kabul, sie machen es völlig kaputt«, klagte Amin. »Mein Schwager und meine Schwester sind schon in Pakistan, denn hier war ihnen nichts geblieben, und sie haben gesagt, dass sie nicht zusehen wollen, wie ihre Kinder ermordet werden oder verhungern. Sie sind gegangen – einen Tag, nachdem ihre Nachbarn, die immer schon neben ihnen gewohnt haben, genau vor ihrem Haus niedergemetzelt worden sind, wegen einer Lappalie.

Und, Ghulam, das sage ich dir ganz im Ernst«, fügte der Freund meines Vaters hinzu, düster, wie ich ihn noch nie gesehen hatte, »machen wir uns nichts vor: Die Bomben werden bald auch bis hierherkommen.«

Ich schaute zu meinem Vater, wartete, dass er sagte: »Ach, komm schon, Amin, übertreib mal nicht!«, oder etwas in der Art, aber er schwieg nur weiter und senkte zustimmend die Augenlider.

Und er hatte recht.

Das Haus, der Mittelpunkt unserer Welt, wurde gefährlich, wir mussten es verlassen, als in immer größerer Nähe Bomben niedergingen. Zuerst nahmen uns die Freunde und Verwandten, die oft zu uns kamen, bei sich zu Hause auf. Doch mit der Zeit zerstreute der Krieg die Menschen und wir waren immer mehr auf uns selbst gestellt. Die Händler bewahrten nicht länger die zartesten Lammstücke für meinen Vater auf und die Freitage waren traurig an unseren feuchten Zufluchtsorten. Die ganze Angst verursachte, dass meiner Mutter die Milch ausblieb, mit der sie meine kleine Schwester stillte. Eines Tages nutzte jemand das Chaos auf den Straßen und zündete das Geschäft meines Vaters an, der inzwischen einen Teppichladen besaß. Die Häuser waren nichts mehr wert, die Jobs unsicher und das Geld wurde knapp. Meine Familie musste auf Onkel Ayub verzichten, auch wenn wir einige Zeit noch Kontakt zu ihm hielten. Sein Leben wurde vom Krieg zerstört: Er verlor seine Familie und alterte um tausend Jahre.

Trotz allem versuchten wir, die guten Gewohnheiten beizubehalten, und wann immer wir konnten, luden wir andere ein, den Freitag bei uns zu Hause zu verbringen, wenn die Bombenabwürfe sich von unserem Viertel entfernten. Die Frauen sprachen darüber, wie unbequem die Burka war, ein Kleidungsstück, das sie bis dahin nie getragen hatten. Es war noch nicht zwingend vorgeschrieben, aber viele begannen aus eigenem Antrieb damit, oder üblicherweise auf Druck des Mannes, angesichts der den Frauen drohenden Gefahren. Entführungen und Vergewaltigungen kamen in jener Zeit häufig vor, und um sich zu schützen, begannen die Frauen sich zu verhüllen. Meine Mutter trug keine kurzen Röcke mehr – einige waren sehr kurz gewesen –, und auch keine Strumpfhosen; kurzärmelige Blusen und Blazer verschwanden im Kleiderschrank. Das Tuch, das sie gern als Haarband trug, musste sie auseinanderfalten und sich damit an den Tagen, wenn sie ohne Burka rausging, das Haar vollständig bedecken. Niemand außer uns sah sie je wieder mit ihren zwei langen Zöpfen, auf die sie so stolz war.

So vergingen die Monate, bis meine Mutter eines Abends, nachdem wir in Ruhe mit Tante Shoboboh und einigen Cousins meines Vaters zu Abend gegessen hatten, sagte, sie würde Süßigkeiten holen gehen. Ich lief ihr bis in die Küche nach, doch dann erinnerte ich mich, dass Zelmai neue Comics gekauft hatte, und beschloss, sie mir im Schlafzimmer anschauen zu gehen.

Plötzlich flog alles in die Luft. Und es wurde schwarz.

Die Hölle

Als ich aufwachte, waren die angsterfüllten Augen meiner Mutter das Erste, was ich sah, dunkler denn je und umrahmt von Falten und Augenringen, die ich bis dahin nie an ihr gesehen hatte.

»Mmmm … amm …!«

Was war mit mir passiert? Warum tat mein Mund so weh und es kamen nur unverständliche Laute heraus? Wo war ich? Mit großer Mühe bewegte ich den Kopf und sah mich um: Ich lag auf einer Matratze auf dem Boden, neben mir viele andere Matratzen mit vielen anderen Kindern. Der Raum sah eher wie ein langer Gang aus als wie ein normales Zimmer. Es sah aus wie ein Krankenhaus, aber was machte ich hier? Ich hatte schreckliche Angst und konnte keine Fragen stellen, weil mein Körper nicht auf mich hörte. Aus den Augen meiner Mutter, die fest auf mich gerichtet waren, flossen Sturzbäche von Tränen.

Ein strenger, aufdringlicher Geruch hing in der Luft, eine Mischung aus Essen, Medikamenten, Blut und Schweiß. Von meinem Platz aus konnte ich ein paar jalousienverhangene Fensterchen an der Decke sehen. Die Geräusche drängten sich ebenfalls in die dichte Atmosphäre: Stöhnen, Gesprächsfetzen und mit ernster Stimme gemurmelte Gebete, die ich nur halb hörte, mit dem linken Ohr. Ich tastete nach dem anderen Ohr: Es war komplett verbunden und tat bei der kleinsten Berührung furchtbar weh. Ich ließ die Hand aufs Bett sinken. Und merkte, wie auch meine Augen sich mit Tränen füllten. Aus reinem Schmerz.

Meine Mutter überschüttete mich mit Küssen und dankte unablässig Gott, sie lächelte, doch das Lächeln wurde immer wieder von Schluchzern durchbrochen. Einige Frauen, die Angehörigen von anderen Kranken, kamen herbei, umarmten meine Mutter und weinten vor Rührung mit ihr, flehten, dass wir alle gesund werden mögen und der Krieg endlich vorüberginge.

»Krieg ... Krankenhaus ... ständiger Schmerz ... gesund werden.« Diese Wörter verwoben sich in meinem Kopf, der kurz vor dem Platzen zu sein schien.

Meine Mutter beruhigte sich nicht, bis der Strudel von Leuten, die rund um mich herum lachten und weinten, sich aufgelöst hatte. Dann erklärte sie mir, was passiert war: Eine Bombe war völlig unerwartet auf unser Haus gefallen, genau an der Stelle, wo ich war. Die Verbrennungen an meinem ganzen Körper waren so schwer, dass ich sechs Monate lang im Koma gelegen hatte. Sie erzählte mir, dass sie Tag und Nacht bei mir gewacht habe und sich von Ärzten und Krankenschwestern habe anhören müssen, sie solle die Hoffnung aufgeben. Dass sie darum habe kämpfen müssen, dass man mir überhaupt Medikamente gab. Sie berichtete auch, dass Freunde meines

Vaters mir aus Indien eine Medizin beschafft hatten, die in unserem Land nicht zu bekommen war, und dass sie mir selbst gemachte Kräuterwickel angelegt habe, in der Hoffnung, dass die Wunden sich schließen würden. Und, Allah sei gelobt, es hatte funktioniert!

»Alle meinten, man könne nichts machen, es ginge dir sehr schlecht. Aber ich wusste immer, immer, dass du es schaffen würdest, Nadia.«

Meine Mutter ließ alles raus, was sich so lange in ihr angestaut hatte, aber ich hörte ihren Erklärungen nur halb zu, denn sie waren heftiger, als ich ertragen konnte. Außerdem war ich wie besessen davon, meinen Körper abzutasten, um festzustellen, ob noch alles an seinem Platz war. Ich konzentrierte mich ganz darauf, Kraft zu sammeln und Schritt für Schritt vorzugehen. Jede kleine Bewegung schmerzte und war schwierig, weil ich fast vollständig mit Verbänden bedeckt war, aber ich hatte ja alle Zeit der Welt.

An jenem Tag begann ich meine Verluste zu zählen. Ich erfuhr, dass ich schwere Verbrennungen an Kopf, Gesicht, Armen, Händen und Beinen hatte. Aber das Schlimmste kam zwei Tage später, als man mir auf mein inständiges Bitten hin einen Taschenspiegel gab. Der Anblick meines eigenen Gesichts und des linken Ohrs, beides vom Feuer zerstört, verwirrte mich zuerst, weil ich mich nicht erkannte, und machte mich dann völlig fertig.

Auf einmal war ich in einem Albtraum gefangen. Die Erinnerungen an das Spielen im Hof mit Zelmai, an den

Brunnen in unserem Garten, an die Kirschen in der Schule gehörten plötzlich einem anderen Jahrhundert, einer anderen Welt an. Ich war erst neun Jahre alt, aber meine Kindheit war schon vorbei. Mich in diesem armseligen, schäbigen Krankenhaus wiederzufinden, inmitten von leidverzerrten Mienen und schrillem Geschrei, das uns mitteilte, dass gerade jemand gestorben war … war so, als wäre ich in ein schreckliches Loch gestürzt.

Ab und an wurde ich wegen banaler Dinge traurig. Ich erinnerte mich an das Fleisch, die süßen Teilchen, an echten Reis … Wie ich das normale Essen vermisste! Da die Verbrennungen mich den Mund nicht richtig aufmachen ließen und das Kauen zu schmerzhaft war, fütterte meine Mutter mich in der Zeit im Krankenhaus wie ein Baby: Mit einem kleinen Löffelchen gab sie mir Milch, Brei, sehr flüssige Reissuppe … Manchmal tröstete mich das und gab mir das Gefühl, behütet zu werden. Andere Male quälte mich die Erinnerung an Haselnüsse, die zwischen den Backenzähnen zerknackten, an das »Krack-krack« von Keksen oder das Gefühl, einen Bissen von dem Schmorbraten zu kauen, den meine Mutter so gut zubereitete, wie sich dann der Mund mit dem Geschmack von Fleisch und Gemüse füllte …

Und doch war nicht das Essen das Schlimmste, sondern die Stille und die allmählich offenbar werdenden Geheimnisse. Die Dinge, die ich nicht verstand. Das Leben, das ich nicht wiedererkannte.

An jenem Tag, als ich im Krankenhaus erwachte, und

der für meine Mutter einer der glücklichsten ihres Lebens war, trat ich in die Hölle ein. Mein zierlicher, gelenkiger Mädchenkörper war zu einem Gerippe geworden, und ich würde fast zwanzig Jahre brauchen, bis ich ihn nicht lieben, aber immerhin anschauen konnte, ohne loszuheulen.

Der glückliche Fuchs

Ich sah viele Verwundete, die ruhig und still waren. Vielleicht fügten sie sich in ihr Schicksal, oder vielleicht hatten sie auch aufgegeben und ließen das Leben – oder den Tod – machen, als hätten sie selbst mit dem weiteren Verlauf nichts mehr zu tun. Das war bei mir anders. Ich war wütend, mein Körper war zu meinem Feind geworden und meine Gedanken brodelten vor Entrüstung. Ich konnte diesen heftigen, unaufhörlichen Schmerz nicht ertragen, noch schlechter vertrug ich jedoch vielleicht die Wut, die mich auffraß und sich zu einer Frage zuspitzte, die ich keinen Moment lang vergessen konnte: »Warum hat es mich getroffen?« Von einem Tag auf den anderen hatte ich alle Hoffnung für die Zukunft verloren.

Meine Mutter erzählte mir Geschichten und sang Lieder für mich, um mich abzulenken und zu beruhigen, denn meine Verzweiflung brach ihr das Herz.

»Komm, Schatz, möchtest du nicht die Geschichte vom Fuchs und vom Wolf hören?«, versuchte meine Mutter es.

Oft funktionierte das, ich hörte sofort auf zu schluchzen und ließ mich allmählich davontragen in eine Welt, in der immer die Guten gewannen. Ich liebte alle Geschichten, aber besonders die mit Tieren, mit den so dummen Wölfen und den schlauen, listigen Füchsen, die die Wölfe immer an der Nase herumführten. Meine Mutter tupfte mir die Tränen weg und streichelte mich dabei auch gleich noch, während sie zu erzählen begann: »Es war einmal ein Fuchs, der nichts zum Jagen fand. Er kam um vor Hunger, und je mehr Hunger er hatte, desto wütender wurde er. Er lief und lief und kam in einen großen Garten, der voller Obstbäume war. Es gab Äpfel, Granatäpfel, Pflaumen ...«

Ich hing ihr begeistert an den Lippen und mir lief das Wasser im Mund zusammen.

»... Pfirsiche, Aprikosen, Kirschen ... einfach alles. Der Fuchs war so wild vor Hunger, dass er begann, mit den Pfoten gegen die Baumstämme zu schlagen.«

›Gib's den Bäumen, na los, feste!‹, dachte ich mitfiebernd, voll und ganz mit der Hauptfigur identifiziert.

»Er nahm Anlauf und ... geschafft! Als ein paar Stunden später der Bauer kam, sah er, dass irgendwer das ganze Obst runtergeschüttelt hatte und es jetzt auf dem Boden lag und faulte. ›Wer war das bloß?‹, fragte er sich.«

Meine Mutter machte die Stimme des verärgerten Mannes nach und brachte mich damit zum Lachen, »Aua!«. Und so ging die Geschichte weiter, wir hörten von den gerissenen Tricks des Fuchses, der später wie üblich einen Wolf übertölpelte, der sich ebenfalls dort herumtrieb. Ich kannte die grobe Richtung der Geschichte schon, aber meine Mutter wob jeden Tag neue Details ein, die die Spannung für mich aufrechterhielten. Das machte sie, weil sie eine großartige Erzählerin war (oft merkten wir, dass es still im Saal wurde und alle Kranken und Angehörigen ebenfalls ihrer Geschichte lauschten), und auch, weil sie den Moment fürchtete, in dem es heißen würde: »Und wenn sie nicht gestorben sind, dann leben sie noch heute.« Ich weinte immer, wenn eine Geschichte zu Ende war, und meine Mutter war zur Expertin fürs Hinauszögern, Variieren, Ergänzen von Geschichten geworden, denn so füllten wir die Stunden, und mit ein wenig Glück schlief ich ein, während sie noch erzählte, und sie konnte sich das Ende sparen.

Meine Mutter hatte die Kunst des Geschichtenerzählens als junges Mädchen erlernt, als ihre Eltern starben und sie zu ihrer großen Schwester und deren vielköpfiger Familie ziehen musste. Sie schuftete im Haus wie ein Maulesel: in der Küche, beim Saubermachen oder beim Aufpassen auf ihre Neffen und Nichten, aber sie hatte auch das Glück, die Märchen, Gedichte und Lieder zu hören, welche die Schwiegermutter ihrer Schwester den Kindern vortrug. Zu jener Zeit, als es in den Häusern noch keine Fernseher gab und die meisten Leute nicht lesen konnten, war es normal, dass die Großmütter viel Zeit damit verbrachten, Geschichten zu erzählen und Gedichte aufzusagen, die die Kinder auswendig lernten, so wie ich es auch im Krankenhaus tat.

Nicht alle Geschichten waren so naiv wie die vom Fuchs und vom Wolf. Viele waren patriotisch, erfunden von Menschen, die aus dem Land hatten fliehen müssen und es vermissten; eine andere typische Gattung waren unglückliche Liebesgeschichten. Schreckliche Tragödien, in denen die Liebenden in Versen sprachen und die uns Rotz und Wasser heulen ließen. Diese Geschichten gefielen allen: Wir kannten Passagen davon auswendig, sangen sämtliche Lieder mit und verfolgten die erzählten Abenteuer wie einen Kinofilm.

Meine Mutter war eine außergewöhnlich gute Erzählerin, doch früher oder später – sofern ich nicht einschlief – gingen die Geschichten oder die Kräfte zu Ende, und ich schlüpfte aus dem Fell des schlauen Fuchses und wurde wieder zu einem Mädchen, das schwer verletzt im Bett lag.

»Ich möchte spielen, Mama! Ich möchte eine Puppe!«, warf ich ihr manchmal wütend entgegen.

Noch vor wenigen Monaten hatte ich die Tanzpuppe gehabt. Mein Vater hatte sie für mich gebaut, und sie war aus Holz, so eine, die Arme und Beine hebt, wenn man an einem Faden nach unten zieht. Und noch früher hatte ich noch viel mehr Sachen gehabt. Früher, als das Leben normal war und wir immer im selben Bett schliefen und nur vor Gespenstern und ausgedachten Monstern Angst hatten, statt vor wirklichen Bomben und Maschinengewehren. Die Freunde meines Vaters, die nach Russland reisten – das Privileg schlechthin –, kamen immer mit Geschenken für Zelmai und mich zurück. Ich erinnere mich besonders an ein Mal, als sie meinem Bruder eine Spielzeug-Kalaschnikow mitbrachten und für mich eine sehr große Puppe, die die Augen zumachte, wenn ich sie hinlegte. Das kam mir wie Zauberwerk vor, und ich legte sie unaufhörlich hin und nahm sie wieder hoch, legte sie hin und nahm sie wieder hoch … und Zelmai erschoss sie ein ums andere Mal mit seiner neuen Waffe.

Der Wohlstand hatte sich nach und nach verflüchtigt, je mehr Gewalt rund um uns herum war. Schule, Arbeit, Läden, Spielsachen, die freitäglichen Zusammenkünfte … nach und nach verloren wir alles. Wenn wir das Dröhnen der Bomben und Schüsse in der Nähe hörten und überstürzt das Haus verlassen mussten, bis die Situation sich wieder beruhigte, versuchte meine Mutter ein paar Decken und ein bisschen Essen mitzunehmen, und mein Vater wurde unruhig und sagte ihr, sie solle sich beeilen, es gebe keine Zeit zu verlieren. Ich dachte unterdessen nur an eines: meine Tanzpuppe einzupacken.

Aber auch die ging verloren.

Knöpfe

Eines Tages brachte meine Mutter mir zwei Knöpfe und ein Stück Faden mit ins Krankenhaus. Sie fädelte sie auf und verknotete den Faden, und indem ich den Faden spannte, konnte ich die Knöpfe im Kreis schwingen lassen. Dieses einzige Spielzeug erfüllte zeitweise seinen Zweck, aber es war nicht sehr widerstandsfähig: Nach ein paar Tagen riss der Faden und einer der Knöpfe fiel runter und war unauffindbar. Ich weinte, als hätte ich eine ganze Barbie-Sammlung verloren. Und meine Mutter versprach mir, dass sie mir einen neuen Knopf mitbringen würde.

Das war viel leichter gesagt als getan. Zunächst einmal, weil es an traditionellen afghanischen Kleidungsstücken keine Knöpfe gibt, daher konnte sie auch keinen von ihren Anziehsachen oder denen meines Vaters nehmen – seine gesamte westliche Kleidung war zusammen mit unserem Haus verbrannt –; und zweitens, weil meine Mutter kein Geld hatte, um einen zu kaufen. Trotzdem war sie fest entschlossen, mir die Freude zu machen. Sie ging hinaus auf die Straße, den Blick fest auf den Boden gerichtet – vielleicht hatte sie ja Glück und jemand hatte einen verloren. So, mit gesenktem Blick, angestrengt hinter dem dichten Gitternetz der Burka hervorspähend, erreichte sie das Stadtzentrum, wo es viele Stände mit Second-Hand-Kleidung gab. Eigene Stücke, gekaufte oder in verlassenen Häusern gefundene, wer wusste das schon … Auf diesen Haufen gab es Hosen und Hemden in westlichem Stil, voll mit Knöpfen. Alles war sehr billig, aber dennoch unerschwinglich für jemanden, der nicht einen Afghani in der Tasche hatte. Was konnte sie tun? Nur eines, und schon der bloße Gedanke brachte ihre Beine zum Zittern und ließ ihr Herz wild klopfen.

Meine Mutter lief an den besonders überquellenden Ständen entlang und sah den Verkäufern ins Gesicht, suchte nach dem, der am gutmütigsten oder am abgelenktesten aussah. Ihr schien es, als müsse jeder ihre Absicht auf den ersten Blick erkennen. Doch sie beruhigte sich: Sie war nur eine weitere Frau in Burka, gesichtslos, ohne zittrige oder ruhige Beine. Ein Gespenst unter so vielen anderen. Sie wählte das Zielobjekt: einen sehr hohen Kleiderhaufen, in dem schon andere Leute herumwühlten. Wenn sie es schnell machte, würde es vielleicht gar nicht auffallen … Sie trat an den Haufen heran und bückte sich. Ließ ein altes Hemd unter der Burka verschwinden und begann mit einem Knopf zu kämpfen. Er war gut festgenäht und wollte sich nicht lösen. Sie führte das Hemd an den Mund, um die Fäden durchzubeißen, da hörte sie den Schrei: »Hey, Sie! Was machen Sie da? Die Frau bestiehlt mich!«

Meiner Mutter gefror das Blut in den Adern. Sie ließ das Hemd sofort los.

»Nein, nein, es tut mir leid, Bruder! Ich wollte nicht

stehlen! Ich ... ich wollte nur einen Knopf für meine Tochter.«

Der Verkäufer zeigte mit dem Finger auf sie, und eine Menschentraube bildete sich um sie herum. Meine Mutter war völlig verzweifelt.

»Ich wollte nur einen Knopf für meine Tochter, sie hat nichts zum Spielen. Es tut mir leid, Bruder! Bitte, ruf nicht die Polizei, lass mich gehen. Ich habe nichts, und meine Tochter braucht mich.«

Zur damaligen Zeit der Mudschaheddin-Regierung war die Polizei brutal, korrupt und ging völlig willkürlich vor, ihr in die Hände zu fallen bedeutete also keine Gerechtigkeit, sondern Terror.

Der Mann ließ den anklagenden Finger sinken. Meine Mutter drehte sich halb weg, schluchzend, und der Kreis von Leuten, die sie anstarrten, öffnete sich, um sie durchzulassen. Als sie ein paar Meter weit gegangen war, hörte sie die Stimme des Verkäufers: »He, Sie, Schwester, kommen Sie zurück! Nehmen Sie! Ein Knopf für Ihre Tochter!«

Meine Mutter drehte sich nicht um. Sie lief noch schneller. Sie fühlte sich derart gedemütigt und schuldig, dass sie dem Mann nicht noch einmal ins Gesicht blicken wollte.

Als sie im Krankenhaus ankam, war sie noch immer völlig außer sich, die Augen rot vor lauter Weinen.

»Bitte mich um nichts mehr, Nadia. Deine Mutter kann nicht stehlen.«

Und ich hatte wieder kein Spielzeug.

Tod und Dämonen

Meine Mutter war immer bei mir. Sie ließ meine beiden kleinen Schwestern in der Obhut meiner Tante, und mein Vater lebte mit meinem Bruder Zelmai weiterhin mal hier und mal da. Gemeinsam kümmerten sie sich darum, Essen aufzutreiben, wofür in Afghanistan immer die Männer zuständig sind. Damals war es jedoch schwieriger denn je, weil wir kaum Geld hatten.

An einem Tag trieben sie bei einer NGO ein Päckchen Reis, ein weiteres mit Mehl, noch eins mit Zucker und ein wenig Tee auf: ein komplettes Paket zur Deckung der Grundbedürfnisse, das in jenen Zeiten chaotischer Zustände ein richtiger Luxus war. Sie nahmen ein Taxi zurück zu dem Haus, in dem sie damals gerade untergekommen waren, und während sie begeistert über das Glück sprachen, das sie gehabt hatten, legte der Fahrer plötzlich eine Vollbremsung hin: Polizeikontrolle. Die Milizionäre der das Viertel kontrollierenden Fraktion – Anhänger des Milizenführers Abdel Rashid Dostum – warfen einen Blick ins Innere des Wagens, und nachdem sie sich untereinander verständigt hatten, befahlen sie dem Taxifahrer, ihnen hinterherzufahren. Sie gaben keinerlei weitere Erklärung, aber mein Vater ahnte, dass etwas ungut war.

Als sie das Hauptquartier erreichten, nahmen Dostums Männer ihnen alles ab, was sie bei sich trugen: das Essen, die Uhr, das Geld … und beschlossen dann, sie zu töten. Sie brachten sie zu einem leeren Grundstück in der Nähe, wo aus einer tiefen Grube ein fürchterlicher Gestank drang, und stießen den Taxifahrer ohne weiteres Federlesen hinein. Er musste schlimm aufgeschlagen sein, denn mein Vater und mein Bruder hörten ihn nicht einmal schreien.

Auf dieselbe impulsive Art, wie man sie zum Tode verurteilt hatte, als ginge es um eine bloße Laune, kamen die beiden einzig und allein deshalb mit dem Leben davon, weil einer der Männer sagte: »Halt! Der Junge sieht meinem Neffen ähnlich.«

Dieser absurde Grund reichte, damit die anderen innehielten. Mein Vater und mein Bruder, die sich voll Todesangst in den Armen lagen, konnten nicht aufhören zu schluchzen.

»Haut ab!«, befahl ihnen einer der Anführer. »Aber ich warne euch, wenn ihr versucht, das zurückzubekommen, was wir von euch beschlagnahmt haben, oder erzählt, was passiert ist, dann bringen wir euch um.«

Beide rannten weg, aber während Zelmai das Geschehene möglichst schnell vergessen wollte, sagte mein Vater immer wieder, dass er die gestohlenen Sachen zurückbekommen und den Taxifahrer retten wolle, falls es noch nicht zu spät dafür sei.

Die Geschichte ging gut aus, weil mein Vater jemanden mit viel Einfluss kannte, der sich bereit erklärte einzugreifen. Niemand stellte die Männer zur Rede, aber sie konnten die Uhr zurückgewinnen und den armen Taxifahrer aus der Grube befreien, mit nichts weiter als ein paar blauen Flecken. Allerdings stand er unter Schock, weil er viele Stunden auf einer unförmigen Masse verwesenden Menschenfleischs hatte verbringen müssen: die früheren Opfer jener grausamen Milizionäre.

Mein Vater kam erst einige Tage nach diesem Vorfall ins Krankenhaus und war sehr davon gezeichnet. Und wenn es ihm schon so ging, wie musste es dann erst in einem Jugendlichen wie Zelmai aussehen? Meine Mutter litt und verstand nicht, warum ihr Sohn nicht zu ihr gekommen war und sie seit dem Vorfall nichts mehr von ihm gehört hatte. Sie verstand auch nicht, warum ihr Mann ausrastete, wenn sie das Thema ansprach, und die Erklärung, die er ihr gab, als er ein wenig aus seinem Schneckenhaus hervorkam, klang äußerst seltsam in ihren Ohren: Der Junge sei nach Pakistan geflohen und werde bald zurückkommen.

Aber ganz allein? Und warum hatte er nichts von seinen Plänen erzählt? Die Sorge verzehrte sie, und während sie mir im Krankenhaus Gesellschaft leistete, merkte ich von Zeit zu Zeit, wie ihre Hand, die meine hielt, sich verkrampfte.

Von da an gab mein Vater sich ganz seinem geheimen, dauerhaften Schmerz hin und sein Charakter begann sich zu verändern.

Einmal, als ich zwischen zwei Behandlungen aus dem Krankenhaus entlassen war, fuhren wir für ein paar Tage nach Masar-e Sharif, ins Haus von Verwandten meines Vaters. Es war schrecklich heiß, und nachts gingen wir alle zum Schlafen auf die Dachterrasse, in der Hoffnung, dass dort ein frisches Lüftchen wehte. Wir breiteten die Teppiche auf dem Lehmboden aus und legten uns hin: meine Mutter neben meine kleine Schwester und ich zwischen meine Mutter und meinen Vater. Weil ich sehr müde war, schlief ich sofort ein. Aber nach einer Weile wachte ich wieder auf, weil ich auf die Toilette musste, und im Mondschein konnte ich sehen, dass mein Vater sehr unruhig schlief. Er wälzte sich hin und her, grunzte und war schweißüberströmt. Ich wollte ihn aus dem Albtraum holen, tippte ihm auf die Schulter und sagte leise: »Papa, Papa, wach auf.«

Mit einem Ruck riss er die Augen auf, starrte mich irr an und packte mich fest am Arm. »Hab ich dich!«, röhrte er, rappelte sich auf und versuchte mich von der Dachterrasse zu stoßen.

Ich schrie und weinte, sein Griff tat mir sehr weh und ich hatte große Angst. Innerhalb von Sekunden schien mein Vater aus seinem entrückten Zustand zu erwachen. Er umarmte mich und fing an zu weinen. Er küsste mich und machte meine Wangen mit seinen Tränen nass.

»Verzeih mir, bitte verzeih mir! Fast hätte ich meine Tochter umgebracht!«, wiederholte er mit zum Himmel gerichteten Augen.

Er war verzweifelt, im vollen Bewusstsein, dass das Leiden, das ihn vergiftete, die Leben der Menschen gefährdete, die er liebte. Er erklärte uns, dass er von einem Mudschaheddin geträumt habe, der ihn verfolgte und ihn töten wollte, und dass er mich mit seinem Verfolger verwechselt habe. Den Rest der Nacht verbrachte ich damit zuzuhören, wie er und meine Mutter Gott dankten, weil letztlich nichts passiert war. Und auch damit, das Zittern in meinem Körper unter Kontrolle zu bekommen.

Am nächsten Morgen ging mein Vater bei den ersten Sonnenstrahlen frisch gebackenes, noch warmes Brot kaufen. Er bestrich es mit *halva* – einer aus Öl, Mehl und Zucker hergestellten süßen Paste – und verteilte die Stücke an die Vorübergehenden auf der Straße. Brot mit *halva* zu verschenken war die traditionelle Art des Dankens, nachdem etwas Schlimmes ein gutes Ende genommen hatte. Ja, in jener Nacht war nichts Unwiederbringliches geschehen, aber uns allen – und meinem Vater mehr als jedem anderen – war bewusst geworden, dass in seinem Inneren irgendetwas ganz und gar nicht in Ordnung war. Er, ein studierter Gesundheitsfachmann, wusste, dass dies ein Ausdruck einer schweren psychischen Erkrankung war. Für die Übrigen, allen voran seine Ehefrau, war es ein offensichtliches Zeichen dafür, dass er von Dämonen besessen war.

Als die ehemaligen Arbeitskollegen meines Vaters hörten, dass er an diesen Störungen litt, setzten sie sich dafür ein, ihn in ein psychiatrisches Krankenhaus in Indien einzuweisen, denn in Afghanistan gab es keins. Die Formalitäten gingen gut voran, er hatte schon die mündliche Zusage für einen Platz in einer renommierten Einrichtung und wartete nur auf die Flugtickets ... da machte ein neuerlicher Regierungswechsel die Pläne zunichte. Mein Vater blieb in Kabul, stumm und welk, und weil er nicht in der Lage war, seine Freundschaften zu pflegen, war er bald auch einsam. Kollegen und Freunde entfernten sich allmählich von ihm, und nur die Familie unterstützte ihn, wenn auch nicht ohne Angst, weil er gelegentlich gewalttätig reagierte. Es war, als hätte man ihn ausgetauscht: Er wollte meine Mutter schlagen, wollte alles kaputt machen, er brüllte und fluchte ...

Wir wussten nicht, was wir tun sollten. Die Heilmittel für leichte Erkrankungen halfen nicht – etwa das, was wir gegen Skorpionstiche einsetzten: einige Verse aus dem Koran lesen, die Wunde mit ein bisschen Spucke abreiben, und dann war es schon gut. Ich weiß nicht, ob diese Skorpione sehr gefährlich waren, aber die Heilmethode funktionierte normalerweise. Bei meinem Vater hingegen konnten wir uns nur verstecken und leise beten, während der Sturm abflaute und er wieder zu einem niedergeschlagenen Mann mit abwesendem Blick wurde. Er war ein anderer, aber wenigstens schlug er uns nicht. Eher war es so, als wäre er gar nicht da.

Lang zurück lag die Zeit, in der Zelmai mir Lieder beigebracht hatte, um sie unserem Vater vorzusingen, wenn er von der Arbeit heimkam, und wir zur Begleitung auf einem Kanister trommelten und mein Vater laut lachte, wenn er sah, was wir da wieder auf die Beine gestellt hatten. Als ich zur Welt kam, war mein Vater verärgert gewesen, weil er auf einen weiteren Jungen gehofft hatte, aber mit der Zeit lernte er mich lieben. Nun war diese Zeit unwiderruflich vorbei.

Nomadenleben

Wenn Wetten abgeschlossen worden wären, hätte meine Mutter ein Vermögen gemacht. Denn sie war die Einzige, die glaubte, dass ich meine schweren Verletzungen überleben würde. Die Ärzte, unsere Freunde und Bekannten, ja selbst mein Vater hatten die Hoffnung aufgegeben, mich groß werden zu sehen. Doch entgegen aller Voraussagen erwachte ich wieder zum Leben und nahm den Kampf auf. Als hätte man mir Scheuklappen aufgesetzt, versuchte ich fortan nie mehr nach rechts oder links zu schauen, und auch nicht nach hinten oder unten, damit ich nicht ins Taumeln geriet: Ich schaute nur nach vorn.

Dennoch reichte mein Lebenswille allein nicht aus, um wieder gesund zu werden. Ich brauchte ein Krankenhausbett, Zeit und viele Behandlungen. Das Problem war, dass ich nicht in Europa war, sondern in Afghanistan, und der Krieg schien nicht enden zu wollen.

Das hieß nicht nur, dass es wenig Ressourcen gab, auch das Krankenhaus, in dem ich lag, wurde immer wieder zur Kampfzone. Dann wurden die Türen aufgerissen und wir mussten so schnell wie möglich das Gebäude verlassen, ein Rette-sich-wer-kann von Kranken und Verletzten mitsamt Sonden, Serum und Verbänden. Und das

Schlimmste daran war, dass viele von uns kein Zuhause hatten, wo sie Schutz suchen konnten, es gab nur die Ungewissheit und eine Stadt, die von dem immer grausameren Bürgerkrieg erstickt wurde.

Zwei Jahre lang lebte ich daher in den Pausen zwischen den diversen Krankenhausaufenthalten an den verschiedensten Orten. Anfangs gab es Verwandte, die uns bei sich aufnahmen. Nach und nach folgten alle meine Cousins und Cousinen, Tanten und Onkel der Flut von Menschen, die über die Grenze entwichen (das tat ein Drittel der Bevölkerung). Daraufhin mussten wir uns nach Häusern von Bekannten umschauen, und noch später von Bekannten von Bekannten … bis es so weit war, dass wir im erstbesten Haus, das seine Türen für uns öffnete, vor der Kälte Zuflucht suchten und aßen, was wir konnten. Trotz der schwierigen Verhältnisse galt in jener Zeit unter den Leuten, die noch immer in der Stadt überlebten, ein stillschweigender Grundsatz der Solidarität; es war normal, demjenigen Hilfe anzubieten, der sie brauchte.

Tausende wurden in jenen dunklen Tagen wie wir zu Vagabunden in der eigenen Stadt, alle flohen aus den gefährlichsten Straßen und suchten dort Schutz, wo man noch einigermaßen in Ruhe leben konnte.

Eine dieser Unterbrechungen begann an einem Morgen, als ich von einer der Nachrichten geweckt wurde, die von Zeit zu Zeit kamen und die ich fürchtete wie den Teufel: »Nadia, die Ärzte sagen, es hat gerade eine sehr starke Explosion im Kino nebenan gegeben. Hier sind wir nicht mehr sicher.«

Wir wussten nur zu gut, was das bedeutete: Wir mussten sofort weg von hier. Ich hatte mich in einer Ecke zusammengerollt, versuchte, nicht zu atmen und mich unsichtbar zu machen, um mich nicht von dort wegschleppen zu müssen. Aber meine Mutter hatte sich bereits in ihr Schicksal gefügt, sie half mir beim Aufstehen und Anziehen und hüllte sich in die Burka, und wenige Minuten später standen wir schon auf der Straße, ließen blutüberströmte, stöhnende Verletzte hinter uns zurück. Das Krankenhaus spuckte mich wieder einmal aus, und mir blieb nichts anderes übrig, als völlig niedergeschmettert durch die Straßen zu ziehen, der Schmerz stach in meinem verschwundenen Ohr und im ganzen Körper und erinnerte mich daran, dass ich jede Menge Organe hatte, die ich lieber nicht gehabt hätte.

Wir liefen immer weiter und kamen auch durch eine Straße, die gerade einen Angriff erlitten hatte. Überall lagen Tote. Plötzlich ließ meine Mutter mich los und rannte schreiend zu einem der toten Körper. Es war ein Jugendlicher, dem irgendwer schon ein Tuch übers Gesicht gebreitet hatte. Meine Mutter nahm ihn, sicher in Gedanken an Zelmai, von dem sie immer noch nichts gehört hatte, fest in die Arme, weinte laut und befleckte ihre Burka mit dem Blut des Jungen.

Kurz darauf waren wir schon von einer Menschentraube umringt.

»Ist das dein Sohn?«, fragte ein alter Mann. »Hast du sein Gesicht gesehen?«

Einer Frau gelang es mit Mühe, meine Mutter von dem Jungen zu lösen, und sie zog das Tuch beiseite. Alle hielten den Atem an, die Augen fest auf meine Mutter gerichtet. Die Welt schien stillzustehen.

»Nein, das ist er nicht.«

Meine Mutter ließ den Jungen auf den Boden sinken, stand abrupt auf und nahm mich wieder an der Hand.

»Komm«, sagte sie unter Tränen. »Zelmai ist in Pakistan und es geht ihm gut, es geht ihm gut ...«

Sie war sehr aufgewühlt, und ich auch. Wir ahnten beide, dass Zelmai nicht in Pakistan war und dass es ihm nicht einmal annähernd gut ging.

Auf der Suche nach meinem Vater

An jenem Tag hatten wir noch ein zusätzliches Problem, das langsam normal wurde: Wir hatten keine Ahnung, wo mein Vater steckte. Es war einige Jahre bevor es allgemein üblich war, dass jeder ein Handy besaß, und so mussten wir auf traditionelle Methoden zurückgreifen, um ihn zu finden.

»Entschuldigen Sie bitte«, sagte meine Mutter zu den Vorübergehenden, »Können Sie mir sagen, in welchen Vierteln es heute ruhig ist?«

Wir bekamen die Auskunft, dass wir uns in der Nähe der Gärten von Bagh-e-bala, im neuen Viertel Karta Parwan, sicher fühlen könnten. Das war am anderen Ende der Stadt, mindestens eine Stunde Fußmarsch in dem seltsamen Tanzschritt, den wir alle hatten lernen müssen: ein paar Meter geradeaus nach vorn, ein kleiner Sprung, um nicht in ein Loch zu fallen, dann ein Bogen rund um einen Trümmerhaufen, wild losrennen, wenn man den Eindruck hatte, dass die Leute rundum unruhig wurden, aus Angst, jemand könne schießen. Und schließlich wieder weiter im müden Schritt, um möglichst bald das Ziel zu erreichen.

Es war schon Mittag, als wir bei den Gärten ankamen.

Ich war erst einmal dort gewesen, mit meinen Eltern im Zoo. Jetzt hieß es, viele der Tiere seien im Krieg verhungert, andere seien selbst zu Nahrung für den einen oder anderen Verzweifelten geworden, und wieder andere liefen noch frei herum … Wir sahen jedoch weder einen Tiger noch einen Pandabären, uns bot sich nur ein trostloser Anblick: Der einst herrliche Ort, ein Stolz von Kabul, bestand nun, wo man auch hinsah, aus verbrannter Erde, verkohlten Bäumen und zerstörten Gebäuden. Vom botanischen Garten war nichts mehr übrig, auch nicht von den Grünanlagen, in denen meine Eltern vor ihrer Heirat – immer unter Beobachtung – spazieren gegangen waren, wie so viele andere Paare, die diesen Ort romantisch fanden. Hier hatten auch Familienpicknicks stattgefunden, und im Sommer gab es Konzerte. Die offiziell von Regierung und Stadtverwaltung geladenen Gäste wurden in einer Residenz auf dem Parkgelände untergebracht, und wer genug Geld hatte, konnte im dortigen Restaurant speisen oder seine Hochzeit im Festsaal feiern. Meine Mutter erinnerte sich an die Wägelchen der Eisverkäufer und an die Händler mit Kichererbsen in scharfer Soße und an das nahe gelegene Kino. Von ihr hatte ich die Vorstellung übernommen, der Park sei ein fantastischer Ort, ein Raum, der für die Freiheit stand, die es einmal im Land gegeben hatte.

Überdauert hatten nur die modernen Wohnblöcke aus Beton. Und dahinter erhob sich stolz der Hindukusch. Zum Glück stand unser Gebirge so mächtig da wie eh und je, als warte es nur darauf, dass jeden Moment ein Laster voller Hippies mit wenig islamistischen Bärten die Straße hinauf in die Berge nehmen würde, inspiriert vom Rauch des berühmtesten Haschisch der Welt. Früher, in den 60er- und 70er-Jahren, wäre das normal gewesen, als junge Leute aus der ganzen Welt von einem ursprünglichen Land angelockt wurden und in den mit Teppichen ausgelegten Salons der Hotels Ausländer saßen und mit echtem Wodka anstießen. Doch nun schienen die Ausländer verschwunden zu sein – oder zumindest sahen wir sie nicht –, und es sollte noch lange dauern, bis Journalisten und Mitarbeiter von NGOs zu einem gewohnten Anblick in unserem Alltag werden sollten. Wir waren nicht länger eine Touristenattraktion, wir waren wieder zu einem unbequemen Pickel für die Welt geworden, eine Münze im politischen Tauschhandel, eine Ausnahme von der Welt, die lebt und reist, Geschäfte macht, Museen besucht und in Restaurants wie das geht, das es einmal im Bagh-e-bala gab.

Nicht weit entfernt vom Park befand sich das, wonach meine Mutter und ich suchten: die Moschee. Doch als wir schon meinten, ruhig durchatmen zu können, hörten wir den schrecklichen Lärm der Bomben. Hinter dem blauen Gitter, das den Blick meiner Mutter einsperrte, erahnte ich ihre schreckgeweiteten Augen. Sie drückte meine Hand so fest, dass es wehtat, und zog mich zum erstbesten Haus, das sie sah. Sie hämmerte gegen die Tür und schrie: »Bitte, macht auf, bitte! Ich habe ein kleines

Mädchen dabei, bitte!« Ich versteckte mich zitternd in ihrer Burka und klammerte mich mit zusammengekniffenen Augen an ihr fest. Meine Mutter klopfte und hämmerte mit der Faust, aber niemand antwortete. Sie versuchte es an einer anderen Tür, und dann an noch einer. Die Straße war nun wie leer gefegt und wir hörten den Klang meiner Albträume aus nächster Nähe, dieses stumpfe Zischen, das in einem Donner endet. Nach einer Weile (Sekunden? Minuten?) hörten wir das Geräusch eines Schlosses und eine Tür ein Stück weiter die Straße herunter wurde geöffnet. Ein grauhaariger Mann steckte den Kopf heraus und winkte uns schnell zu sich. Trotz meiner Wunden und der Beleibtheit meiner Mutter flogen wir geradezu auf ihn zu. Dort war der sichere Punkt, den es zu erreichen galt, wie beim Versteckspiel. Wenn wir es über die Türschwelle schafften, wären wir gerettet. Der Mann, der gebildet aussah, dessen Augen aber angsterfüllt waren, hastete uns voran Richtung Keller. Ohne lange zu überlegen, krochen wir auf allen vieren in den Raum unter der Erde, kärglich beleuchtet von vier Kerzen, und die Tür schloss sich hinter uns. Wir ließen uns, wo wir gerade waren, auf den Boden fallen, als hätten wir in diesem Moment all unsere Kräfte erschöpft.

»Schwester, was hast du mit einem Mädchen auf der Straße gemacht, mitten in den Kämpfen?«, fragte der Mann.

Meine Mutter konnte nicht aufhören zu weinen und wiegte mich unablässig. Ich sah mich um, und als meine

Augen sich an das Halbdunkel gewöhnten, erkannte ich fünf oder sechs Erwachsene, ebenso viele Kinder und ein Neugeborenes, das zu meiner Überraschung seelenruhig in einer Ecke schlief. Ich hatte auch unwiderstehliche Lust zu schlafen.

»Das ist Wahnsinn, bei dieser Gefahr rauszugehen ... und mit einem Kind ...«, murmelte der Mann noch immer. »Malia, bring Wasser für die Frau und das Mädchen.«

Wir nahmen den ganzen Tag und die ganze Nacht nichts weiter zu uns. Wir sprachen auch mit niemandem. Wozu unsere Geschichte erzählen, die Tausenden anderer ähnelte, die wir alle tagtäglich hörten? Verletzte, obdachlose Frauen und Mädchen; Leute, die plötzlich mitten im Bombenhagel standen und Schutz brauchten; verzweifelte Menschen, die nichts zum Essen oder zum Anziehen besaßen und nur Angst und Trauer bei sich hatten. Nichts Neues im Kabul der 90er-Jahre.

Keller wie der, in dem wir Zuflucht gefunden hatten, wurden in den afghanischen Häusern traditionell zu Isolationszwecken gebaut, und entsprechend waren sie sehr feucht. Sie waren nicht dazu gedacht, um darin zu leben, und die Erwachsenen konnten nicht einmal aufrecht stehen, denn sie hatten sehr niedrige Decken. Doch während des Krieges kamen darin unendlich viele Leute unter, tage- und nächtelang. Menschen, die sich häufig nicht einmal kannten, wie wir an jenem Tag, und die sich vermutlich nie wiedersehen würden. Die Gespräche blieben knapp und das Essen war es auch. Alle erduldeten gottergeben die Unbequemlichkeit und den Gestank, der daher rührte, dass wir alle tagelang kein fließendes Wasser gesehen hatten. Der Hausherr ging ab und an hinauf, um die Situation auf der Straße zu checken, und wenn die Lage ziemlich sicher zu sein schien, ließ er alle rauskommen. Wenn es nur ein zeitweiliger Stopp war, schlossen sich die Hausbewohner manchmal den Gästen bei der Suche nach einem neuen Zufluchtsort an, in einem ruhigeren Viertel. Die Straßen waren voller Gruppen aus Unbekannten, die sich zusammentaten, um gemeinsam ihr Leben zu retten.

»Wir können raus! Jetzt!«, schrie der Mann, der uns hereingelassen hatte.

»Danke, vielen Dank. Gott möge es dir vergelten«, sagte meine Mutter, die Hände auf dem Herzen, und schob mich zur Tür.

Der Mann sah sie nicht an. Er vergewisserte sich, dass seine Familie, ohne Zeit zu verlieren, aus dem Versteck kam, und packte einen Sack mit dem wenigen, was er mitzunehmen gedachte.

Wir gingen nicht mit der Gruppe mit. Meine Mutter hatte entschieden, Richtung Süden weiterzugehen, weg von den Bergen.

Nachdem man viel Angst gehabt hat, spürt man eine große Müdigkeit, ein Unwohlsein, das sich einem an die Haut klebt, als hätte man Fieber. Angst macht krank und man gewöhnt sich nie daran. Und so, krank, müde und

Hand in Hand, liefen wir eine ganze Weile schweigend weiter, bis wir in eine Gegend kamen, wo Leute auf der Straße waren, wo Fahrräder und Autos fuhren und einige Geschäfte offen hatten. Wo der Krieg fern zu sein schien und das Leben weiterging. Wir lösten den Blick von der Bäckerei, aus der der Geruch frischen Brots zu uns drang, und von den Gemüseständen, die uns an unseren Hunger erinnerten, und suchten eine Moschee. Dort sahen wir etwa zwanzig Personen wie uns, die sich auf den Teppichen ausruhten und Brot und Linsen aßen. Meine Mutter half mir, mich am Brunnen im Hof zu waschen, und dann bekamen wir auch etwas zu essen.

Sauberer und mit vollem Magen sprachen wir mit dem Mullah und sagten ihm, dass wir auf der Suche nach meinem Vater seien. Das war das übliche System, solange wir alle Nomaden waren, vor den Kämpfen flohen, versprengt wurden und uns gelegentlich aus den Augen verloren. Für diese Fälle lautete die Losung: »Wir treffen uns in der Moschee in einem sicheren Viertel.« Fast unglaublich in einer so großen Stadt, doch normalerweise funktionierte es. Der Mullah verkündete während des Gebets zum Beispiel: »Familie Shinwari sucht Ahmed Shinwari.« Und oft hörte Ahmed selbst oder jemand, der ihn kannte, den Aufruf, und die Familie konnte sich wiedervereinen. Falls nicht, konnten die Suchenden so lange dort bleiben wie nötig, mit der Sicherheit, etwas zu essen zu haben, dank der Nahrungsmittel, die die Nachbarn für den Mullah und die Bedürftigen brachten. Außerdem waren die

Moscheen der ideale Zufluchtsort vor der Kälte, denn sie hatten ein traditionelles System der unterirdischen Heizung, das die Böden warm und die Innentemperatur angenehm hielt, selbst wenn es draußen schneite.

An jenem Tag hatten wir Glück. Ein Bekannter meines Vaters, der wusste, wo er sich aufhielt, gab ihm Bescheid. Während wir, nun schon ruhiger, warteten, sprach meine Mutter mit einer Frau, die ihr, woher auch immer, bekannt vorkam, und ich schaute ein paar Mädchen zu, die Seil sprangen. Ich kam nicht einmal auf die Idee, sie zu fragen, ob ich mitspielen dürfte. Der Schmerz und die Verbrennungen hätten mich nicht gelassen ... vorausgesetzt, die Mädchen wären nicht über mein Aussehen erschrocken und hätten mich akzeptiert. Und das war, danach zu urteilen, wie sie zu mir herüberschielten, eher unwahrscheinlich. Ich konnte mich nicht an die Ablehnung gewöhnen und jeder schiefe Blick zerriss mich innerlich.

Mein Vater kam erst viele Stunden später. Ich hätte ihn gern umarmt und ihm alles erzählt, was uns widerfahren war, wenn ich nicht gemerkt hätte, dass sein Blick an jenem Tag merkwürdig war, wie um mir zu bedeuten, dass es besser wäre, ihm nicht zu nahe zu kommen. Meine Mutter bemerkte meinen Blick und mein Zögern. Sie nahm mich mit besorgter Miene an der Hand, und gemeinsam folgten wir ihm, ohne ein Wort zu sagen.

Die Beziehung zwischen meinem Vater und meiner Mutter war schwierig. Sie hatten sich kennengelernt, als meine Mutter ihre Schwester und ihren Neffen in das Krankenhaus begleitete, in dem mein Vater sein Büro hatte. Sie schien ihm ein resolutes und verantwortungsbewusstes Mädchen zu sein, und er fühlte sich auch von ihrem klugen und frechen Blick angezogen. Ohne Familie in der Nähe musste mein Vater Freunde bitten, für ihn um ihre Hand anzuhalten. Sie einigten sich schnell und er wartete sehnsüchtig auf den Tag der Hochzeit. Aber seine Frau war nicht, wie er sie sich vorgestellt hatte. Sie war zwar klug und fleißig, das schon, aber sie konnte weder lesen noch schreiben und hatte keinerlei Interesse an Geselligkeit oder daran, schöne Kleider zu tragen und ein aktives Leben außerhalb des Hauses zu führen, wie die Frauen einiger seiner Arbeitskollegen das taten. Und für seinen Geschmack war sie zu religiös. Mein Vater fühlte sich äußerst frustriert, und meine Mutter ertrug es nicht, dass er Druck auf sie ausübte, damit sie erschien wie etwas, das sie nicht war. Daher konzentrierte er nach vielen Streitereien schließlich seine gesamte Energie auf Zelmai, seine Hoffnung. Und von Zeit zu Zeit achtete er auch darauf, dass seine Töchter auf gutem Wege waren. Oder, was dasselbe war, dass sie nicht wie ihre Mutter wurden.

Ein Lager mitten im Nichts

»Name?«

»Ghulam.«

»Wie viele seid ihr?«

»Drei. Zwei Erwachsene und ein Mädchen.«

»Kommt ihr aus Kabul?«

»Ja.«

Der Mann schrieb alles, was ich ihm sagte, auf ein Stück Papier, das mit einer verrosteten Klammer an einem Metallbrett befestigt war. Anschließend schaute er auf einen Plan, der auf dem Tisch ausgebreitet lag und auf dem lauter Rechtecke, Linien, Zahlen und Buchstaben eingezeichnet waren, die ich nicht verstand. Er suchte mit dem Finger nach einem Punkt und notierte etwas mit seinem Bleistift.

»Nehmt euch dort drüben ein Paket, und dann könnt ihr euch in eurem Zelt einrichten, Nummer dreiundvierzig im Sektor C. Merkt euch das: Nummer dreiundvierzig. Ihr dürft nur im Sektor C Wasser holen. Versucht also auf keinen Fall, woanders Wasser zu holen, wo es nicht für euch bestimmt ist, verstanden? Der Nächste! Name?«

Wir traten aus der Schlange heraus. Meine Mutter ging zu einem riesigen Stapel eingeschweißter Pakete, die mit dem Schriftzug der UNO versehen waren, und nahm eins davon. Ich brannte richtig darauf, es aufzupacken und zu sehen, was darin war. Wir hatten schon so lange kein richtiges Geschenk mehr bekommen! Früher, wenn wir am Ende des Ramadans das Eid-Fest des Fastenbrechens feierten, bekamen wir Kinder alle neues Spielzeug, oder wenigstens irgendein neues Kleidungsstück, das wir tragen konnten, wenn wir jemanden zum Fest besuchten oder wenn Freunde und Familie zu uns zum Essen kamen ... Es war so spannend, das Papier aufzureißen und zu sehen, was unsere Eltern für uns gekauft hatten!

Doch nun bekamen wir schon seit Langem keine Geschenke mehr von unseren Eltern, sondern von den ausländischen Organisationen (der UNO, die immer alles in der Farbe Blau machte, dem Roten Halbmond und vielen anderen mit den verschiedensten Buchstabenkombinationen); und darin waren nicht die bestickten und paillettenbesetzten Kleider, die wir so liebten, sondern Öl, Mehl und Reis ... Trotzdem waren diese Geschenke uns immer willkommen, und wir Kinder waren heilfroh, wenn wir eines bekamen, auch wenn wir stundenlang dafür in der Schlange stehen mussten.

Dieses eingeschweißte Paket, erfuhren wir kurze Zeit später, enthielt vier Betttücher, eine Teekanne und einen Blechtopf sowie einen sehr behelfsmäßigen, benzinbetriebenen Kocher. Damit mussten wir in dem gigantischen Flüchtlingslager in Dschalalabad zurechtkommen. Dschalalabad ist eine Oase, eine blühende Stadt umgeben von fruchtbarem Land, aber das Lager war so weit von der Stadt entfernt, dass von der Oase nichts zu spüren war; das Gelände, auf dem die Zeltstadt errichtet war, war reine Wüste. Sprich: Steine, Staub, Skorpione, Schlangen sowie erbarmungslos herunterbrennende Sonne, ohne einen Baum weit und breit, der die brütende Hitze mildern würde.

Kaum angekommen, begann sich meine Mutter bereits nach Kabul zurückzusehnen. Nur schwer konnte sie das Lagerleben mit all seinen Unbequemlichkeiten ertragen. Sie langweilte sich inmitten von Nachbarn, die nur Paschtu sprachen – eine Sprache, die sie nicht beherrschte, obwohl es die ihres Mannes war –, und sie litt sehr darunter, dass die Hitze und die mangelnde Hygiene meine Wunden, von denen einige noch nicht verheilt waren, von Tag zu Tag schlechter aussehen ließen.

Meine Mutter tat ihr Bestes, damit es uns so gut wie möglich ging: Sie fabrizierte Matratzen, indem sie die Bettbezüge mit alten Kleidungsstücken ausstopfte; sie schaffte es, dass ihre Schwester auch dorthin kam, mitsamt meinen kleinen Schwestern, die bei ihr waren; sie lernte Tauschgeschäfte zu machen … Doch sie gewöhnte sich nie richtig ein und träumte immer von einer Rückkehr nach Kabul. Sie hielt nur durch, weil sie wusste, dass der Aufenthalt in diesem Lager auf halber Strecke zwischen Kabul und Pakistan vorübergehend war, bis es uns gelingen würden, dass man mich in dem viel gelobten Krankenhaus von Dschalalabad behandelte, das von einer deutschen NGO geleitet wurde. Anders als viele andere Bewohner des Lagers, Flüchtlinge, die nur daran dachten, wie sie aus diesem Land herauskommen konnten, warteten wir darauf, dass die Ärzte mir halfen, damit wir anschließend in unsere Stadt zurückkehren konnten. Das Land zu verlassen war unvorstellbar, weil meine Mutter nicht wollte, dass Zelmai uns eines Tages in Kabul suchte und nicht fand. Mein Vater schwieg.

Der Aufenthalt im Lager dauerte länger als nur ein paar Tage, wie wir anfangs gehofft hatten. Zuerst mussten wir lernen, wie alles funktionierte. Wir gewöhnten uns an den beschränkten Raum, der uns zugeteilt worden war, und fanden dann schließlich heraus, wo das Krankenhaus war, wie man dorthin kam und wie wir das notwendige Geld dafür auftreiben konnten. Alles war kompliziert und brauchte Zeit: Wir mussten fragen, beobachten, wie die anderen es machten, und es letztlich einfach darauf ankommen lassen und es versuchen. Ohne Bedienungsanleitung. Es hatte zwar jeder der Blöcke, in die das Lager eingeteilt war, einen Vertreter und vermutlich war es theoretisch dessen Aufgabe, Informationen weiterzugeben, aber wir hegten tiefes Misstrauen gegen jeden, der irgendwie in einer Machtposition war, und dachten gar nicht erst daran, zu ihm zu gehen. Wir waren Kinder des Krieges, wir waren es gewöhnt, uns allein durchzuschlagen und von Neuem anzufangen.

So, indem wir uns von einem zum anderen durchfragten, erfuhren wir also, dass es im Lager eine von geflüchteten Lehrerinnen auf die Beine gestellte Schule gab, wie auch eine Moschee, die jedoch noch keine Wände hatte und nur mit großen Steinen abgegrenzt war. Der andere wichtige Punkt, den es zu beachten galt, war der Brunnen, von dem uns der Mann bei der Aufnahme am ersten Tag erzählt hatte. Diese Wasserquelle war ein riesiger runder Tank mit vier Hähnen – einer für jeden Block –, den die Feuerwehr regelmäßig auffüllte. Die Schlangen zum Wasserholen waren kilometerlang und das Anstehen wurde bald zu meiner Hauptbeschäftigung. Damit verbrachte ich viele Stunden, Zentimeter um Zentimeter mit den beiden leeren Benzinkanistern vorrückend, die meine Mutter so gut wie möglich ausgewaschen hatte, nachdem wir sie an der Straße gefunden hatten, zurückgelassen von irgendeinem Fahrzeug, das am Lager vorbeigekommen war. Ich harrte in der Schlange aus, und wenn ich schon nah beim Wasserhahn war, bat ich jemanden, meiner Mutter Bescheid zu sagen, damit sie meinen Vater und die Kleinen einen Moment allein ließ und mich ablösen kam, weil das Gewicht der vollen Kanister zu schwer für mich war.

Um Essen zu beschaffen, gab es hauptsächlich zwei Möglichkeiten: Eine war, an dem Tag, wenn es Verteilung gab, in die Moschee oder zum Laden des Blockvertreters zu gehen – das war normalerweise ein Tag, nachdem wir die blauen Lastwagen mit der Aufschrift »UN« auf der Straße gesehen hatten. Die andere Möglichkeit war, an den selbst gebauten Ständen einzukaufen, die die Leute aus Dschalalabad und Umgebung vor den Toren des Lagers errichtet hatten. Für gewöhnlich waren das Bauern, die Obst und Gemüse, Milch oder Eier anboten. Frische Waren, die an jenem Ort ein Luxus waren, wo die meisten Menschen mit leeren Händen angekommen waren und im Grunde nichts hatten, womit sie bezahlen konnten. Nach der Ankunft aßen wir daher nur die wenigen Dinge, die wir von der UNO bekamen.

Doch bald fanden wir heraus, dass das Mehl, das wir Flüchtlinge – neben Linsen, Öl, Zucker und Tee – von der UNO erhielten, eine allgemein akzeptierte Tauschwährung war. So schmälerte meine Mutter oft unsere Brotration, um andere Produkte einzukaufen, die wir brauchten. Ab und zu kaufte sie zum Beispiel Joghurt für mich oder meine Schwestern, die noch sehr klein waren – obwohl das richtig teuer war: Ein Glas Joghurt kostete drei Gläser Mehl –, und manchmal musste sie auch mit dem Mehl handeln, um andere Artikel für die Grundbedürfnisse zu beschaffen, wie Kleidung, einen Schöpflöffel oder eine Bürste. Jeder Gegenstand bedeutete ein Brot weniger, aber wir beschwerten uns nicht. Zum ersten Mal seit vielen Monaten litten wir keinen Hunger. Und wir schafften es sogar, Hühner zu halten. Nicht so leicht zu lösen war die Frage nach Brennmitteln: Um Holz fürs Feuermachen zu beschaffen, mussten wir zwei Stunden lang unter der sengenden Sonne laufen.

Im Lager traf ich auf Leute, die sich wegen meines Aussehens angeekelt von mir abwandten. Vermutlich war es ein Schock, mich zu sehen: das Gesicht voller Krusten, die leicht zu bluten anfingen, und der halb verbrannte, unbedeckte Kopf. An einem Tag musste ich es sogar ertragen, dass ein paar Kinder mit Steinchen auf meinen aufgrund der Wunden offen stehenden Mund zielten, während ich mich nicht aus der Wasserschlange wegrühren wollte. Ich stieß auf dieselbe Feindseligkeit wie überall und musste sehr bittere Momente durchleben. Aber trotzdem mochte ich das Leben im Camp. Denn dort waren wir Kinder frei und konnten überall herumlaufen. Wir gewöhnten uns sehr bald an das Lager und vermissten Kabul nicht, die Stadt voller Regeln und voller Angst, mit Wänden und mit Bomben, die diese Wände zum Einsturz bringen konnten. Irgendwer dachte sich sogar ein Geschäft aus, dem ich mich sofort anschloss: Wir durchstreiften die Umgebung des Lagers und sammelten die Überreste von vor langer Zeit gefallenen Bomben auf; diesen Blechschrott verkauften wir an Läden in Dschalalabad. Obwohl wir nicht mal genug für Sonnenblumenkerne verdienten, mühten wir uns nach besten Kräften: Jeder Afghani war ungemein wichtig für unsere Familien. Doch eines Tages bekam diese Aufgabe für mich einen anderen Beigeschmack, als ein Junge mich fragte: »Aber was machst du denn da?«

»Ich sammle Eisen, siehst du das nicht?«, gab ich ihm überrascht zur Antwort.

»Und was machst du mit dem Eisen?«

»Ich bringe es nach Dschalalabad, dort kaufen sie es.«

»Wie kannst du nur? Kapierst du denn nicht, dass sie es nach Pakistan bringen und noch mehr Bomben daraus bauen werden, die dir vielleicht auf den Kopf fallen?«

Darauf wäre ich nicht im Traum gekommen. Geschockt leerte ich meine Tüte auf dem Boden aus und lief zurück in mein Zelt. Als ich mich aus der Ferne noch einmal umblickte, sah ich, wie der Junge den Schrott aufsammelte, den ich gerade zurückgelassen hatte.

Das Krankenhaus von Dschalalabad

Ins Krankenhaus von Dschalalabad kamen wir hinein wie überall sonst auch: nachdem wir in einer Schlange gewartet hatten, die länger war als ein Tag ohne Brot. Mein Onkel und meine Tante blieben bei meinem Vater und meinen Schwestern und passten auf sie auf, und meine Mutter begleitete mich. Wir nahmen den Bus, als es noch dunkel war, und um sieben Uhr morgens standen wir schon vor dem Eingang zum Krankenhaus ... mit Dutzenden anderen Menschen vor uns.

Als wir endlich an der Reihe waren, warf die Krankenschwester, die den Zustand der Patienten beurteilte, einen schnellen Blick auf mich. Meine unverheilten Wunden waren verdreckt. Die Hälfte von Kopf und Gesicht war verbrannt und mir wuchs kein Haar. Am Kinn fehlte mir Haut und Zähne und Zahnfleisch lagen bloß; am Unterarm hatte ich ein Loch und das Feuer hatte einen Finger mit der rechten Handfläche verkleben lassen, weshalb ich die Hand fast nicht benutzen konnte. Der Anblick muss wohl so schrecklich gewesen sein, dass die Krankenschwester, obwohl sie es gewohnt war, alle möglichen Verletzungen zu sehen, vor Entsetzen aufschrie und beschloss, die Bürokratie zu überspringen und mich gleich durchzuwinken, damit die Wunden versorgt werden konnten.

Für mich war dieses Krankenhaus wie ein Traum. Saubere Wände, Zimmer für vier Personen mit hohen Betten, abwechslungsreiches Essen drei Mal pro Tag ... Nur leider gab es nicht genug Betten für so viele Kranke und Verletzte, und so musste ich zwischen den verschiedenen Operationen – insgesamt waren es fünf – zurück ins Lager, fast unmittelbar, nachdem ich mich von der Betäubung erholt hatte und die Ärzte sich sicher waren, dass alles einen guten Lauf nahm. So musste ich in einem staubigen Zelt mitten in der Wüste auf die nächste Operation warten, in Verbände gewickelt wie eine Mumie und unter Schmerzen, wobei ich mich im Grunde nur von Tee und eingeweichtem Brot ernährte. Die Ärzte sagten, dass ich jeden Dienstag ins Krankenhaus kommen sollte, damit meine Wunden versorgt und die Verbände gewechselt wurden, aber das war in meiner familiären Situation fast unmöglich, auch weil ich nur ohne Fahrgeld in den Bus steigen konnte – anders ging es nicht. So war ich vom guten Willen des jeweiligen Fahrers abhängig, und nicht alle waren bereit, mich kostenlos mitzunehmen.

Ich litt dort sehr, bekam aber auch etwas Seltenes: Lob. Die ausländischen Ärzte und die einheimischen Krankenschwestern gratulierten mir immer, weil ich so ein tapferes Mädchen war, das allein ins Krankenhaus kam und die Tränen zurückhielt, während die meisten Patienten und die sie begleitende Verwandtschaft ohne jede Zurückhaltung herumschrien und -brüllten. Ich dachte immer, dass ich überhaupt nicht mutig sei, sondern dass es mir nur nichts brachte zu weinen, wenn meine Mutter nicht da war, um mich zu trösten. Nur die kleinen Fortschritte, die ich feststellen konnte, hoben meine Stimmung: die wiederhergestellte Wange, die meinem Gesicht wieder eine normalere Form gab; der vorher festgeklebte Finger, den ich, nachdem sie ihn gelöst hatten, wieder frei bewegen konnte …

Es ermutigte mich, zu sehen, wie es mir Tag für Tag besser ging und ich leichter essen oder laufen konnte, doch ich machte mir nicht mehr allzu viele Hoffnungen, je wieder so zu sein wie früher.

Nach den Operationen und den Behandlungen hatte ich es eilig, mich zum Schlafen in dem Sack zu verkriechen, den meine Mutter aus Stoffresten für mich genäht hatte. Jede Nacht knüpfte sie ihn von außen zu, wie einen Sack Kartoffeln, damit mich keins der vielen Tierchen störte, von denen es im Lager wimmelte. Dieser Schlafsack – der in dem Maß, wie ich wuchs, verlängert werden musste – war so speziell, dass er zu einer Attraktion wurde, die sich die Nachbarn im Lager zuhauf anschauen kamen.

Statt Beklemmung zu empfinden, weil ich eingesperrt war, fühlte ich mich geborgen und glücklich.

Halsschmerzen und Rührei

Ich war nicht die Einzige aus der Familie, die den »Luxus« des Krankenhauses kennenlernte. Eines Morgens wachte mein Vater stöhnend auf. Wir waren gewöhnt, dass er sich seltsam verhielt – manchmal sagte er den ganzen Tag lang kein Wort, die Augen mit leerem Blick ins Nirgendwo gerichtet; manchmal wollte er meine Mutter schlagen; manchmal tat er sich selber weh ... –, aber an dem Tag war es anders. Er lehnte das Frühstück ab und wollte nicht aufstehen. Nach einer Weile begann er zu zittern und klagte, dass es so kalt sei. Kalt, in dieser Wüste, wo ab sieben Uhr morgens Temperaturen wie im Backofen herrschten! Ich ging ein wenig furchtsam zu ihm, weil ich nie wusste, wie er reagieren würde, und berührte seine Stirn – sie brannte. Wir hatten nichts, was wir ihm geben konnten.

»Nadia, du musst mit deinem Vater ins Krankenhaus fahren.«

Meine Mutter schaute in die große Blechdose, in der wir das Mehl, gut geschützt vor Tieren und Staub, aufbewahrten. Es war ein heiliger Ort, der wichtigste Punkt des Vorrats, und zugleich unsere Spardose. Zum Glück hatte es vor wenigen Tagen eine Verteilung der Vereinten

Nationen gegeben und wir hatten genug Mehl, um Bustickets zu kaufen, und sogar noch für frische Lebensmittel aus der Stadt, die immer billiger waren als die an den Ständen der Bauern vor unserem Lager. Meine Mutter ging los, um das Mehl in Bustickets »umzutauschen«, und als sie zurückkam, waren mein Vater und ich schon abmarschbereit, er in eine Decke gewickelt, als wären wir am Nordpol, und ich darum betend, dass alles gut gehen möge. Es begeisterte mich nicht im Geringsten, mit meinem Vater allein unterwegs zu sein, aber ich dachte nicht einmal daran zu protestieren.

Zum Glück war die Diagnose nicht weiter schlimm, es waren einfache Halsschmerzen. Nichts, dem sich nicht mit einem normalen Antibiotikum beikommen ließe. Als wir das Krankenhaus verließen, das Fläschchen mit dem Saft sicher in der Jackentasche meines Vaters verstaut, atmete ich auf. Wir würden auch das überstehen! Dank des fiebersenkenden Mittels, das man ihm verabreicht hatte, begann er sich schon besser zu fühlen, und ihm war auch nicht mehr kalt, wir konnten also in aller Ruhe die geplanten Einkäufe erledigen: vier Eier, ein Bund Frühlingszwiebeln, ein Blumenkohl und eine Flasche Öl für unsere Lampe. Beladen mit all diesen Dingen machten wir uns wieder auf den Rückweg.

Als der Bus vor dem Eingang des Lagers die Türen öffnete, stieg mein Vater vor mir aus, ich brauchte einen Moment, um die Tüte mit dem Gemüse und dem Öl hochzuhieven. Noch während ich den Fuß auf den Boden setzte, hörte ich einen lauten Aufprall. Mir blieb fast das Herz stehen, als ich begriff, dass mein Vater, der wieder einmal über die Straße gegangen war, ohne zu schauen, angefahren worden war. Zwei dicke Autos waren ein Stück weiter vorn stehen geblieben und Männer in teuren Anzügen stiegen aus. Sie seien Bodyguards des Bruders des Gouverneurs von Dschalalabad, der ebenfalls in diesem Konvoi mitfuhr, sagten sie mir. Wir hasteten alle zu der Stelle, wo mein Vater gelandet war, blutend und nicht wirklich bei Bewusstsein. Ich fiel ebenfalls fast in Ohnmacht, vor Angst.

Die Männer aus dem Auto vergewisserten sich, dass er nicht tot war, und wollten dann weiterfahren.

»Hey! Wohin geht ihr? Kommt zurück!«, schrie ich sie mit Tränen in den Augen an.

Die Männer taten so, als hörten sie mich nicht.

»Kommt zurück! Kommt zurück, ihr Mistkerle!«

Als ich sah, dass sie nicht auf mich hörten, tat ich das Erstbeste, was mir einfiel, um sie aufzuhalten: Ich warf mich auf die Straße, vor ihr Auto. Ich war blind vor Sorge, und dieses Gefühl machte mich mutiger oder leichtsinniger. Tatsächlich amüsierte es die Bodyguards, dass ein kleines Mädchen wie ich es wagte, sich ihnen entgegenzustellen. Und statt mich einfach wegzustoßen, um freie Fahrt zu haben, beschlossen sie, auf mich zu hören. Sie ließen uns in den Wagen steigen. Ich steckte den Kopf aus dem Fenster, um mein wild rasendes Herz zu beruhigen. Einen Moment lang fühlte ich mich mächtig.

Eine Weile später standen mein Vater und ich wieder vor der Notaufnahme des Krankenhauses. Und zum zweiten Mal an diesem Tag konnte ich erleichtert aufatmen. Das Blut an der Brust meines Vaters, das mich so sehr erschreckt hatte, kam nur von den – nicht sonderlich tiefen – Schnitten, die die Splitter der durch den Unfall zerbrochenen Arzneimittelflasche verursacht hatten. Abgesehen davon hatte er nur einen verletzten Arm und ein paar blaue Flecken. Da es jedoch spät war, empfahl der Arzt meinem Vater, die Nacht über im Krankenhaus zu bleiben.

»Das geht nicht, auf gar keinen Fall!«

Der Arzt und die Krankenschwester sahen mich sprachlos an. Wie konnten wir ein sauberes Bett, Essen und Medikamente ablehnen? Hatten wir etwa etwas Besseres vor?

Sicher wäre es das Beste für meinen Vater gewesen – und auch mir hätte es gefallen! –, aber ich musste unaufhörlich daran denken, wie meine Mutter leiden würde, falls wir nicht noch am selben Abend zurückkehren würden. Ich stellte mich störrischer als ein Maulesel, und dem Arzt blieb nichts anderes übrig, als uns ziehen zu lassen: Selbst schuld!

Es war schon dunkel geworden, als ein Mädchen und ein Mann – mein Vater und ich – sich schmutzig und zerlumpt auf den Nachhauseweg machten. Dieses zweite Mal wollte ich nichts riskieren und gab ihm von dem Moment an die Hand, als der Autobus anhielt, und ließ ihn erst wieder vor unserem Zelt los. Nach diesem langen und schrecklichen Tag wollte ich nur noch ins Bett.

Das Letzte, an das ich mich erinnere, bevor ich todmüde einschlief, ist der köstliche Duft nach Rührei mit Frühlingszwiebeln …

Die Stunde der Wahrheit

Wir lebten über ein Jahr lang in dem Lager, doch was ich dank der Behandlung durch die deutschen Ärzte gewann, die mit Unterstützung des Roten Halbmonds arbeiteten, verlor ich wieder aufgrund von Hitze, Staub und Dreck, die meine Wunden infizierten. Und eines Tages beschloss meine Mutter, dass sie es satthatte: Wir kehrten nach Kabul zurück.

Merkwürdigerweise kam uns das Leben in der Stadt, obwohl es ein einziges Chaos war und wir kein festes Zuhause und auch keine Schule oder Arbeit hatten, fast schon normal, ja wie Routine vor. Zu der Routine gehörten natürlich auch die häufigen Besuche in den Gesundheitszentren, um die Auswirkungen, die das Fehlen von Medikamenten wie auch von Wasser und Seife auf meinen Körper hatte, wieder zu richten. Manche Wunden heilten nicht ausreichend, und kurze Zeit später kam ich erneut ins Krankenhaus, während meine Schwestern wieder für eine Weile bei unserer Tante lebten.

Ich bereitete mich auf die Unannehmlichkeiten der Anästhesie vor, den unterbrochenen Schlaf, den Schmerz und die Stunden der Langeweile, aber ich ahnte noch nicht, dass zwischen diesen weißen Wänden sehr bald die

Worte ausgesprochen werden würden, die unser Leben für immer verändern sollten.

Zum achten Mal wurde ich in den Operationssaal geschoben und war, als ich wieder rauskam, von oben bis unten in makellose Verbände gewickelt, unter denen die gerade frisch vernähten Wunden pochten. Mein Körper war erschöpft; mein ganzes Ich hatte es satt, so viel zu leiden. Und nur meine Mutter stand mir bei, die sich wieder einmal von ihren kleinen Töchtern trennen musste. Ein Gedanke zermarterte mir das Hirn: ›Ich werde hier sterben. Warum kommt mich sonst keiner besuchen?‹

Eines Tages kam mein Vater allein. Er alterte rasant und war definitiv nicht mehr der Vater, den ich einmal gekannt hatte. Ich begann mein Gejammer: »Papa, sag Zelmai, er soll zurückkommen, bitte. Mir geht es nicht gut und ich würde ihn so gern sehen.«

Mein Vater sah mich fest an, als würde er seinen Mut zusammennehmen, und sagte dann: »Nadia, Zelmai wird nicht zurückkommen. Er ist getötet worden.«

Ich zweifelte ein paar Sekunden lang, versuchte zu ermessen, ob er sich das ausgedacht hatte, denn schon seit einiger Zeit schien er nicht mehr in der Lage, ein verständliches Gespräch zu führen. Aber er sah nicht so aus, als würde er fantasieren, sondern eher, als kämpfe er mit den Tränen. Er sagte die Wahrheit. Mein Bruder, mein Held, mein Freund – tot!

Ich atmete kaum, während er sprach, und als er fertig war, sagte er zu mir: »Sag deiner Mutter nichts.«

Ich ließ mich ins Bett zurückfallen. Mir war eiskalt und auf meiner Brust lastete ein solches Gewicht, dass ich zu keiner Bewegung fähig war. Ich war gelähmt, konnte nicht auf die Nachricht reagieren und spürte auch mich selbst nicht mehr. Dann verlor ich das Bewusstsein, und als ich wieder zu mir kam, keine Ahnung, wie viele Stunden später, saß dort, wo mein Vater gesessen hatte, meine Mutter. Es war wie ein Traum, doch der Schmerz in meiner Brust erinnerte mich an das, was gewesen war. Und ich durfte nichts sagen … Jetzt war ich wirklich allein und nur meine Gedanken an den Tod trösteten mich: Sicher würde ich noch am selben Tag sterben – oder sonst am nächsten. Es lohnte sich also nicht, groß zu leiden.

Aber Zelmai war zu wichtig, um einfach so zu tun, als ob nichts geschehen wäre.

Der Friede der Taliban

»Der Krieg ist zu Ende! Die Mudschaheddin sind weg!«

Die Nachricht verbreitete sich wie ein Lauffeuer durchs Krankenhaus. Die Taliban hatten endlich die Waffen zum Schweigen gebracht. Die Straßenkämpfe waren vorüber, und auch die Korruption, die Vergewaltigungen und die Angst, sich in der Stadt zu bewegen. Nun könnten die Freunde und Familienmitglieder aus dem Exil zurückkehren, die wir alle so vermissten! Mit den Taliban wurde damals im Jahr 1996 der Frieden in Afghanistan verkündet. Und damit kein Zweifel daran blieb, wer das Sagen hatte, hatten sie es gewagt, das zu tun, was die Mudschaheddin nicht getan hatten: Sie waren in das UN-Hauptquartier in Kabul eingedrungen, wo der kommunistische Ex-Präsident Nadschibullah seit seiner Flucht vor vier Jahren lebte, und hatten ihn ermordet. Für meinen Vater, der ihn verehrte, war das ein harter Schlag; meine Mutter erklärte mir, dass er geweint habe, als er es bei meiner Tante zu Hause im Fernsehen sah.

»Damit haben sie Salz in die Wunde deines Vaters gestreut ...«, sagte meine Mutter besorgt. Aber für die anderen herrschte Feierstimmung, sogar uns Verletzten schien es besser zu gehen. Wir wollten nun gern rauskommen und dieses neue Land sehen, das man uns versprach …

»Soraya! Weißt du, dass der Krieg zu Ende ist?«

Soraya war die Helferin meines Arztes, der aus dem Ausland kam und eine Dolmetscherin brauchte. Sie war sehr sanft, von allen im Krankenhaus hatte ich sie am liebsten. Im Gegensatz zum Rest sah sie nicht froh aus.

»Was ist denn, Soraya? Freust du dich nicht, dass wir Frieden haben?«

»Natürlich, Nadia! Aber …« Sie rückte ganz nah an mich heran und fügte flüsternd hinzu: »Es ist nur, ich werde gehen müssen. Die Taliban wollen nicht, dass Frauen arbeiten.«

Sie war die Erste, die meine Freude trübte.

Bald war klar, dass sie nicht nur die Frauen am Arbeiten hindern würden, es wurde auch verboten, dass männliche Ärzte Frauen behandelten. Nach Soraya und ihren Kolleginnen würden auch wir Mädchen das Krankenhaus allesamt verlassen müssen. Tag für Tag, je mehr Nachrichten über die Politik der neuen Regierung eintrudelten, wich die Begeisterung stärker der Verunsicherung. »Es heißt, Frauen müssten Burka tragen und Männer einen langen Bart.« – »Es heißt, es sei verboten, dass Frauen beim Gehen Lärm machen, und sie dürfen in der Öffentlichkeit nicht lachen.« – »Es heißt, Musik, Tanzen und Filme sind verboten.«

Anfangs fassten die Frauen diese Gesetze als kleineres Übel auf, für das sie im Gegenzug mehr Sicherheit gewannen. Ich hatte selbst einmal gesehen, wie ein Taxifahrer versuchte, meine Mutter anzugreifen, und wie mein Vater ohne Hosen von einer Polizeiwache zurückkam, wo er hingegangen war, um Hilfe zu erbitten, weil die Polizisten ihm alles gestohlen hatten. Wir glaubten, alles sei besser als Terror und Krieg, konnten aber nicht ahnen, welch hohen Preis wir für all das würden zahlen müssen.

Keine Geliebte, sondern Trauer

Zelmais Fehlen war ein schmerzliches, allgegenwärtiges Hintergrundrauschen. Das Geheimnis lastete bleischwer auf mir; und meine Mutter und mein Vater lebten – jeweils auf ihre eigene Art – in völliger Abhängigkeit davon.

Mein Vater besuchte mich fast nie und gab sich den ganzen Tag lang seiner Trauer hin. Meine Mutter erwartete ihn im Krankenhaus, damit er sie ab und an ablöste und sie zu ihren anderen Töchtern gehen konnte, aber er kam nie. Letzten Endes ging meine Mutter ihn holen, und sobald sie ihn sah, explodierte sie: »Alles muss ich machen! Du lässt mich im Stich!«

»Ich kann nichts tun! Lass Nadia sterben! Ich kann uns nicht durchbringen, ich allein mit drei Töchtern und einer Frau!«

»Ich denke nicht daran, Nadia sterben zu lassen. Wenn du mir nicht helfen kannst, soll Zelmai kommen.«

»Ich habe ihn weggeschickt.«

»Wo ist er? Ich bin seine Mutter, ich habe ein Recht, das zu erfahren!«

Mein Vater biss die Zähne zusammen und fuhr sie an: »Du hast kein Recht auf irgendwas.«

Sie kam völlig zerstört zurück ins Krankenhaus. Sie litt wegen Zelmai und hatte den Verdacht, dass ihr Mann, wenn er sie so schlecht behandelte, wohl eine Geliebte hatte. Die anderen Frauen versuchten sie aufzumuntern: »Hab Geduld. So sind die Männer. Du wirst schon sehen, deinem Sohn geht es gut, und er leidet nur, damit ihm nicht dasselbe passiert wie Nadia.«

Aber irgendetwas sagte meiner Mutter, dass es ihrem Sohn überhaupt nicht gut ging; und das verstörte sie so sehr, dass sie Herzprobleme bekam. Endlich, bei einer ihrer bitteren Auseinandersetzungen, bestätigte mein Vater ihre schlimmste Vermutung.

Daraufhin erzählte er uns auch, was passiert war: Wenige Tage, nachdem sie beide und der Taxifahrer ausgeraubt worden waren, ging Zelmai eines Nachmittags zum Obstkaufen und kam nicht zurück. Mein Vater wartete die ganze Nacht auf ihn, wurde dabei aber nur immer nervöser. Am nächsten Tag lief er durchs Viertel und fragte überall herum, bei den Ladenbesitzern, bei Bettlern und Taxifahrern; dann ging er noch ein Stück weiter – wieder nichts. Verzehrt vor Angst musste er zu dem Haus zurückkehren, in dem sie damals lebten, bei Tante und Onkel und meinen Cousins. Doch noch bevor er dort ankam, trat ein Mann unruhig auf ihn zu und sagte schlicht: »Bruder, dein Sohn ist tot.«

Tot … Der Mann erzählte ihm, dass er seine Leiche erkannt habe. Anscheinend war er nicht weit weg von zu Hause ausgeraubt und dann erschossen worden. Er lag seit zwei Tagen auf der Straße, ohne dass irgendwer ihn angerührt und von dort fortgeschafft hätte. Mein Vater ging dem Mann an die Gurgel, am liebsten hätte er den Überbringer der schlechten Nachricht erwürgt. Doch er fasste sich wieder, ließ den Mann los und sagte: »Vergib mir … Bitte, bring mich zu meinem Sohn.«

Mein Vater kümmerte sich ganz allein um Zelmai. Er brachte ihn ins Krematorium und ließ ihn begraben, ohne irgendwem in der Familie Bescheid zu sagen. Er blieb, bis alle seine Tränen geweint waren.

An dem Tag begann er den Verstand zu verlieren. Die Welt fing an, ihm lästig zu sein, erschien ihm hassenswert, nun, nachdem ihm genommen worden war, was er am meisten geliebt hatte. Er wollte mit niemandem mehr etwas zu tun haben und verschloss sich in sich selbst, völlig gefangen in der Verzweiflung. Die Situation anzunehmen war ihm unerträglich, daher beschloss er einfach, sie möglichst zu ignorieren.

Meiner Mutter wurde auf gewisse Weise eine große Last von den Schultern genommen, als sie erfuhr, dass Zelmai tot war. Sie bat nur um eines: sein Grab zu sehen. Dort weinte sie, weinte und weinte. Und auf diese Art konnte sie anschließend weitermachen.

Ich fühlte mich ebenfalls erleichtert, denn Zelmai war nun nicht länger ein Gespenst zwischen uns allen, sondern wurde zu einer traurigen, aber lieben Erinnerung. Die Situation hatte sich geklärt: Nun waren wir eine fünfköpfige Familie. Mein immer entrückterer Vater, meine

Mutter, die nie Verantwortung außerhalb des Hauses gehabt hatte, ich mit meinen elf Jahren und meine Schwestern, die sechsjährige Rosiah und die vierjährige Orzoh, die seit dem Tag vor zwei Jahren, als die Bombe unser Haus getroffen hatte, von meiner Tante aufgezogen wurden und für mich quasi Fremde waren.

Die Entscheidung

Ich hatte das Gefühl, ich sei diejenige, die etwas tun müsste. Und eines Nachts, kurz nachdem meine Mutter von Zelmais Tod erfahren hatte, fiel mir eine Lösung ein, die uns vielleicht helfen würde, darüber wegzukommen. Meine Mutter schlief an mein Krankenlager gelehnt, und meine Unruhe – mal wälzte ich mich auf die eine Seite, gleich darauf auf die andere, und dann wieder zurück – weckte sie auf: »Nadia, schläfst du nicht? Was liegst du da mit offenen Augen?«

Mein Magen knurrte. Tagsüber hatte ich nur ein wenig Reiswasser zu mir genommen, aber ich lag nicht vor Hunger wach. Seit Tagen grübelte ich über etwas nach, und nun war ich entschlossen, den Stier bei den Hörnern zu packen. Es war der Moment, Entscheidungen zu treffen. Ich hatte einen Kloß im Hals, als ich endlich sagte: »Ich muss mit dir reden.«

Meine Mutter spürte, dass das Thema wichtig genug war, um mitten in der Nacht ein Gespräch anzufangen. Sie setzte sich schwerfällig auf und seufzte. Mit einem schnellen Blick vergewisserte sie sich, dass der Saal ruhig war. Endlich einmal konnten wir in Ruhe reden, ohne dass sich irgendwer einmischte.

»Mama, wir können so nicht leben, ohne Geld. Ich kann nicht heiraten, denn mit den Verbrennungen, die ich am ganzen Körper habe, würde niemand auch nur einen Afghani für mich geben. Zelmai ist nicht mehr da und Papa kann nichts machen. Das heißt, mir bleibt nichts anderes übrig als zu arbeiten.«

»Aber Tochter, du bist doch ein Mädchen! Hast du etwa nicht mitbekommen, dass die Taliban uns zwingen, zu Hause zu bleiben? Wie möchtest du denn arbeiten?«

»Ich muss mich als Junge ausgeben.«

Meine Mutter blieb einen Moment lang stumm. Dann sagte sie entschlossen: »Nein.«

In dieser Nacht stritten wir noch lange, ohne laut zu werden. Sie wollte mich etwas so Gefährliches partout nicht machen lassen. Da es nicht vorstellbar war, mich zu verheiraten, sprach meine Mutter von der Möglichkeit, eine meiner Schwestern zu verloben. Dadurch würden wir etwas Geld bekommen. Doch wir beide kannten fürchterliche Geschichten, die so begonnen hatten. Wie die einer zehnjährigen Cousine von mir, die vor Kurzem mit einem über Dreißigjährigen verlobt worden war, dem ein Bein fehlte. Unter normalen Umständen wäre die Hochzeit erst Jahre später gefeiert worden, wenn das Mädchen herangewachsen war, doch der Mann sagte, er wolle sie sofort, weil in Kriegszeiten keine Zeit zu verlieren sei. Das Schreien und Weinen jenes als Braut verkleideten Mädchens klang uns noch in den Ohren und ließ es uns kalt über den Rücken laufen.

Wir konnten nicht riskieren, dass so etwas geschah. Außerdem wusste meine Mutter genauso gut wie ich, dass wir, wenn ich nicht arbeitete, um Almosen betteln und Hunger leiden müssten. Es war also das letzte Mal, dass meine Entscheidung infrage gestellt wurde. Jetzt mussten wir nur noch die passende Kleidung auftreiben und meinen Vater mit ins Boot holen, dessen Reaktion unvorhersehbar war, wie auch meine Schwestern, die noch so klein waren, dass es schwer für sie sein würde, ein derart wichtiges Geheimnis für sich zu behalten.

Als die Sonne aufging, sprachen meine Mutter und ich nicht mehr, aber wir schliefen auch nicht, jede hing für sich still ihren Gedanken nach. Mich überfiel von Zeit zu Zeit der eine oder der andere Zweifel. Etwa: Was passiert, wenn mich jemand auf der Straße erkennt? Oder: Was werde ich tun, wenn die Leute sehen, dass mir weder Bart noch Schnurrbart wachsen? Aber ich schüttelte diese Zweifel schnell ab. Nur das Heute zählte. Die Probleme würde ich dann lösen, wenn sie auftraten. Außerdem tröstete ich mich mit dem Gedanken, dass die Taliban den Frauen das Arbeiten letztlich schon erlauben würden, und dann könnte ich wieder ich selber sein. Viel früher, als ich in das Alter kommen würde, in dem Jungen Haare im Gesicht bekommen. Zumindest hoffte ich das.

Neues Leben

Die ausländischen Ärzte waren die Ersten, die gingen. Das Krankenhaus leerte sich.

»Heute darfst du nach Hause, freust du dich nicht?«

Ich sah der afghanischen Krankenschwester in die Augen, die ein hohes, quietschiges Stimmchen hatte, wie aus einem Zeichentrickfilm. Sie lächelte mich an, zeigte mir ihre schiefen Zähne, und es machte mich wütend, dass sie nun, da ich ging, da wir alle gingen, so sympathisch tat. Vielleicht war ich während meines Aufenthalts im Krankenhaus nicht sonderlich nett zu ihr gewesen, aber mir tat alles weh und ich hatte gerade die schlimmste Nachricht meines Lebens erhalten. Welche Entschuldigung hatte sie dafür, dass sie mich wie einen lästigen Köter behandelt hatte?

Ich hielt ihrem Blick stand, bis ihr Lächeln verwelkte, und antwortete nicht. Meine Mutter stand unruhig neben mir, und letzten Endes war sie es, die sich schnell verabschiedete und sich bei der Krankenschwester bedankte, wobei sie mich aus den Augenwinkeln beobachtete, als hätte sie Angst, ich könnte der Schwester urplötzlich an die Gurgel springen. Lust dazu hatte ich.

Wie konnte sie von Freude sprechen? Wohin sollte ich

zurückkehren, in welches Haus? Krankenhäuser hatte ich satt, aber das mit der Freude war für mich eine leere Worthülse, fast eine Beleidigung. Außerdem stellte ich mit einiger Überraschung fest, dass ich Riesenangst vor der Entlassung hatte und es mir fast – aber auch nur fast – lieber gewesen wäre, in die vertraute Hölle der Operationen zurückzukehren als mich meinem neuen Leben zu stellen. Ich würde es mir nicht länger erlauben können, mich unter der Bettdecke zu verkriechen und stundenlang zu weinen wegen der nicht enden wollenden, stechenden Schmerzen meiner Wunden, wegen meiner Kindheit, die mir auf so brutale Art verkürzt worden war.

Mit manchen der anderen hier im Krankenhaussaal hatten wir viele Momente geteilt. Am lustigsten war ein Mädchen, das erblindet war, als ihr ein Strommast auf den Kopf fiel. Sie und ihre Tante, die immer zu Scherzen aufgelegt war, brachten uns ständig zum Lachen. Andere waren trauriger, wie die, der man ein Bein hatte amputieren müssen, oder eine andere, die immer über den Schmerz klagte, den eine in ihrem Knie steckende Kugel verursachte. Und vor allem tat mir Sarafshan leid: Sie war schon bei der Geburt verlobt worden, doch als sie älter wurde, hatte sie sich geweigert, den ihr bestimmten Jungen zu heiraten. Eines Abends hatte sich die Familie des Jungen für die Beleidigung gerächt, indem sie ihr die Nase abschnitten. Dieses Mädchen, das aus Nuristan kam, verstand unsere Sprache nicht und wirkte sehr schutzlos, obwohl ihre Mutter immer neben ihr saß.

Bevor wir auseinandergingen, bot gerade diese Mutter mir etwas zu essen an: »Ohne etwas im Magen wirst du nirgendwo hinkommen.«

Ich genoss die gut mit der Gabel zerdrückten Kartoffeln in Soße, die sie mir gab. Meine Mutter und sie verabschiedeten sich tränenreich und wünschten sich gegenseitig Glück. Ich schaute das Mädchen an, um Lebewohl zu sagen, aber sie drehte den Kopf weg, wütend, weil wir sie dort zurückließen. Durch die Löcher in dem ihre rekonstruierte Nase schützenden Verband hatte ich kurz zwei tränengefüllte grüne Augen erahnt. Wir würden uns nicht wiedersehen.

Meine Mutter packte die Betttücher und die wenigen Wasch- und Kochutensilien ein, die sie dort hatte, und gemeinsam mit ihr und meinem Vater verließ ich das Krankenhaus, um wohin auch immer zu gehen. Als wir durch die Tür waren, blieb ich stehen. Ich wollte das neue Kabul sehen, fand jedoch nichts, was eine glücklichere Zeit verhieß. Zerstörte Häuser, Fahrräder, vereinzelte Sowjetautos, die vorbeiknatterten, staubige, lumpenbekleidete Kinder, von Bomben und der jahrelangen Vernachlässigung aufgerissene Straßen, das Gerippe eines Hotels mit den absurden Resten eines Kodak-Werbeplakats … Ich hob den Blick, um nach irgendeinem Bezugspunkt zu suchen, etwas Bekanntem, was der Krieg nicht ausgelöscht hatte. Das würde mir beweisen, dass meine Erinnerungen an die Zeit vor dem Angriff auf unser Haus real waren, dass ich mir diese glückliche Vergangenheit nicht nur ausgedacht hatte. Ich sah nur den blauen, kalten, gleichgültigen Himmel. Wenn ich wenigstens einen Drachen im Wind hätte tanzen sehen … aber das war gar nicht möglich, weil die Taliban in ihrem Wahn auch das Lieblingsspielzeug der Kinder von Kabul – das auch das Lieblingsspielzeug meines Bruders gewesen war – verboten hatten.

Plötzlich packte meine Mutter mich fest am Arm, ich schrie auf. Ein paar Burkas blickten sich erschrocken um.

»Was machst du denn?«, flüsterte sie mir nervös zu, hinter dem blauen Netz hervor, das ihre Augen bedeckte. »Lass uns schnell gehen, bevor irgendwer auf uns aufmerksam wird.«

Dazustehen und in den Himmel zu schauen, konnte das schon ein Verbrechen sein? Nach allem, was wir gehört hatten, konnte es das sein, je nach Laune der Taliban, die dich dabei sahen: Alles Beliebige konnte eine Beleidigung Gottes oder seiner Wächter sein. Zum Glück war keiner in der Nähe. Und wenn schon, was könnten sie schon in uns sehen? Ein vorzeitig gealterter Mann mit abwesendem Blick, ein kleines Mädchen mit vom Feuer entstellten Gesicht und eine von der Burka verhüllte Frau. Ein Grüppchen, das sich nicht von der jämmerlichen Atmosphäre in der Stadt abhob.

Wenn ich früher an den Tag dachte, an dem ich die Operationen endlich hinter mir hätte und wieder zurück nach Hause dürfte, hatte ich immer nur den Schlafplatz heraufbeschwören können, den ich mit meiner Mutter teilte, und den Garten, wo ich Zelmais Lachen wiedertreffen würde. Doch an diesem Tag führten unsere langsamen, unsicheren Schritte uns in eine andere Straße, weit weg von der, die mich hatte aufwachsen sehen.

»Wir gehen zum Haus deiner Tante, die Kleinen abholen, und schauen, ob wir eine Weile bei ihnen bleiben können«, sagte meine Mutter.

Meine Tante schaute überrascht, als wir vor der Tür standen, und fragte uns, was wir dort machten.

»Wir wissen nicht, wohin«, antwortete meine Mutter und griff mit niedergeschlagenem Blick nach ihren Händen.

Von den sieben Söhnen meiner Tante waren die fünf verheirateten geflohen. Bei ihr waren nur noch ein kranker Sohn und einer, der jünger war und kürzlich geheiratet hatte. Dieser Sohn hatte sich früher regelmäßig rasiert und litt nun darunter, dass die Taliban für alle Männer einen handlangen Bart verordnet hatten. Die drei wollten gerade zu der Familie der Frau meines Cousins übersiedeln, weil sie glaubten, dort sicherer zu sein als in ihrem eigenen Haus.

»Es tut mir leid, Mädchen«, sagte meine Tante, neben der meine beiden Schwestern standen, zu meiner Mutter, »aber in die Wohnung, in die wir ziehen, passt ihr nicht rein. Wenn ihr wollt, könnt ihr hier im Haus bleiben, dann könnt ihr auch gleich für uns darauf aufpassen.«

Wir konnten sonst nirgendwohin, daher richteten wir uns für ein paar Tage dort ein, während ich mich von der letzten Operation erholte, der man mich im Krankenhaus unterzogen hatte. Aber meine Mutter machte sich Sorgen – und ich auch –, wenn wir daran dachten, dass wir das Haus, falls Diebe eindrangen, nicht würden schützen können und meine Tante uns dies auch noch vorwerfen würde, wenn sie irgendwann einmal zurückkam.

Nach drei Tagen, als mein Gesicht schon wieder etwas abgeschwollen war, verließen wir daher diesen letzten vertrauten Ort und machten uns auf die Suche nach einem neuen. Diesmal war es nicht wie sonst, wenn wir eine vorübergehende Bleibe gesucht hatten und mit allem zufrieden gewesen waren. Diesmal brauchten wir einen festen Ort für uns alle fünf. Der offene Krieg war zu Ende, daher taten wir dasselbe wie viele andere, die im Land geblieben waren: Wir fragten die Anwohner in einer Straße, welche Häuser leer standen, suchten das aus, welches im besten Zustand war, traten fest gegen die Tür und richteten uns darin ein.

Es gab haufenweise leer stehende Häuser. Auf der Flucht vor dem Krieg hatten Tausende Familien sie Hals über Kopf verlassen und nur das mitgenommen, was sie tragen konnten. Manche hatten Verwandte oder Freunde gebeten, sich um die Häuser zu kümmern, aber häufig waren diese Wächter schließlich auch nach Pakistan oder in den Iran ausgewandert, als sie es nicht mehr aushalten konnten. Unter denen, die blieben, war der Hunger derart an der Tagesordnung, dass das Plündern leerer Häuser oder – an Glückstagen – frisch verlassener Läden ganz normal war und niemand es gewagt hätte, das zu verurteilen.

Wir waren selbst Opfer dieser Verzweiflungstaten geworden: Wenige Stunden, nachdem die Bombe auf unser Haus gefallen war und während wir noch im Krankenhaus waren, hatte jemand aus unserer Straße unser Haus ausgeräumt und nichts übrig gelassen. Das wenige, was wir nun in unser neues Zuhause transportierten, war das, was andere, menschlicher gesinnte Nachbarn uns geschenkt hatten, damit wir unseren Weg gehen konnten, sowie das Essen, das wir aus dem Haus meiner Tante hatten mitnehmen können. Den Rest mussten wir wie alle anderen auch auftreiben, indem wir die Häuser der Geflüchteten durchforsteten. Privatbesitz und die ihn schützenden Gesetze waren ein Luxus, den wir uns nicht leisten konnten. Wir fragten uns auch nie, ob die Besitzer eines Tages zurückkehren könnten. Wir lebten von Tag zu Tag. Und wir mussten uns vor der Kälte schützen und essen. An genau diesem Tag, in dieser Nacht, in diesem Augenblick. In Kriegszeiten gibt es kein Morgen.

Nachdem wir einige Stunden herumgezogen waren und herumgefragt hatten, fanden wir ein großes Haus im traditionellen Stil: ein rechteckiges Gebäude mit Lehmwänden und einem Hof in der Mitte. Es hatte sechs Zimmer und alles war in gutem Zustand, bis auf die Küche, die abgebrannt war, und die Fenster, bei denen kein Glas heil war. Das waren die typischen Effekte der Bomben. Rundherum wohnten Leute, und das gefiel uns, niemand wollte allein leben. Wir beschlossen zu bleiben. Trotz aller Ungewissheit – als wir die Tür hinter uns schlossen, fühlte ich mich so glücklich wie ein Mädchen, das gerade neue Schuhe bekommen hat. So lange hatten wir schon kein Haus mehr für uns gehabt! Und da die Angriffe aufgehört hatten, konnten wir uns hier niederlassen, solange die Besitzer nicht zurückkehrten oder wir etwas Besseres fanden. Ich rannte überall herum, erforschte jeden Winkel, machte die Schränke auf … Es gab alles, sogar ein kleines Radio.

Besonders freute uns, dass es im Hof einen Brunnen und einen Gemüsegarten gab, in dem sogar Spinat und ein paar Tomatensträucher überlebt hatten. Wir weihten unser neues Zuhause mit einem abendlichen Mahl aus Gemüse ein, gegart auf dem Feuer, das wir im Gang entzündet hatten. Und weil es schon Spätherbst war und die Nacht frisch, schliefen wir alle zusammen, schön aneinandergekuschelt, im selben Zimmer.

Am nächsten Tag begann mein neues Leben.

Ein erfundenes Leben

Ich wusste fast nichts über Jungen. Der einzige Junge, den ich wirklich gekannt hatte, war mein schmerzlich vermisster Bruder Zelmai. Er hatte mich ausgelacht, weil er mich schwach und heulsusig fand, er hatte aber auch immer auf mich aufgepasst. Er wollte sein wie die Stars aus dem indischen Kino: gut aussehend, stark, männlich, der tolle Typ des Viertels. Ich erinnerte mich auch an meinen Vater, so wie er gewesen war, bevor alles den Bach runterging. Er machte gern Witze, war aber zugleich ernsthaft und verantwortungsbewusst. Nicht zu religiös, aber doch sehr rechtschaffen und respektvoll. Wie sollte ich es anstellen, einem von diesen beiden zu gleichen?

Zuallererst musste ich den Rockzipfel meiner Mutter loslassen und lernen, selbst der Welt entgegenzutreten. Ich musste eine möglichst harte Schale erschaffen und meine weiblicheren Züge unterdrücken. Ich konnte nicht mit der Stimme eines Jungen sprechen, aber meine ein wenig verstellen, damit sie tiefer klang, und vor allem änderte ich meinen Tonfall zu einer herrischeren Art, die mir eher typisch für einen Mann vorkam. Allmählich lernte ich, mich schroffer und unwirscher zu verhalten. Ich fand heraus, dass ich gut mit Schimpfwörtern war, und stieß ohne Zögern Drohungen aus, wenn mich jemand beleidigte, ich war sogar fähig, selbst zu attackieren. Ich konnte mich mit niemandem prügeln, aber sehr schnell Steine werfen. Wenn ich merkte, dass die Leute Angst vor mir hatten, war ich erleichtert. Ich würde zwar vielleicht nie Freunde haben, doch das blanke Überleben war viel wichtiger.

Das alles war ein langer und sehr schwieriger Prozess. Jede Unstimmigkeit, jede Nachlässigkeit beim Spielen meiner Rolle konnte mich auffliegen lassen, und das war gefährlich. In meiner ganzen Zeit als Junge musste ich unaufhörlich aufpassen, was schrecklich anstrengend war. Richtig hart.

Doch an jenem ersten Tag war mein einziger Gedanke, den Turban richtig tragen zu lernen, damit er mir bloß nie runterfiel (von da an nahm ich ihn nicht einmal mehr zum Schlafen ab). Den groben braunen Stoff hatte mir meine Mutter gegeben. Als sie ihn mir zum ersten Mal umwickelte, war das eine Art Ritual. Lebewohl, Mädchen, hallo Junge. Noch in der Sicherheit unserer vier Wände – es als »Zuhause« zu bezeichnen, wäre noch verfrüht gewesen – ließen wir beide den Tränen freien Lauf. Meine Mutter gab mir einen Kuss auf den Kopf, wie einen Segen, und ich lief rasch auf die Straße, um meine neue Rolle zu proben.

Sofort traf ich auf eine Gruppe Jungen, die mit einem Lumpenball spielten. Als sie mein Gesicht und meinen Körper sahen, beides noch verbunden, hörten sie mit dem Spielen auf und starrten mich an.

»Was glotzt ihr denn so?«, schrie ich sie an. »Ist irgendwas? Wisst ihr nicht, dass es hier einen Krieg gegeben hat?«

Die Jungen schauten weg. Ein Mann, der gerade vorbeikam, mischte sich ein: »Der Junge hat recht. Wie heißt du?«

›Denk nach, denk nach!‹, spornte ich mich selbst an. Ich hatte nicht daran gedacht, mir einen Jungennamen auszudenken. Schließlich sagte ich den erstbesten, der mir einfiel: »Ich heiße Zelmai.«

So kam es, dass ich den Namen meines Bruders behielt. Und ohne mir dessen bewusst zu sein, brachte ich auf diese Weise Nadia um, um an ihrer statt wieder Zelmai zum Leben zu erwecken. Diese Entscheidung half mir anfangs bei der Entwicklung meiner Rolle, weil mir die Erinnerung an meinen Bruder als Vorbild diente, doch langfristig würde sie es mir schwermachen, wieder davon abzulassen, denn dieser halb erfundene Zelmai blieb kraftvoll an meiner Haut und meiner Seele haften.

Als ich sah, dass die Täuschung funktionierte, wagte ich an diesem ersten Tag noch einen Schritt weiterzugehen und schlug den Jungen vor: »Wollt ihr mitkommen und schauen, was im Viertel so los ist?«

Alle lehnten ab, denn ihre Eltern ließen sie nirgendwohin gehen aus Angst, dass sie auf eine Mine treten könnten. Also zog ich allein los und suchte nach Sachen, die wir in unserem neuen Haus gebrauchen könnten. Manche Straßen sahen aus wie verlassene Museen. Inmitten der Ruinen gab es zuweilen noch unversehrte Zimmer, und wären sie nicht so eingestaubt gewesen, hätte man glatt denken können, die Bewohner hätten sie erst am Vortag verlassen. In einem dieser Wohnräume fand ich ein Fotoalbum. Ich setzte mich auf den Boden und blätterte die Seiten langsam durch: ein Mädchen mit straff geflochtenen Zöpfen blickte mich aus tiefschwarzen Augen ernst an; ein frisch vermähltes Brautpaar zog Grimassen, als wären sie nun für immer verloren, während rund um sie herum die übrigen Gäste lachten; ein Junge mit Flaumbart, wohl der Bräutigam, posierte stolz vor einem Auto sowjetischer Bauart; eine Familie beim Picknick an einem Fluss … Bilder, die das Leben der Bewohner jenes Hauses abbildeten – es hätte aber auch das meiner Familie sein können, bevor alles in die Luft ging. Meine Mutter hatte mir erzählt, dass sie als Kind mit ihrem Vater auf große Konzerte gegangen war und das auch als junges Mädchen noch weiter tat, sogar nur in Begleitung von einem Grüppchen ihrer Freundinnen und sonst niemandem. Sie machten Ausflüge, tanzten, und einige von ihnen gingen zur Uni.

Ich ließ das Album dort, wo ich es gefunden hatte, und fragte mich, was wohl aus all diesen Leuten geworden sein mochte. Irgendwie nostalgisch sehnte ich mich nach diesem Leben, das ich nie gelebt hatte.

Außer einer Jacke für meine kleine Schwester und einem Buch für meinen Vater nahm ich nichts mit. Bei der Erinnerung daran, wie die Mudschaheddin alle seine englischen Bücher verbrannt hatten, weil sie von »Ungläubigen« stammten, weinte er immer noch.

Die erste Arbeit

Anfangs fiel es uns schwer, uns an die Veränderung zu gewöhnen. Wenn wir im Haus waren, wiederholte meine Mutter wie eine Litanei »Zelmai, Zelmai, Zelmai«, bei allem, was sie tat; und ich gewöhnte mir an, die Anziehsachen zum Schlafen nicht auszuziehen, nicht einmal den Turban. Mit der Verkleidung als Junge kamen die Leute gar nicht erst darauf, an meinem Geschlecht zu zweifeln, aber ich war mir sicher, ohne diese Kleidungsstücke würde jeder auf den ersten Blick erkennen, dass ich ein Mädchen war.

Da ich meiner Familie nicht vertraute, bemühte ich mich, nie mit ihnen zusammen nach draußen auf die Straße zu gehen oder mich mit ihnen und anderen Personen zugleich im selben Raum aufzuhalten. Meine Schwestern schienen einfach nicht vergessen können, dass ich Nadia war. Und mein Vater hatte von Zeit zu Zeit den Spleen, sich zu erinnern, wie hübsch seine älteste Tochter war … Mit den Kleinen probierte ich alles: Ich erklärte ihnen, wie wichtig es sei, dass sie mich Zelmai nannten; wenn ich ihre Ausrutscher mitbekam, drohte ich ihnen; und manchmal schlug ich sie sogar. Es fiel mir absolut nicht schwer, hart mit ihnen zu sein, denn wenn ich sie so fein und eitel sah, mit ihrem langen Haar, das sie sich bürsten, und den hübschen Ohren, an denen sie Schmuck tragen konnten, so behütet, so nutzlos, dann machte der Neid mich blind und Wut wallte unkontrolliert in mir auf.

Durch die Ohrfeigen begriffen sie schließlich, dass sie wirklich keine Schwester hatten, auf die sie vertrauen konnten, denn ich war jetzt das Familienoberhaupt und benahm mich so, wie jeder traditionelle Mann es getan hätte. Und sie lernten, mir wie gute Mädchen zu gehorchen – und vor mir wegzulaufen, wann immer es nötig wurde. Sie wussten außerdem, dass meine Mutter zu mir hielt. Die beiden standen meiner Tante sehr nah und entfernten sich immer weiter von mir und meiner Mutter. In gewisser Weise verließen wir sie; ich wollte nichts von Kindereien wissen, ich hatte schon genug mit mir selbst zu tun.

Ich machte mich sofort auf die Suche nach Arbeit. Mal abgesehen vom Stadtzentrum gab es noch viele bäuerliche Gegenden in Kabul, und nicht weit weg von unserem Haus lagen mehrere Höfe. Ich ging zu einem davon und fragte nach dem Zuständigen. Es war ein junger Mann, der mich sehr freundlich anhörte.

»Können Sie mir vielleicht Arbeit geben? Ich bin sehr fleißig, ich komme aus einer Bauernfamilie aus Isomoli«, versuchte ich ihn zu überzeugen.

»Wie heißt dein Vater?«

»Warum fragen Sie das? Mein Vater ist sehr wichtig!«,

begann ich mich mit Lügen zu verteidigen. Ich hatte noch viel zu lernen über die Kunst des Geschichtenerfindens, den aufbrausenden Charakter hatte ich in letzter Zeit jedoch schon angenommen. Er schaute auf meinen zierlichen Körper mit den schmutzigen Verbänden. Vermutlich zweifelte er – verständlicherweise – an meiner Arbeitsfähigkeit.

»Und was kannst du machen, Junge?«

»Was Sie mir auftragen.«

»Lass mich darüber nachdenken. Komm morgen wieder und ich gebe dir Bescheid.«

Am nächsten Tag begann ich mit meiner einzigen brauchbaren Hand Unkraut auf den Tomaten- und Auberginenfeldern zu jäten, und am Ende des Tages kehrte ich völlig erledigt, aber mit fünf Afghani in der Tasche nach Hause zurück. Meine Mutter, die gerade alte Kleidungsstücke wusch, die sie im Haus gefunden hatte und aus denen sie Matratzen und Decken machen wollte, sagte mir, ich solle sie sparen. Und meinem Vater nichts davon sagen, meine Tante habe ihm beim Abschied etwas Geld gegeben und wir würden erst einmal davon leben.

Nach zwei Monaten nahm ich alles, was ich bis dahin verdient hatte, und ging zum Einkaufen in die Stadt, begleitet von Fakir, einem behinderten Cousin, der oft zu uns nach Hause kam. Vor einer Fleischerei sahen wir ein angebundenes Kuhkalb, Fakir und ich verliebten uns sofort in es und beschlossen, es vor einem Schicksal als Schmorbraten zu retten. Wir sprachen mit dem Fleischer und baten ihn, uns das Kalb zu schenken, wir beteuerten ihm, dass wir gut auf es aufpassen und ihm die Milch, die es gab, bringen würden. Zuerst erklärte der Mann uns geduldig, dass er es uns nicht schenken könne, weil er sonst Geld verlieren würde, er es uns aber verkaufen würde, wenn wir es haben wollten. Ich zählte das Geld in meiner Tasche und die Münzen, die Fakir dabeihatte, aber wir kamen nicht im Entferntesten auf die verlangte Summe.

Traurig und entmutigt gingen mein Cousin und ich weiter, aber wir mussten ständig an das Kalb denken und kamen noch ein paarmal zurück, um es zu besuchen. Während wir das Kalb streichelten, kam der Fleischer heraus: »Ich hab es euch doch schon gesagt. Bezahlt, und es gehört euch.«

»Ich arbeite auf dem Feld von Herrn Ali, könnte ich es nicht nach und nach bezahlen?«

»Nein.«

»Kennen Sie den Teppichladen, in der Nähe vom Fußballplatz?«

»Ja, ich weiß, welchen du meinst.«

»Der hat meinem Vater gehört.«

»Ah, dann bist du ja reich!«

»Nein, er gehört ihm nicht mehr.«

»Was soll man machen …!« Der gute Mann verlor die Geduld.

Vermutlich ging der Fleischer letztlich mit dem Preis für das Tier runter, damit wir ihm nicht länger in den Ohren lagen. Und wir machten uns auf den Heimweg, mit leeren Taschen, das Kalb an einem Strick langsam hinter uns herziehend. Meine Mutter war in Sorge, weil es schon dunkel geworden war, bis wir nach Hause kamen, doch als sie das Kalb sah, hellte sich ihre Miene auf, denn sie dachte an die Milch und das Fleisch, das es uns geben könnte.

Am nächsten Tag nahm ich das Tier mit aufs Feld, band es an einen Baum und brachte ihm in den Arbeitspausen das Unkraut, das ich gejätet hatte. Ich ließ es auch die Milch trinken, die mir mein Chef zum Frühstück gab, und aß selbst nur das Brot. Am Abend, als ich das Unkraut aufsammeln wollte, riss ein Mann es mir plötzlich weg. Ich war völlig verdattert, wollte reagieren und verlangte es höflich zurück, doch er verpasste mir wortlos eine Ohrfeige, die mich zu Boden warf.

Der Chef hörte mein Schreien und kam angelaufen, um nachzusehen, was los war.

»Dieser Junge hat mich beleidigt!«, sagte der Mann. »Er hat meine Frau beleidigt.«

Ich konnte es nicht glauben. Ich rieb mir die von der Ohrfeige brennende Wange und weinte.

»Der ist zu Hause wohl nicht erzogen worden. Wie kann er es wagen, mich zu beleidigen, ich könnte sein Vater sein!«

Vergeblich versuchte ich mich zu verteidigen. Herr Ali warf mich raus.

»Schämst du dich nicht? Du kannst jetzt gehen, denn heute ist dein letzter Arbeitstag. Weg mit dir!«

Vom Boden aus, zwischen den Tomaten sitzend und mein Gesicht mit den Händen schützend, sah ich das empörte Gesicht des dicken und kräftigen Mannes mit dunkler Haut, den Kopf hatte er unter der Mütze rasiert und den Bart mahagonibraun gefärbt, wie es viele Paschtunen trugen. Der harte Blick seiner grünen Augen machte mir Angst, und mir blieb nichts anderes übrig, als mit dem Kalb nach Hause zu ziehen, in mir ein brennendes Gefühl der Ungerechtigkeit.

Als meine Mutter mich kommen sah, fragte sie ängstlich: »Was ist passiert? Warum weinst du?«

»Das Kalb will nicht fressen, Mama …«

»Mensch, das macht doch nichts! Es braucht nur ein wenig Milch. Wir finden schon Milch, wein doch nicht deswegen!«

Ich gewöhnte mir an, meine Probleme für mich zu behalten, wie ein Mann es tun würde. Ich erzählte auch nicht, dass sie mich wie ein Maultier schuften ließen. Lieber sagte ich, ich sei froh, an der frischen Luft zu arbeiten.

Ich traute mich nicht, noch einmal zum Feld von Herrn Ali zurückzukehren, denn er hatte mir nicht geglaubt. Und auch, weil er mir gedroht hatte, wenn ich wiederkäme, würde er mir die Beine abschneiden.

Auf Herrn Bismillahs Feldern

Am nächsten Tag verließ ich das Haus wie immer frühmorgens, damit niemand auf den Verdacht kam, dass ich meine Arbeit verloren hatte. Ich musste dringend einen neuen Job finden.

Ich lief eine Runde durch eine nicht weit weg gelegene Gegend, in der es viele Gemüsegärten gab, und hoffte, jemanden zu finden, der einen Helfer brauchte.

Gegen Mittag kam ich zu einem Grundstück mit einer eingezäunten Koppel, und in der Nähe stand ein etwa 20-jähriger Typ und versuchte mit gelangweilter Miene Fische aus einem Tümpel zu angeln, umringt von drei oder vier ihm zuschauenden Kindern. Nicht weit weg davon pflückte ein Junge Tomaten. Er sah auf, als er mich kommen hörte.

»Hallo!«, grüßte ich.

Genau in dem Moment brach eine der Kühe aus, das Gatter war wohl nicht richtig geschlossen gewesen.

»Hallo!«, antwortete der Tomatenpflücker nervös. »Bitte, Junge, hilf mir die Kuh einzufangen!«

Ich überlegte nicht lange und rannte dem Tier hinterher. Zu zweit hatten wir sie schnell gefangen und führten sie zurück auf die Koppel. Der Angler hatte sich keinen

Millimeter vom Fleck gerührt, und der Tomatenjunge schaute zu ihm rüber und knirschte: »Dieser Mistkerl macht rein gar nichts, er passt nicht auf und würde sich nicht mal dann rühren, wenn ihn jemand umbringen wollte.«

»Ist das dein Bruder?«, fragte ich.

»Uoseh? Ach was! … Das hätte er wohl gern! Er arbeitet für uns. Tu mir noch einen Gefallen: Geh zum Teich und sag ihm, dass Amid ihn sprechen möchte.«

Ich übermittelte Uoseh die Nachricht und er nahm sie spöttisch entgegen. Er schien es nicht sonderlich eilig zu haben, der Anordnung zu folgen. Wir waren uns vom ersten Augenblick an unsympathisch, glaube ich.

Anschließend suchte ich einen großen Stein und brachte ihn Amid, der damit einen Pflock einschlug, um die Kuh daran anzubinden. Ich nutzte die Gelegenheit und erzählte ihm, dass ich gerade die Arbeit auf einem anderen Feld drangegeben hatte, weil sie meinten, mein Kalb fresse zu viel.

»Ach, wenn du magst, bring es hierher zum Weiden«, bot er mir an. »Solange es nicht durchs Gemüse trampelt …«

Am nächsten Tag brachte ich es mit, aber es war nur Uoseh da, der mir sagte, ich solle ihm helfen, wenn ich wolle, dass mein Kalb etwas zu essen bekam. »Jäte das Unkraut. Und dalli, dalli, sonst kommt der Chef und du bist noch nicht fertig.«

Ich arbeitete etliche Stunden in der prallen Sommerhitze, bis ich einen Mann kommen sah, dessen Blick direkt auf das Kalb fiel. Es war der Chef.

»Was für ein hübsches Kalb! Das wird eine gute Kuh werden, ist eine exzellente Rasse. Gehört es dir?«

»Ja, Onkel. Amid hat mir gestern gesagt, dass ich es hier grasen lassen kann …«

»Weißt du, was wir machen? Stell dein Kalb morgen zu meinen anderen Tieren. Pflück Gras und Kräuter und gib allen zu fressen, dann bezahle ich dir vielleicht etwas.«

So fing ich eine Arbeit an, bei der ich vier Jahre lang bleiben würde.

Nachdem ich eine Woche dort gearbeitet hatte, bekam Herr Bismillah seinen achten Sohn, was für ihn so was wie ein Wunder war. »Zelmai, du weißt ja nicht, wie glücklich ich bin«, sagte er und hielt zu meiner Überraschung die Tränen nicht zurück. »Nach dem Tod meines Sohns Aziz dachte ich schon, dass wir keinen mehr haben könnten. Aziz war ein guter Junge, freundlich und großzügig, doch er wurde ermordet. Meine Frau ist schon älter, und ältere Frauen können normalerweise keine Kinder mehr bekommen … Meine Frau ist auch meine Tante, weißt du? Sie ist die Schwester von meinem Stiefvater, den meine Mutter nach dem Tod meines Vaters geheiratet hat. Damit haben wir gar nicht mehr gerechnet, und Gott wollte uns dieses Geschenk machen.«

Vom ersten Tag an erwies Bismillah mir viel Vertrauen. Und da er den Verdacht hegte, dass Uoseh nicht besonders ehrlich war, beschloss er, dass von nun an ich und nicht mehr er sich um den Verkauf des Gemüses an die Kunden im Viertel kümmern sollte. Sein Sohn Amid würde mich nachmittags ablösen, wenn er aus der Schule kam.

Das machte Uoseh fuchsteufelswild, und er rächte sich, indem er mich, wenn wir allein waren, die schwersten Arbeiten erledigen ließ. Unser Chef war normalerweise nicht da, denn er hatte auch noch einen Bürojob im Energieministerium. Bisher hatte der Handel etwas für Uoseh abgeworfen: Normalerweise behielt er einen Teil des Geldes für sich, und wenn er Lust darauf hatte, schlug er irgendeinem Jungen vor, ihn in einer Hütte auf dem Feld in Naturalien zu bezahlen. All das hatte mit meiner Ankunft ein Ende, und daher war er entschlossen, mir das Leben so unangenehm wie möglich zu machen.

Anfangs begnügte er sich damit, mir schwere Aufgaben aufzutragen; später versuchte er, die gute Beziehung zu zerstören, die ich zur Familie unseres Chefs hatte. Und als er irgendwann herausfand, dass ich mit einer der Töchter, Uasimah, befreundet war, traute er sich, noch einen Schritt weiter zu gehen. Er kündigte mir an, dass er ihr das nächste Mal, wenn sie zum Gemüseholen käme, nachlaufen und sie auf den Mund küssen werde, egal ob sie wolle oder nicht, und dass ich ihn daran nicht würde hindern können. Ich konnte es ihm nicht ausreden. Und tatsächlich, als Uasimah kam, um das zu holen, was ihre Mutter ihr aufgetragen hatte, folgte Uoseh ihr auf dem Nachhauseweg. Mir kochte das Blut vor Entrüstung. Ich packte eine Sichel und lief hinter ihm her.

Als ich ihn einholte, hielt er sie an den Händen fest, damit er ihr Küsse aufzwingen konnte. Ohne an die Folgen zu denken, legte ich ihm die Sichel an den Hals und schrie Uasimah zu, sie solle nach Hause rennen. Dann senkte ich das Werkzeug, obwohl ich eigentlich Lust hatte, es ihm fest in den Hals zu drücken.

Einen Moment lang glaubte ich, nun würde er mir richtig wehtun. Aber vermutlich war er zu überrascht dazu und drohte mir lediglich: »Glaub nicht, dass du damit durchkommst, Zelmai.«

Meine Wut verwandelte sich schnell in Angst. Ich wusste zu viele schreckliche Dinge über ihn. Was würde als Nächstes kommen?

Am folgenden Tag, als ich zum Feld kam, hörte ich ein Gespräch zwischen Uoseh und unserem Chef: Er erzählte ihm, ich sei es gewesen, der seine Tochter küssen wollte. Wie konnte man so erbärmlich sein! Ich nahm einen Stein vom Boden, und gerade, als ich ihn auf Uoseh werfen wollte, sah Herr Bismillah mich.

»Was hast du vor? Meine Tochter küssen und mich angreifen? Wenn das so ist, gehst du besser«, entließ er mich schmerzlich berührt.

Ich war nicht bereit, klein beizugeben und eine neue Ungerechtigkeit zu erdulden.

»Onkel, frag deine Tochter, was passiert ist. Ich möchte weder deiner Familie schaden noch Uasimah küssen. Und ich lasse nicht zu, dass Lügen über mich erzählt werden.«

Es ging gut aus: Der Chef sprach mit seiner Tochter

und sie erzählte ihm die Wahrheit. Uoseh drohte er damit, ihn bei der Taliban-Polizei anzuzeigen, beschloss dann aber, ihm zu verzeihen, denn er wohnte in der Nähe, und Herr Bismillah wollte keinen Ärger mit den Nachbarn. Ich musste also hinnehmen, dass ich meinen Feind nicht loswerden würde, und was noch schlimmer war: Ich wusste, dass er mich mehr denn je hasste.

Hunger

Nach diesem Vorfall hatte Herr Bismillah eine noch höhere Meinung von mir. Und doch war das, was ich mit der Arbeit bei ihm verdiente, immer noch zu wenig, als dass Hunger bei uns zu Hause zu einem Fremdwort geworden wäre. Der Winter war die schwierigste Zeit, weil ich dann nicht einmal Gemüse mitbringen konnte, nichts außer gelegentlich ein paar Kartoffeln. Meine Schwestern gingen manchmal zu meiner Tante und bekamen dort ein oder zwei Mahlzeiten. Dann kochten meine Mutter und ich das Blumenkohlgrün, das ich auf dem Markt einsammelte. Normalerweise waren diese Reste der Ware aus Dschalalabad für das Vieh bestimmt, aber wir aßen sie wie Mangold. Außerdem waren wir es schon gewöhnt, das zu essen, was andere wegschmissen. Ich erinnere mich, dass meine Mutter mir während des Kriegs manchmal die Bananen gegeben hatte, die die Verkäufer aussortierten, weil sie überreif oder zu angestoßen waren. Wenn ich sie aß, versuchte ich möglichst den Atem anzuhalten, genoss die weiche Konsistenz der Frucht und bemühte mich, den strengen, fast vergorenen Geschmack so gut wie möglich zu ignorieren.

Der ständige Hunger bereitete mir Probleme. An einem

Tag, als meine Mutter nicht da war, brachten die Nachbarn ein Tellerchen gekochter Kichererbsen vorbei, der Tradition folgend, den Nachbarn eine kleine Portion von dem abzugeben, was man selber kochte. Ich war völlig entkräftet und ausgehungert vom Feld zurückgekommen, und ohne lange darüber nachzudenken, schlang ich die ganze Portion mit etwas Brot herunter. Ich achtete nicht auf meine Schwestern, die auch Hunger hatten und weinten.

»Das sagen wir Mama!«

»Haut ab, ich arbeite den ganzen Tag und muss essen.«

Meine Mutter war furchtbar sauer. So sauer, dass sie die Kleinen rausschickte und mir den Hintern mit einem Holzbrett versohlte. Ich heulte und schrie und bat um Vergebung, aber sie schlug immer fester zu. Rosiah und Orzoh, erschrocken über mein Geschrei und die Haltung unserer Mutter, die einfach nicht wieder aufzuhören wollen schien, liefen zu den Nachbarn, um Hilfe zu holen.

»Warum schlägst du deine Kinder? Dieser Junge bringt Geld nach Hause. Wenn du nicht für deine Kinder sorgen kannst, dann hab keine!«

Meine Mutter versuchte sich zu verteidigen: »Mischt euch nicht ein, das ist meine Familie!«

Dennoch legte sie das Brett weg und ihr begannen Tränen über die Wangen zu strömen.

Wenn das Leben für mich sehr schwer war, dann war es das für meine Mutter sicher auch, die ihre ganze Familie, so wie sie es verstand, verloren hatte: Der erstgeborene Sohn war tot; der Ehemann verrückt geworden; die Kleinen hatten sich von ihr entfremdet; und ihre Nadia war verschwunden, um zu »dem anderen« zu werden, wie meine Tante mich nannte, kein Mädchen, aber auch kein Junge. In dieser seltsamen Gruppe stützte meine Mutter die Macht, die ich als Familienoberhaupt innehatte, aber sie konnte auch nicht ganz von ihrer Rolle als verantwortungsvolle Mutter absehen. Es wurde nie ganz klar, wer das Sagen hatte: Manchmal bestimmte sie über mich, andere Male war ich es, die ihr Befehle erteilte. Ich versuchte sie oft zu schützen und wollte ihr das Leid ersparen, zu wissen, was für ein Leben ich führte. Und bisweilen, sehr selten, wurde sie wieder zu einer traditionellen Mutter, die eine Tochter tröstet, der es schlecht geht. Wenn ich mich dem hingab und ihr eingestand, dass ich nicht mehr konnte, machte sie mir Mut: »Doch, du kannst das! Wir schaffen das!« Da verstand ich, dass auch ich manchmal schwach sein durfte. Und ich lehnte meinen Kopf an ihre Brust und sie streichelte meine Wange und trocknete meine Tränen. Dabei sagte sie: »Ich habe eine Tochter, aber die ist mehr wert als sieben Söhne! Du hast ja gesehen, heute waren die Nachbarn da, damit du ihnen helfen kommst. Sie haben nur faule Söhne, deshalb kommen sie meinen Löwen holen, und das bist du!«

Sie überprüfte aus den Augenwinkeln, ob sie mich zum Lächeln gebracht hatte, dann nahm sie meine Hände und schaute sie genau an: »Du bist ja wirklich wie ein Löwe!

Na komm schon, los, du hast ja nicht mal Zeit gehabt, dir die Krallen zu schneiden!«

Wie erleichtert ich mich fühlte, wenn meine Mutter es mir für ein Weilchen erlaubte, wieder ein kleines Mädchen zu sein!

Doch an dem Tag mit den Kichererbsen behandelte sie mich wie ein ungehorsames Gör, und das war ein harter Schlag für mich.

Nachmittags, als ich zurück zur Arbeit ging, war mein Körper derart von blauen Flecken übersät, dass ich nicht arbeiten konnte. Ich war traurig und bereute es, meiner Familie das Essen weggegessen zu haben. Da kam ich darauf, Herrn Bismillahs Frau zu fragen, ob sie mir jeden Tag etwas zu essen geben könnte. Fragen kostete ja nichts …

Die Frau stimmte sofort zu, ihr machte es nichts, ein wenig mehr zum Familienkochtopf hinzuzufügen. So brachte mir von jenem Tag an Uasimah jeden Mittag eine Schale mit Linsen aufs Feld, oder Fleisch- oder Gemüsesuppe, Reis, Brot … Und sobald das Mädchen gegangen war, rannte ich mit der Schale nach Hause, wo wir heißes Wasser hinzufügten und aus dem Essen für einen das für fünf machten.

Einmal brachte mir Uasimah das Mittagessen, als gerade einige der Kinder aus dem Viertel bei mir waren, die mich oft besuchen kamen. Ich traute mich nicht, das Essen nach Hause zu bringen, weil ich fürchtete, die Kinder könnten es weitererzählen, daher beschloss ich, es später zu machen. Ich stellte den Teller unter die Auberginen, und als ich ihn um fünf Uhr holen wollte, ausgehungert und in Sorge um meine Familie, die zu Hause sicher schon wartete, war das Essen voller Ameisen. Ich musste es wegschütten.

Ich kam nie auf die Idee, Herrn Bismillahs Frau zu fragen, ob sie mir noch mehr Essen geben könnte, oder ihr klar zu sagen, dass ich das Essen zum Teilen mit nach Hause nahm. Meine Mutter hatte uns in der Vorstellung erzogen, dass es besser ist, niemanden um irgendwas zu bitten. Sie versuchte zu verbergen, dass wir Hunger litten. Mehr noch: Sie weigerte sich, die Tradition aufzugeben, den Gästen das Beste anzubieten, was sie im Haus hatte. Zu jener Zeit, als wir nichts hatten, hieß das, dass sie mich schleunigst zum Feld schickte, um von meinem Chef einen Vorschuss zu erbitten und dann wenigstens Tee und Süßigkeiten zu kaufen, die wir den Besuchern anbieten konnten.

Damals hätte ich mich mit jedem um ein Stück Brot geschlagen, doch kurz darauf hörte ich aus freien Stücken auf zu essen.

Das lange Fasten

Als ich zum ersten Mal aufs Feld kam, war ich gerade erst elf Jahre alt und hatte noch nie irgendeine harte körperliche Arbeit verrichtet. Eine meiner ersten Aufgaben war es, die Tiere zu hüten, und ich erinnere mich, was für eine Qual es war, sie vom Stall auf ihre Weide zu bringen. Ständig liefen sie mir weg, trampelten die Kartoffelpflanzen nieder, fraßen den Kohl – und ich war an allem schuld. Zwei Jahre später hatte ich sie dann aber vollkommen unter Kontrolle, ich hatte dazugelernt. Außerdem war ich in der Zwischenzeit gewachsen und hatte nun mehr Kraft. Eines Tages, als ich gerade hinter dem Vieh herlief, merkte ich, wie der Sohn meines Chefs mich prüfend musterte.

»Was ist denn?«, fuhr ich ihn an, bereit zur Verteidigung.

»Zelmai, du bist ja schon größer als ich!«

Die meisten Kinder und Jugendlichen sind stolz, wenn sie das hören. Für mich war es das Schlimmste, was man mir sagen konnte. Völlig verzweifelt traf ich eine Entscheidung: Ich würde einfach nicht mehr essen. So würde ich schön dünn und zierlich bleiben, und niemand würde erwarten, dass so ein Schmächtling eine tiefe Stimme oder einen Bart bekam, oder?

Am nächsten Tag lud mich Herr Bismillah mittags zusammen mit Uoseh bei sich zu Hause zum Essen ein.

»Danke, Onkel, aber ich kann nicht. Ich faste.«

Uoseh sah mich an, als wäre ich ein Marsmensch. Mein Chef war überrascht, gab aber nur zurück: »Schade, meine Frau hat fantastische Kichererbsen gekocht. Zelmai, du kommst sicher in den Himmel.« Und er ging und ließ mich mit knurrendem Magen zurück. Uoseh zog eine verächtliche Miene und lief Herrn Bismillah hinterher.

Mein Fasten dauerte ein halbes Jahr. Während jener Zeit, in der ich nur abends aß, um nicht zu verhungern, war ich beständig müde, traurig und schlecht gelaunt. Wenn mich irgendwer nach meinen Problemen fragte, wies ich ihn oder sie barsch ab. Ich musste da allein durch, ich konnte mir nicht erlauben, dass mir irgendwer zu viel Beachtung schenkte. Meine Haut trocknete aus, und ich begann Kopf- und Magenschmerzen zu bekommen, die mich jahrelang begleiten sollten – letzten Endes für nichts und wieder nichts. Das Einzige, was ich davon hatte, war, dass man mich bei der Arbeit für einen besonders frommen Muslim hielt.

Und es verschlimmerte meine Beziehung zu Uoseh sogar noch, falls das überhaupt möglich war, der keine Gelegenheit ungenützt ließ, mich zu ärgern. Fast hätte er es wegen meiner Haare geschafft. Unter dem Turban behielt ich eine Zeit lang den letzten Rest meiner Koketterie: Auf der rechten Seite, wo das Feuer meine Haut verschont hatte, wuchs mein Haar noch wie immer, schwarz, kräftig und gelockt. Ich machte mir einen Zopf und versteckte ihn unter dem Turban. Und einmal, als der Stoff ein bisschen nach hinten rutschte, sah Uoseh mein langes Haar. Die Taliban verboten das, ich könnte also, selbst wenn man mich nicht als Frau enttarnte, trotzdem bestraft werden.

»Zelmai, du hast ja lange Haare!«

Ich sah mich um, suchte nach einem Ausweg. Nicht weit entfernt ging eine Frau vorbei.

»Himmel, schau mal, wie diese Frau läuft! Ich lauf ihr nach!«, improvisierte ich. Ich musste auf der Stelle weg von dort, außerdem festigte ich so die Idee, dass ich ein Mann war, noch dazu ein richtiger Macho, umso besser.

»Zelmai, du spinnst ja! Und du hast lange Haare. Ich melde das, damit du dein Fett wegbekommst.«

Ich verlor keine Zeit: Mit dem Fahrrad raste ich zum Haus meiner Tante und bat sie mit einem Kloß im Hals, mir die Haare ratzefatzekurz zu schneiden. Noch bevor die Schere am Ansatz meines Zopfs zuschnappte, liefen mir schon die Tränen übers Gesicht. Als ich zum Feld zurückkam, den Turban extra schlecht aufgesetzt, damit das ratzekurze Haar zu sehen war, brachte ich nur mit Mühe ein Lächeln zustande. Erst recht, als ich sah, dass Uoseh mich schon erwartete, mit einem weiteren Mann neben sich. Es war einer unserer Stammkunden, und ich mochte ihn gar nicht gern, weil es von ihm hieß, dass er gute Beziehungen zu den Taliban habe und ein Denunziant sei. Die beiden unterhielten sich lebhaft und blickten mir entgegen. Das Gesicht, das Uoseh machte, als er merkte, dass mein langes Haar verschwunden war und er sich lächerlich gemacht hatte, war ein Gedicht. Jetzt fiel mir das Lächeln nicht mehr schwer.

Seine Wut auf mich wuchs von Tag zu Tag. Sein Spiel war gefährlich und pervers. Er versuchte mich damit zu erpressen, dass er Herrn Bismillah erzählen würde, dass ich mich mit seinen Töchtern traf – was stimmte, wenn auch rein freundschaftlich –, und später versuchte er sogar mich umzubringen, indem er einen wilden Hund in der kleinen Schäferhütte losließ, in der ich gelegentlich schlief. Irgendwann litt ich so sehr unter der Situation, dass ich krank wurde.

Ich verlor das Realitätsempfinden, und als mein Cousin mich wie schlafwandelnd auf der Straße aufgabelte, begriff er sofort, dass ich dringend ärztliche Behandlung brauchte. Meine Mutter hatte von einem Psychiater gehört, der im Zentrum arbeitete. Sie hatte Angst, was das wohl kosten würde, konnte jedoch die Vorstellung nicht ertragen, dass neben meinem Vater auch noch ich psychisch instabil und unberechenbar werden könnte. Wie durch einen Nebel erinnere ich mich an das karge Arztzimmer, mittig durch einen Vorhang unterteilt, hinter den sich die weiblichen Patientinnen setzen konnten. Tisch und Stühle waren aus Holz und an der Wand hing ein Doktortitel. Der Arzt, ein Mann mit tiefer Stimme und in Straßenkleidung, forderte mich auf, zu erzählen, was mit mir los sei, aber ich konnte ihm mein Herz nicht ausschütten, weil mein Verstand vernebelt war und ich keinem traute. Er wollte kein Geld von uns nehmen und gab meiner Mutter einige Tabletten, die sie mich unbedingt einnehmen lassen sollte, sowie einen Termin für in zwei oder drei Wochen.

Ich erholte mich. Und als ich wieder in die Sprechstunde kam, quasi nur um den Termin zu erfüllen, erzählte ich dem Arzt von dem Stress, den die Bedrängung durch Uoseh in mir auslöste, und von der Ablehnung, die mir aufgrund meiner Verbrennungen entgegengebracht wurde. Von meinen tiefsten Ängsten sagte ich nichts. Da er merkte, dass es mir besser ging, wollte er den Rest abtun und sagte in verschwörerischem Tonfall zu mir: »Nur ein Glück, dass du kein Mädchen bist! Dann hättest du wirklich Probleme.«

Diesen Kommentar bekam ich oft zu hören und er verletzte mich zutiefst, aber ich lachte. Was sollte ich schon tun? Und plötzlich schien der Mann einen Einfall zu haben. Er suchte in einer seiner Schubladen herum und sagte: »Ich möchte dir etwas geben, aber das musst du für dich behalten.«

Dann machte der Psychiater mir völlig unerwartet eins der besten Geschenke meines Lebens: einen Walkman. Darin war eine Kassette von Ahmad Zahir, die einzige, die ich für lange Zeit haben sollte. Zahir war das größte Idol der jungen Afghanen, und insbesondere der Mädchen, die ihn umwerfend fanden. Seine Musik war romantisch und ließ uns von Dingen träumen, die wir nie haben würden: einen Lover, der sexy und nett war und mit dem wir uns Dinge zuflüstern würden wie »Wir beide gegen den Rest der Welt«, und dann wären wir für immer und alle Zeiten glücklich.

Fortan war das meine beste Therapie. Mittags, wenn alle aßen, setzte ich mir die Kopfhörer auf und drückte die Play-Taste, um die Arbeit auf dem Feld und überhaupt den Rest der Welt für eine Weile zu vergessen. Ich fand mich voll und ganz in seinen traurigsten Liedern wieder:

Ich bin allein am Fuß des Berges
und weiß nichts von der Welt.

Ich kann nichts für meine Liebe tun,
ich kann nur eine Statue lieben.

Dieser Sänger mit der mitreißenden Stimme schien mein Herz zu lesen. Mein Leben war eine Lüge, ich konnte mit niemandem sprechen, konnte weder Freunde noch einen Geliebten haben, ich war zum Alleinsein verdammt …

Ahmad Zahir, den die Konservativeren aufgrund seines Rufs als Verführer und Lebemann nicht sonderlich schätzten, starb 1979 bei einem überaus verdächtigen Autounfall. Und so wurde er zum ersten Märtyrer der afghanischen Popmusik, und sein Mausoleum, in das Texte seiner Lieder eingemeißelt waren, wurde zu einem Wallfahrtsort, der, was die Hingabe der Pilger betraf, mit den Wallfahrtsorten für Heilige des Islams mithalten konnte. Meine Cousinen waren echte Fans von Zahir, und ich hatte ihnen bei unseren ewig langen sommerlichen Familientreffen ausgiebig zugehört, wie sie seine Lieder sangen. Ich hatte sie alle auswendig gelernt, und dank der Kassette, die mir der Psychiater gegeben hatte, erinnerte ich mich nun wieder an sie. Mit Musik war das Leben viel erträglicher.

Kalt im Winter wie im Sommer

Je älter ich wurde, desto klarer wurde mir, dass es sich nicht lohnt, gegen das Unvermeidliche anzukämpfen. Deshalb hörte ich mit dem zerstörerischen Fasten auf, denn es brachte nichts. Stattdessen entwickelte ich andere Strategien, um nicht aufzufallen. Als den Jungen in meinem Alter Barthaare zu sprießen begannen, malte ich mir mit Ruß einen Schatten unter die Nase. So sah der Flaum, den auch wir Frauen haben, viel fülliger aus, und niemand schien sich daran zu stören.

Nicht so leicht verbergen ließen sich die Brüste, die trotz meiner Gebete und der schrecklichen Fastenkur weiter wuchsen. Ich konnte sie nur straff mit Stoff abbinden, dafür benutzte ich ein zu kleines, sehr enges Unterhemd. Das tat weh und löste das Problem nicht vollends, denn so sehr ich auch drückte und zwängte, die Brüste verschwanden nicht. Mir blieb nichts anderes übrig, als meine Formen zu verschleiern, indem ich immer mehrere Kleidungsschichten übereinander trug, sommers wie winters. Damit fügte ich meinem Image noch eine Spur Exzentrizität hinzu, weil ich selbst im Hochsommer bei der Arbeit auf dem Feld immer dick angezogen war und stets behauptete, ich sei krank oder mir sei kalt.

Auch musste ich jeglichen Körperkontakt um jeden Preis meiden. Besser, man hielt mich für abweisend und unsympathisch, als dass ich jemanden zu nah an mich herankommen oder mich sogar umarmen ließ, was unter afghanischen Männern durchaus üblich war.

Und doch hatte ich nicht alles unter Kontrolle. Die schlechte Ernährung und die mangelhafte Hygiene über einen zu langen Zeitraum forderten von uns allen ihren Tribut. Meine Mutter hatte große Probleme mit den Zähnen. Das Taliban-Gesetz verbot männlichen Ärzten, weibliche Patientinnen zu behandeln, und es verbot ebenso, dass Frauen arbeiteten. Daraus ergab sich, dass Frauen theoretisch gar keine medizinische Versorgung bekommen konnten, allerdings fiel die Anwendung des Gesetzes zum Glück mehr oder minder streng aus, je nachdem, wer im Viertel das Sagen hatte. Und da ich gute Beziehungen zu denen hatte, die unser Gebiet kontrollierten, konnte meine Mutter mehrmals ohne Schwierigkeiten in die Sprechstunde.

Einmal begleitete ich sie zum Zahnarzt. Meine Mutter wollte, dass ich ihr die Hand hielt, aber ich war mit den Gedanken woanders: Ich hatte Bauchschmerzen. Der Schmerz war anders, als ich es bisher gekannt hatte, aber ich dachte nur, dass ich wohl etwas nicht vertragen und deshalb Durchfall hatte; daher ließ ich meine Mutter auf dem Zahnarztstuhl zurück und ging zur Toilette.

Ich fiel fast in Ohnmacht, als ich sah, dass zwischen meinen Beinen Blut rauslief. Als ich zum Jungen geworden war, hatte ich Angst, die Leute könnten mein Gesicht für zu weiblich halten, ich fürchtete auch den Moment, in dem mir Brüste wachsen würden, meine hohe Stimme bereitete mir ebenso Sorgen wie die Tatsache, dass ich keinen Bartwuchs hatte. Nicht gerechnet hatte ich mit der Menstruation – weil ich gar nicht wusste, dass es sie gab. An jenem Tag dachte ich daher, dass ich wohl sehr krank sein müsse. Ich wusste nicht so genau, woher das Blut kam, denn ich kannte meinen Körper kaum, aber mir war klar, dass es etwas Schlimmes sein musste, und ich musste mit irgendwem darüber sprechen. Nicht mit meiner Mutter, denn sie lag gerade mit weit aufgesperrtem Mund da, außerdem wollte ich nicht, dass sie sich Sorgen machte. Ich dachte an eine meiner Cousinen, eine der wenigen Personen, die meine wahre Identität kannten. In letzter Zeit war sie sehr vertrauensvoll mir gegenüber gewesen und hatte mir einiges von sich erzählt. An diesem Tag würde ich ihr mein schreckliches Geheimnis anvertrauen.

Ich stieg auf mein Fahrrad und trat in die Pedale, dabei spürte ich, wie meine durchnässte Hose am Sattel festklebte, was mich sehr ängstigte. Als ich allein mit meiner Cousine war, brach ich in Tränen aus. Ihr anfänglicher Schreck wich, als ich ihr schluchzend erzählte, was mit mir los war.

»Du bist nicht krank, ganz ruhig. Das ist nichts. Warte mal.«

Ihre ruhige Stimme machte mir Mut. Ich verstand immer noch nichts, aber anscheinend überraschte das

Problem meine Cousine nicht. Sie kam mit einer Strumpfhose zurück, bei der die Beine abgeschnitten waren, und einem Stück Stoff. Meine erste Binde. Ich legte mir beides an, während sie mir sagte, dass das jeden Monat passieren würde und dass ich, um unangenehme Überraschungen zu vermeiden, in diesen Tagen am besten dunkle Kleidung trüge. Meine Cousine wusste nicht so genau, wie der Mechanismus der Menstruation funktionierte, doch schon das, was sie mir erzählte, war revolutionär für mich. Als ich von ihr wegging, schwirrten mir zwei beunruhigende Informationen durch den Kopf: Das Blut kommt jeden Monat aus der Vagina, und von dem Moment an, wenn es kommt, ist man schon eine Frau und kann Mutter werden. All das erschreckte mich beinahe mehr als der Gedanke an eine Krankheit. Es brachte eine für mein Leben als Junge äußerst wichtige praktische Schwierigkeit mit sich, ein weiteres Risiko und weitere Unbequemlichkeiten. Und der Gedanke an Fortpflanzung und Mutterschaft erschreckte mich. Davon wollte ich absolut nichts wissen.

Ich fuhr eilig zurück zum Krankenhaus, wo meine Mutter schon höchst besorgt auf mich wartete. Ich improvisierte eine Entschuldigung, wie so oft, denn ich hatte nicht vor, ihr je davon zu erzählen, dass ich meine Regel bekommen hatte und nun darüber Bescheid wusste. Sie hatte mir kein Wort davon gesagt, also hieß das wohl, dass sie lieber nichts davon hören wollte; diese Intimität unter Frauen blieb in unserer Beziehung außen vor. Es wurde also zu einem Geheimnis: Ich machte mir aus alten Kleidungsstücken Binden und wusch und trocknete sie nachts heimlich. Und um die Tage im Blick zu behalten, wann die Regel kommen musste, machte ich Striche auf einer Wand bei dem Feld, wo ich arbeitete. Mir war nicht klar, wie ein Kalender funktionierte, aber ich wusste, wenn ich neunundzwanzig oder dreißig Striche gemacht hatte, würde das Blut wiederkommen.

Da war nichts zu machen. Mein Wille zählte nichts beim unaufhaltsamen Heranwachsen meines Körpers. Ich konnte die Uhr einfach nicht stoppen.

Brunnen

In dem Umfeld, wo ich arbeitete, hörte man über Frauen hauptsächlich abfällige Äußerungen. Wenn ich sagen hörte, dass Mädchen schwach sind, wusste ich nicht, ob ich lachen oder weinen sollte. Mit elf Jahren arbeitete ich in der Landwirtschaft, und mit dreizehn fing ich an, Brunnen zu warten, ich holte die Erde vom Grund und schleppte sie in mordsschweren Eimern weg, bis das Wasser wieder aus der Erde sprudelte. Und das war nur ein Nebenjob. Ich bin nie besonders kräftig gewesen, sondern eher zierlich, und zur damaligen Zeit trug das wenige, was ich aß und schlief, nicht gerade dazu bei, besonders stark oder energiegeladen zu sein. Dennoch blieb mir nichts anderes übrig, als alle Jobangebote anzunehmen, und dabei ging es nicht gerade um Bürotätigkeiten. Ich machte weiter, na klar.

Einer der Ersten, der mich bat, seinen Brunnen in Ordnung zu bringen, war Herr Osman, den wir *den Kommandanten* nannten. Er war dürr, hatte einen ausgefransten langen grauen Bart und lebhafte Augen und kam oft zu dem Feld, wo ich arbeitete, und kaufte uns Gemüse ab. Mein Arbeitskollege Sherogah und ich sagten immer, dass er reich sei, aber das stimmte wohl nicht, denn gelegentlich sahen wir, wie er neben unserem Chef Bismillah saß und Erde von den Karotten wusch oder Erbsen puhlte, um sich das Recht zu verdienen, seinen Korb zu füllen. Jedenfalls schien der Kommandant nie Hunger zu leiden, er verfügte immer über Kautabak, und da er keine Kinder hatte, musste er das, was er verdiente, nur mit seiner Frau teilen. In Afghanistan haben die meisten Leute sehr zahlreiche und weitläufige Familien zu ernähren, jedes Gehalt teilt sich letztlich auf viele Mägen auf. So war es auch bei meinem Kollegen Sherogah, der der zweite von acht Geschwistern war. Seine ältere Schwester war verwitwet, und als sie wieder heiratete, musste sie, da ihr neuer Mann gemäß den Gepflogenheiten ihre vorherigen Verpflichtungen nicht akzeptierte, ihre Kinder bei den Großeltern lassen. In diesem Haushalt mit elf hungrigen Mäulern war Sherogah der Einzige, der einen Lohn heimbrachte. Mit seinen fünfundzwanzig Jahren dachte er an nichts anderes, als daran, wie er irgendwie mehr Geld heranschaffen konnte.

Eines Tages setzte er sich in den Kopf, dass der Kommandant ihn adoptieren solle, damit er in den Genuss all seiner vermeintlichen Reichtümer käme, und begann ihn zu umwerben.

»Kommandant, Sie sind ein großartiger Mann, ein vorbildlicher Moslem. Ich mag Sie sehr! Wollten Sie nie einen Sohn haben?«

»Ach, Sherogah, ich hätte immer gern einen Sohn gehabt«, antwortete der Mann und verdrehte die Augen.

»Aber du hast sogar schon einen Bart! Was würdest du bei uns zu Hause tun? Du würdest dich nicht eingewöhnen.«

»Natürlich würde ich das! Ich könnte mich um Ihre Frau kümmern, Kommandant!«

Erstaunlicherweise schien der Kommandant ins Nachdenken zu kommen. Ich konnte nicht zulassen, dass Sherogah den armen alten Mann ausnutzte, deshalb funkte ich dazwischen.

»He, Kommandant, ich wäre wirklich ein guter Sohn für Sie.«

Herr Osman schien aus einem Zauber zu erwachen. Die verrückte Idee, irgendwen zu adoptieren, war wie weggeblasen. Er drehte sich zu mir um und lächelte mich an.

»Ja, ich glaube, dich hätte ich lieber, Junge.«

Ich drückte die Brust raus, als hätte man mir gerade eine Medaille verliehen. Und fühlte, wie mein Kollege, dem ich gerade einen Strich durch die Rechnung gemacht hatte, mich mit Blicken tötete.

Anfangs war Sherogah eifersüchtig auf diese Vorliebe für mich, doch nach und nach verflog seine Wut und er machte mit seinen üblichen Methoden weiter, um seine Einnahmen zu steigern. Ein Weg dazu war, mich zu bitten, ihm Gemüse oder die von mir verwalteten Einnahmen des Chefs zu geben; und wenn das nicht fruchtete – es gelang ihm nie, mich zu überreden –, nahmen seine Brüder sich die Sachen einfach. Zum Glück waren es keine großen Mengen, sodass nie ein größeres Problem daraus entstand.

Eines Tages rief mir einer der kleinen Jungen, die auf dem Feld herumliefen, zu: »Dein Vater ist da, er sucht dich!« Seit dem Tag, an dem er mich »adoptiert« hatte, machten sie bei jedem Besuch von Herrn Osman denselben Witz und nannten ihn »meinen Vater«. Er selbst tat das auch: »Zelmai, mein Sohn, unser Brunnen zu Hause ist eingetrocknet. Könntest du ihn für mich in Ordnung bringen?«

»Natürlich, Herr Kommandant! Wenn Sie wollen, mache ich mich gleich daran. Ich nehme nur den normalen Preis für einen Arbeitstag, zweihundert Afghani.«

Ich weiß nicht, wie ich diese Summe – viermal so hoch wie mein Tageslohn – über die Lippen brachte, im Brustton der Überzeugung und ohne loszulachen. Ich gebe zu: Auch ich hätte für Geld alles getan. Zu Hause fehlte es uns immer noch an allem …

Ich ging mit Herrn Osman bis zu seinem Haus, etwa zehn Minuten vom Feld entfernt. Die Sonne brannte und die Arbeit war hart; deshalb war mein falscher Vater erstaunt, dass ich mir keine Schicht auszog, bevor ich mit dem Graben begann, wie es jeder normale Mensch getan hätte. Doch die Anziehsachen waren mein Schutz; ohne zwei oder drei Schichten – die erste einzwängend, die anderen locker – hätten meine Brüste mich verraten, das hatte ich schon festgestellt. Wie ich sie hasste!

Vier Stunden lang holte ich Sand und Steine vom Grund des Brunnens – der Kommandant leerte oben die Eimer aus – und wartete darauf, dass von einem Moment auf den nächsten das Wasser wieder durchkommen und meine Füße benetzen würde, aber es ging einfach nicht vorwärts. Ich war schon fast völlig fertig vor Hitze und Erschöpfung, aber wenn ich in diesem Moment mit der Arbeit aufgehört hätte, hätte ich die zweihundert Afghani vergessen können. Und ich brauchte sie so dringend!

»Zelmai, ich mache eine Pause, um beten zu gehen«, sagte Herr Osman plötzlich. »Meine Frau kommt mich ablösen, in Ordnung?«

Der Kommandant entfernte sich und ich hörte ihn sagen: »Frau, pass auf, dass dem Jungen der Eimer nicht auf den Kopf fällt, verstanden?«

Das brachte mich auf eine Idee.

»Guten Tag, Tante!«, schrie ich ihr aus der Tiefe des Brunnens entgegen. »Ich bereite jetzt einen Eimer vor für Sie zum Hochziehen!«

Ich band den Eimer absichtlich schlecht fest, und als die Frau an der Seilrolle zu drehen begann, fiel er herunter und traf mich seitlich am Kopf. Ich schrie, als würde ich gleich meinen letzten Atemzug tun, und die arme Frau rannte zu Tode erschrocken ihren Mann holen. Ich glaube, sie stolperte sogar über ihre Burka.

Ich kroch stöhnend aus dem Brunnen, vollgeschmiert mit Sand und Matsch, und muss wohl schlimm ausgesehen haben, denn sie beschlossen, mir den vollen Tageslohn zu zahlen und mich sofort nach Hause zu schicken. Mein Trick hatte funktioniert, wenn auch um den Preis einer kleinen Schramme an der Stirn.

Das Nachspiel zu der Geschichte war der Empfang, den mir meine Mutter bereitete, als ich ihr stolz die zweihundert Afghani in die Hand drückte. Das war viel Geld, so viel, dass sie mich immer wieder fragte, wie ich die verdient habe. Ich sagte ihr, das spiele keine Rolle, weil ich nicht wollte, dass sie erfuhr, dass ich in einem Brunnen gearbeitet hatte, was als gefährliche Arbeit galt.

»Du hast es also gestohlen!«

»Aber nein, Mama, wie kannst du so etwas zu mir sagen? Ich würde nie stehlen, das weißt du doch.«

»Wie hast du es dann verdient? Sag es mir!«

Mein Vater, der bei der Szene dabei war, obwohl er so benebelt von seinen Beruhigungsmitteln war, dass er nicht wirklich anwesend wirkte, erschrak durch den immer schriller werdenden Tonfall meiner Mutter.

Schließlich musste ich beichten.

»Ach herrje, Zelmai, warum tust du mir das an? Weißt du nicht, was das für eine gefährliche Arbeit ist? Was, wenn du ohnmächtig wirst und sie dich aus dem Brunnen holen müssen und entdecken, dass du ein Mädchen bist?«

Ich starrte sie an. Wir waren so besessen von dieser Möglichkeit, dass sie uns wie das Allerschlimmste vorkam, was mir passieren könnte. Ich hatte mehr Angst davor als vor dem Sterben. Ich dachte an die Scham, die meine Mutter empfinden würde, und die Repressalien, die sie aufgrund meines Betrugs erleiden könnte. Ganz zu schweigen davon, dass sie dann keine Einkünfte mehr hätte. Ich würde in den Himmel kommen – davon war ich fest überzeugt –, aber wer würde auf Erden für meine Mutter sorgen?

Kino

Trotz der Angst, die immer mit dabei war, beschloss ich eines Nachmittags, mir einen großen – und riskanten – Genuss zu gönnen.

Ich musste mich fast kneifen, um es glauben zu können: Inmitten der unterdrückenden Atmosphäre der Taliban, im Herzen dieses von völlig überzogener Sittenstrenge regierten Landes, wo alles verboten war – insbesondere alles, was einen glücklich machen könnte – erklang Bollywood-Musik. Die schallenden Stimmen der Sänger, die farbenfrohen Kleider, die unbeirrt schwingenden Hüften, als könne man wirklich fröhlich sein! Ich konnte den Blick nicht von der Leinwand wenden, und was ich sah, ließ mein Herz schneller schlagen und war für mich die Bestätigung, dass ich die schönen Filmabende mit meinem Bruder nicht nur geträumt hatte. Die indischen Filme mit ihren schrillen Liedern, mit Liebe und Kampf – es hatte sie wirklich gegeben! Für mich waren sie der Inbegriff meiner Kindheit, der Friedenszeit, der Inbegriff von Glück. Nun konnte ich sie wieder sehen.

Natürlich waren sie immer noch strengstens verboten. Wie sollte es auch anders sein, wo darin doch entblößte Frauen zu sehen waren, die noch dazu lachten, tanzten und sich verliebten, und Männer ohne Bart, die weder ihre Männer noch ihre Väter oder Brüder waren, die ebenfalls tanzten und sie umwarben … Ein ganzes Sammelsurium von Verbrechen, das sie ins Gefängnis oder gleich aufs Schafott gebracht hätte, doch selbst unter einer derartigen Schreckensherrschaft gab es Menschen, die, um sich ein kleines Stück Freiheit zu erkaufen, das Risiko auf sich nahmen, die Gesetze herauszufordern. So waren in ganz Kabul geheime Kinos entstanden, ein riskantes, aber lukratives Geschäft für die Betreiber.

Seit mir einer meiner Stammkunden vom Feld von diesen Kinos erzählt hatte (im Flüsterton und weil er mir sehr vertraute), besuchte ich sie so oft wie möglich. Tatsächlich wartete ich nur auf den Freitag, und morgens wachte ich bei dem Gedanken, dass ich später einen Film sehen würde, schon glücklich auf. Selbst wenn ich arbeiten musste – obwohl es eigentlich der arbeitsfreie Tag war –, ging mir die Arbeit leicht von der Hand, und ich beendete meinen Arbeitstag bei der erstbesten Gelegenheit unter einem beliebigen Vorwand und rannte ins Kino.

Ich kannte verschiedene Vorführungsorte, und alle hatten gemeinsam, dass es dunkle, verdreckte und feuchte Örtlichkeiten waren, oft die Kellerräume von Privathäusern. Die Kinoleinwand war ein einfacher Fernseher, der auf eine Anrichte gestellt wurde, davor ein Vorhang, der ihn sofort verbergen konnte, sollten unerwünschte Besucher auftauchen. Eine unangenehme, nicht sonderlich gemütliche Umgebung, was die Begeisterung des Publikums aber nicht im Geringsten schmälerte: ein Haufen Männer, die wie die Schlote rauchten und unablässig herumschrien. Wie ein Mann feuerten sie den Hauptdarsteller bei seinen Kämpfen an: »Schlag ihn fester! Na los, fester!« Und wenn der Junge und das Mädchen sich sehnsüchtig anschmachteten, gerieten alle völlig aus dem Häuschen und brüllten vor Begeisterung.

In einem der Lokale, das ich am häufigsten besuchte, wurde der Fernseher von der Autobatterie eines ebenfalls dem Besitzer gehörenden Linienbusses mit Strom versorgt. Und es kam häufig vor, dass der Bildschirm plötzlich mitten in einer spannenden Szene schwarz wurde. »Oooh!«, riefen wir enttäuscht. Der Besitzer fluchte, und wir mussten alle ungeduldig warten, bis sein Bruder mit dem Bus vorbeikam, um die Batterie auszutauschen.

Trotz der Einträchtigkeit, die für die Dauer des Films herrschte, kannten die meisten der Anwesenden sich nur von diesen Zusammentreffen und waren auch bemüht, das weiter so zu halten, wenn sie wieder auf die Straße traten. Jeder misstraute jedem, jeder könnte einen verraten, und deshalb war es besser, niemand wusste etwas von einem. Solange das Video lief, sorgten ein paar Leute, die an der Tür Wache standen, für Sicherheit – um Alarm zu schlagen, falls Taliban kamen –, beim Rausgehen war es jedoch am sichersten, so zu tun, als ob man absolut nichts von diesen illegalen Kinos wüsste. Mir fiel das Vergessen nicht schwer, denn ich hatte keinerlei Interesse daran, mich mit diesen Leuten anzufreunden, die auf mich schmutzig und grob wirkten. Losertypen, denen ich im Lauf der Jahre selbst ähnlich zu werden fürchtete, wenn alles weiter so lief wie bisher.

Dennoch dachte ich, dass es gar nicht so schlecht wäre, wenn sich unter den jungen Leuten im Viertel herumspräche, dass ich mit dem Besuch der Kinos mein Leben aufs Spiel setzte. Meine Obsession, als Junge durchzugehen, war so groß, dass ich glaubte, ein schlechter Ruf wäre gut für mich, sollten sie mich doch für hart und gefährlich halten. So ließ ich sie auch in dem Glauben, ich würde Haschisch rauchen – selbst wenn ich das nur gelegentlich tat, wenn ich mich in einer entsprechenden Gruppe wiederfand und den anderen nicht nachstehen konnte. Ich sprach verächtlich über Frauen und ließ, ohne es eindeutig zu sagen, durchblicken, dass ich in eins dieser Kinos ging. Das war alles gut fürs Image. Lieber gewann ich den Respekt der allerschlimmsten Typen, denn so würde es keiner wagen, mir Probleme zu machen.

Mit den Erwachsenen war es genau andersherum. Ihnen gegenüber spielte ich den strenggläubigen Jungen, der seiner Mutter gegenüber höchst respektvoll war. Diese Rolle gelang mir so überzeugend, dass viele Eltern und Großeltern mich den Jugendlichen in der Familie – die ihren Ohren nicht trauen wollten! – als gutes Beispiel nannten.

Welcher der beiden Zelmais war ich? Ich wollte glauben, dass ich mehr dem zweiten glich, auch wenn ich mich wie alle Jugendlichen oft so sehr auf meine Rebellenrolle versteifte, dass mein Blut wirklich kochte, und vermutlich war dieser handgreifliche, ja bisweilen brutale Junge ebenfalls ich. Wenn jemand meine Schwestern gefragt hätte, die sauer waren, wie ich sie herumkommandierte, hätten die sicher eine klare Ansage gemacht. Und mein Vater vielleicht auch. Seit ich mich wie ein Junge anzog, war ich verantwortlich für ihn geworden. Das hieß, dass ich darüber wachte, dass er aufstand und aß, und ich kümmerte mich auch darum, ihm den Bart zu schneiden. Zugleich hatte ich aber die Aufgabe, ihn zurechtzuweisen, wenn er etwas Unangebrachtes tat. Tatsächlich sagte meine Mutter, wenn er sie ärgerte, drohend zu ihm: »Ich sag's Zelmai, wenn er von der Arbeit kommt.«

Kochen für die Taliban

Mit Amid, dem Sohn meines Chefs, verstand ich mich nicht besonders. Vielleicht war er eifersüchtig auf das Vertrauen, das sein Vater in mich setzte, jedenfalls benahm er sich oft wie ein Despot, wenn Bismillah nicht da war. Und an dem Tag, als er mich nach vierzehn Stunden harter Arbeit schlug, weil ich nach Hause gehen wollte, beschloss ich, den Job an den Nagel zu hängen. Sollte er doch zur Hölle gehen.

An dem Abend aß ich nichts, und obwohl meine Mutter und ich zusammen schlafen gingen, wollte ich ihr nichts erzählen. Im Bett liegend spürte ich, wie sie mich ansah und besorgt mit der Zunge schnalzte, und ich kniff die Augen fest zusammen, um die Angst zu vertreiben, nicht bald einen neuen Job zu finden.

Als ich die Hähne in der Nachbarschaft krähen hörte, wachte ich erschreckt auf und griff instinktiv nach meinem Turban: Ja, ich trug ihn noch. Dass er mir im Schlaf herunterfallen könnte oder, schlimmer noch, während ich außer Haus unterwegs war, war nach wie vor meine größte Angst. Ich konnte mich diesbezüglich nie entspannen, und wenn mich jemand so ansah, als habe er mich durchschaut, schloss ich den Griff, fast ohne es zu merken, fester um das kleine Messer, das ich stets in der Westentasche trug. Nicht um irgendwen anzugreifen, sondern um mir selbst das Leben zu nehmen, bevor die Taliban es auf die schlimmstmögliche Weise taten.

Doch an diesem Maitag begab ich mich selbst in die Höhle des Löwen. Nachdem ich die Augen aufgeschlagen hatte, wusch ich mich eilig, erledigte möglichst rasch das Morgengebet, trank den noch dampfenden Tee und aß mein Frühstücksbrot, während ich hastig ins Zentrum von Kabul lief. Mein Ziel war der Chowk-Platz. Dort versammelten sich die Arbeitssuchenden. Bei meiner Ankunft standen dort, obwohl es schon recht spät war, noch zwei oder drei Dutzend Männer. Manche hatten Glück gehabt und verhandelten gerade mit Beauftragten, die Lohnarbeiter für einen oder zwei Tage oder gleich eine ganze Woche suchten. Die Gespräche waren kurz, denn es gab wenig Arbeit und sehr viel Hunger, und wenn man sich nicht mit den Chefs einigte, fanden diese sicher irgendjemand anderen, der ihre Bedingungen akzeptieren würde, wie auch immer die lauteten.

Die Zeit verging und der Platz leerte sich. Die, die noch mit mir übrig waren, waren größtenteils Männer in zu fortgeschrittenem Alter … und ich, ein dürrer Junge mit verbranntem Gesicht. Ich hatte es schwer, aber ich war wild entschlossen, eine Arbeit zu finden, was auch immer es war. Ich hatte nicht vor, mit leeren Händen nach Hause zurückzukehren, und erst recht wollte ich meinen Chef vom Feld nicht wieder um Arbeit bitten.

Plötzlich hörte ich: »Koch gesucht! Wir brauchen einen Koch!«

Ich schaute, wer da auf Paschtu dieses Angebot rief. Und erstarrte: Es war ein Taliban, der auf einem der Lieferwagen stand, die sie üblicherweise benutzten: auf einem Toyota Pick-up mit offener Ladefläche. Das war das typische Bild der Taliban: ein halbes Dutzend bis an die Zähne bewaffnete Männer auf der Ladefläche zusammengedrängt, die drohend umherblickten und langsam vorbeifuhren, um Zeit zu haben, Rechenschaft von jedem zu verlangen, der etwas tat, was ihnen nicht richtig vorkam, sei es eine Frau, die allein auf der Straße unterwegs war, oder jemand, der ihnen in die Augen schaute. Doch an jenem Morgen war der Wagen fast leer. Er hatte auf dem Platz angehalten, und die Kalaschnikows ruhten auf den Schultern, statt auf die Vorübergehenden zu zielen. Man könnte sagen, dass diese Taliban in friedlicher Absicht unterwegs waren, sofern das überhaupt möglich war. Ich sah, wie manche Passanten vor Angst zusammenzuckten, aber ich ging entschlossen auf sie zu.

»Ich!«

Es gab keine weiteren Freiwilligen, daher zog der Mann mich im Anfahren am Arm auf den Wagen hoch. Ich musste die Zähne zusammenbeißen, um den Schmerz zu verbergen, den mir der Ruck verursachte.

Als ich oben auf dem Wagen stand, musterte er mich von oben bis unten und fragte zweifelnd: »Du kannst kochen?«

»Natürlich!«, antwortete ich.

»Und was kannst du kochen?«

»Na ja …«, ich überlegte, was die Lieblingsgerichte der Paschtunen waren, die ich gut kannte, weil es die Ethnie meines Vaters war, und zählte auf: »Gemüsesuppe, Fleischsuppe, Süßes aus Mandeln und Honig …«

Das Gesicht des Taliban leuchtete auf: »Sehr gut, sehr gut! Fahren wir!«

Ich kam nicht einmal auf die Idee, zu fragen, was sie mir zahlen würden. Ich hielt mich auch nicht mit dem Gedanken auf, wie ich es hinbekommen sollte, diese Dinge zuzubereiten, denn bisher hatte ich nie auch nur ein Ei gekocht. Schnell setzte ich mich auf der Ladefläche hin, wobei ich mich bemühte, dem Mann nicht in die Augen zu sehen. Dabei spürte ich den Blick derer auf mir, die auf dem Platz zurückblieben und sich sicher fragten, wer von uns, sie oder ich, an jenem Morgen mehr Glück gehabt hatte. Plötzlich wurde mir klar, wie impulsiv ich gehandelt hatte, und ich erinnerte mich an die Geschichten darüber, wie manche Jungen missbraucht worden waren. Aber es war schon zu spät für Zweifel.

Der Pick-up ratterte fünfzehn oder zwanzig Minuten lang über die unasphaltierten Straßen von Kabul – mit einer Hand klammerte ich mich fest, um nicht runterzufallen, mit der anderen hielt ich meinen Turban auf dem Kopf –, bis der Wagen schließlich vor einem großen, im traditionellen Stil aus Lehm errichteten Gebäude anhielt, das ich noch nie gesehen hatte. Die Wachleute öffneten das Tor und wir parkten im Innenhof. Als wir das Haus betraten, war ich in Schweiß gebadet. Teils aus Nervosität, teils wegen der vielen Anziehsachen, die ich wie immer übereinander trug.

Der Mann, der mich auf dem Platz aufgesammelt hatte, erklärte mir, dass ihr bisheriger Koch zu einem anderen Quartier beordert werden würde und sie deshalb einen neuen brauchten. »Wir sind hier dreißig Mann, und wir essen gern gut«, sagte er, in halb scherzhaftem Ton, aber in meinen Ohren klang es wie eine Drohung. Meine Hand spielte in meiner Tasche unruhig mit dem kleinen Messer.

»Ich würde gern meinen Vorgänger kennenlernen, um zu hören, wie er die Dinge macht, was ihr so gewöhnt seid …«

Der Taliban dachte einen Augenblick darüber nach.

»Das ist verständlich. Ich rufe ihn, damit er dir zeigt, wo die Sachen sind und wie alles funktioniert. Heute arbeitest du mit ihm, und ab morgen machst du dann alles allein.«

Der Koch sah wild aus. Der Bart reichte ihm bis zur Schürze, und die von einem dicken schwarzen Strich umrahmten Augen glänzten so stark, dass es aussah, als würden sie tränen. Sobald ich allein mit ihm in der Küche war, beschloss ich, ihm die halbe Wahrheit zu sagen.

»Onkel, hilf mir. Bei mir zu Hause sind wir sehr arm und ich brauche die Arbeit. Bitte, zeig mir, wie du kochst, ich bitte dich.«

Er sah mich lange an und sagte schließlich: »Einverstanden. Setz dich und schau, wie ich es mache, junger Mann, denn morgen musst du es selbst hinbekommen.«

Meine Hand in der Tasche entspannte sich. Ich war gerettet.

Ich verbrachte den ganzen Tag in der großen Küche eingesperrt und schälte Gemüse, rupfte Hühner und machte mir im Geist Notizen über alles, was der Koch tat. Zur Essenszeit konnte ich das Gericht kosten, bei dessen Zubereitung ich mitgeholfen hatte: Es war nicht schlecht, aber meine Mutter kochte viel besser. Ich musste mir überlegen, wie ich ihr ihre Rezepte entlocken konnte, ohne zu verraten, für wen sie bestimmt waren. Vor den Taliban graute ihr, und zu wissen, dass ich für sie arbeitete, hätte sie vor Sorge umgebracht.

Als die Küche nach der Zubereitung des Abendessens endlich wieder sauber war, hieß es, dass ich nun nach Hause gehen könne. Als Bezahlung bekam ich zehn Brote. Ich schaute den Türwächter an: »Wie soll ich zurück nach Hause kommen? Ich bin am Chowk-Platz mitgenommen worden, und ich wohne noch viel weiter weg!«

Der Wächter sprach mit dem Mann, der mich morgens aufgegabelt hatte, und der entschied, dass sie mich bis in mein Viertel fahren würden. Er ließ mich auf einen der im Hof parkenden Lieferwagen steigen, der gleich zu einer Patrouillenfahrt aufbrechen würde, und sagte dem Fahrer, wo er mich rauslassen solle. So kam es, dass alle mich zusammen mit den Taliban ankommen sahen, die mich zuvorkommend verabschiedeten. Unter den Nachbarn, die sich über meine mächtigen Freunde wunderten, war auch Bismillah, der Besitzer des Feldes, für den ich bis zum Tag davor gearbeitet hatte. Und noch bevor es Nacht wurde, hatte er seinen Sohn bei mir zu Hause vorbeigeschickt. Als Amid wieder ging, hatte ich seine Entschuldigung angenommen, wie auch das Angebot einer besseren Behandlung und eines besseren Lohns, und am nächsten Tag kehrte ich triumphierend aufs Feld zurück. Sicher würden die Taliban einen Koch, der so wenig hermachte, nicht vermissen, und ich würde ihnen ganz sicher auch nicht nachtrauern.

Ganz klar, Gott beschützte mich.

Im Gefängnis

Mein nächster Kontakt mit den Taliban war jedoch weniger angenehm.

Ab und zu dachte ich an Amin, den alten Freund meines Vaters, den ich so gern gemocht hatte. Kurz nach jenem Freitag, an dem er so voll schlimmer Vorahnungen zu uns zum Essen gekommen war, hatten wir ihn aus den Augen verloren. Später fanden wir ihn durch Zufall wieder.

Als wir in dem Flüchtlingslager lebten, fuhr meine Mutter einmal nach Dschalalabad, weil sie einen Schuster brauchte. Es stellte sich heraus, dass es sich bei diesem um einen früheren Regierungsinspektor handelte, der wie sie aus Kabul kam und Dari sprach. Meine Mutter hatte nie Paschtu gelernt, die Sprache, die im Lager und auch in Dschalalabad am meisten gesprochen wurde, und es reizte sie, sich mit diesem Herrn aus ihrer Stadt zu unterhalten, vielleicht auch auf gemeinsame Bekannte zu stoßen. Zu diesen gehörte Amin. Der Schuster erzählte ihr, dass der Freund meines Vaters in Dschalalabad gekämpft hatte und durch eine Bombe auf einem Auge erblindet war. Außerdem hatten ihm die Splitter ein Loch in die Wange gerissen. Der Inspektor-Schuster teilte ihr auch mit, dass

Amin und seine Frau weiterhin in der Stadt lebten und er als Mechaniker arbeitete.

Hochzufrieden hatte meine Mutter die Neuigkeiten meinem Vater überbracht, sie dachte, er würde sich freuen, seinen Freund wiedergefunden zu haben – endlich einmal eine gute Nachricht! –, aber er zeigte keine Reaktion; wir waren nicht einmal sicher, ob er wusste, von wem wir redeten. Trotzdem suchten wir Amin auf, und wenige Tage später luden er und seine Frau uns zum Essen zu sich nach Hause ein. Das Essen verlief sehr traurig. Mein Vater fühlte sich unbehaglich und zupfte wie ein kleiner Junge ständig am Ärmel meiner Mutter, damit wir wieder gingen; sie erzählte Amin alles, was uns widerfahren war, und er weinte tränenlos und mit verzogenem Mund. Nicht einmal die Bemühungen seiner Frau, die so sanft wie immer war, konnten die Situation abmildern. Wir gingen bald wieder, noch niedergeschlagener, als wir gekommen waren.

Als wir nach Kabul zurückkehrten, verloren wir wieder den Kontakt, denn wir konnten Amin und seiner Frau weder eine Adresse noch eine Telefonnummer hinterlassen; beides hatten wir ja nicht.

Deshalb war ich völlig überrascht, als eines Tages im Ramadan, während ich auf dem Feld von Herrn Bismillah arbeitete, ein Unbekannter auf mich zukam und mir mitteilte, Amin sei im Gefängnis, hier in Kabul, und brauche Hilfe. Ich nahm an, dass er mich mit Hilfe meiner Cousins aufgespürt hatte, die als Süßigkeitenverkäufer am Busbahnhof arbeiteten und leicht zu finden waren. Sie mussten ihn auch darauf hingewiesen haben, dass er nicht nach Nadia, sondern nach Zelmai fragen sollte.

Ich war noch nie in einem Gefängnis gewesen. Ich erreichte es zu der Zeit, als der Mullah gerade alle Insassen zum Abendgebet rief, und nutzte die Gelegenheit, um selbst auch zu beten. Anschließend fragte mich ein Wachmann, wen ich besuchen wolle. »Meinen Onkel Amin. Er ist blind auf einem Auge und hat ein Loch in der rechten Wange.«

Man begleitete mich in den »Besucherraum«: die Besucher waren von den Insassen durch eine niedrige Lehmmauer mit einem Gitter darauf getrennt. Weil ich klein war, musste ich ein bisschen hochklettern, um überhaupt etwas sehen zu können, und fiel die ganze Zeit fast runter.

Beinahe hätte ich Amin nicht erkannt, und er brauchte auch ein paar Momente, bis er mich einordnen konnte, denn er sah mich zum ersten Mal in meiner Verkleidung als Junge. Ausgemergelt und mit ungepflegtem Bart zog Amin eine Grimasse, die wohl ein Lächeln sein sollte: »Ich freue mich, dich zu sehen, Zelmai *jan*.«

Während er mit großen Bissen das Kartoffelbrot und die Datteln herunterschlang, das typische Ramadan-Essen, das ich ihm mitgebracht hatte, erzählte er mir, dass er festgenommen worden sei, als er nach Kabul gekommen war, um eine Bestellung abzuholen.

Die Anklage lautete, dass er in seiner Werkstatt mit russischen Materialien arbeitete, und wenn wir nichts unternahmen, würde er dort drin vor die Hunde gehen.

Er bat mich, seine Brüder aufzusuchen, damit sie ihn dort rausholten, und ich solle schnell machen, denn lange würde er es nicht mehr durchhalten.

Am nächsten Morgen bat ich Herrn Bismillah, mir für einen Tag freizugeben und dazu noch einen Vorschuss, weil ich einem Freund meines Vaters helfen müsse. Anschließend nahm ich sofort den Bus, der mich zum ersten Mal seit unserem Aufenthalt im Flüchtlingslager wieder nach Dschalalabad brachte.

Als ich zu der Adresse kam, die Amin mir gegeben hatte, traf ich seine Familie an, die gerade die Hochzeit eines seiner Neffen feierte und in diesem Augenblick mit dem Essen anfangen wollte. Ich ging direkt in den Männerraum, doch sie ließen mich nicht sprechen, bis ich mich satt gegessen hatte. Anschließend bat ich um ein Gespräch unter vier Augen mit Amins Bruder und berichtete ihm den Stand der Dinge.

»Uns ist schon aufgefallen, dass Amin lange wegbleibt, aber wir dachten nur, dass es wohl länger dauert, bis die Teile kommen, die er holen soll …« Der Mann war äußerst beunruhigt. »Bitte, erzähl keinem davon, machen wir die Hochzeit nicht kaputt. Warte hier, ich komme gleich.«

Amins Bruder trat in ein Patu – ein großes, als Umhang dienendes Wolltuch – gehüllt auf die Straße und brachte schlechte Nachrichten mit: »Die Straße nach Kabul ist gesperrt. Weder Privatautos noch Busse werden durchgelassen.«

»Was soll ich nur machen? Meine Mutter weiß nicht, dass ich hier bin, ich muss sofort zurück nach Hause!«

»Mach dir keine Sorgen, mir fällt etwas ein.«

Wir legten den Weg mit zwei von seinen Freunden zurück, in einem Transporter voller Blumenkohl, der mich bedeckte, und niemand hinderte uns an der Durchfahrt. Zurück in Kabul hielten wir am Markt und luden den Blumenkohl aus – mein ganzer Körper klebte schon voll damit –, und während die anderen beiden versuchten, die Ware zu verkaufen, begleitete Salim, einer der Freunde, mich nach Hause.

Nachdem meine Mutter sich von dem Schreck erholt hatte, mich in Begleitung eines Fremden nach Hause kommen zu sehen, lud sie die Freunde und Amins Bruder ein, bei uns zu bleiben, solange sie für seine Freilassung kämpften. Es waren Tage großer Geschäftigkeit und des Überflusses: Als Dank für unsere Hilfe füllten die Männer unseren Vorrat mit Fleisch und anderen Lebensmitteln auf, die wir seit Jahren nicht gesehen hatten.

Nach drei Tagen mussten Salim und seine Freunde nach Dschalalabad zurück, um Dokumente zu beschaffen, die ihnen bei Gericht hilfreich sein könnten. Ich versprach, Amin im Gefängnis zu besuchen, während sie unterwegs waren, aber das konnte ich nur noch einmal tun.

Bei meinem zweiten Besuch sah Amin sogar noch verzweifelter aus. Die Bedingungen im Gefängnis waren überaus hart, und er war kein starker Mann mehr, weder körperlich noch geistig. Ich versuchte, ihm Mut zu machen, halb auf das Besuchermäuerchen hochgeklettert, damit wir uns sehen konnten, und erzählte ihm Geschichten von früher, als ich klein gewesen war und er zu uns nach Hause kam und wir diese langen, nie endenden Essen machten. Während wir in Erinnerungen schwelgten, meinte ich zu hören, dass die Besuchszeit vorbei sei, aber ich achtete nicht weiter darauf. Der zweite Hinweis war schlagkräftiger: Ein Knüppel donnerte gegen meine Knöchel und ich fiel krachend zu Boden. Ich war so wütend, dass ich blitzschnell einen spitzen Stein vom Boden aufhob und ihn nach dem Taliban schleuderte, der mich geschlagen hatte. Dann rannte ich zum Ausgang.

Wie zu erwarten war, begann der Mann zu fluchen und mich zu beschimpfen, während er hinter mir herrannte, aber zum Glück standen an der Tür viele Angehörige von Häftlingen, die nach Hause zurückkehrten und zwischen denen ich mich verbergen konnte. Draußen auf der Straße winkte mich ein Ladenbesitzer, der mich rennen sah, heran und bedeutete mir, dass ich mich hinter seinem Fotokopierer verstecken konnte. Dort zusammengekauert wartete ich eine ganze Weile. Das Herz schlug mir bis zum Hals, und mir wurde klar, was ich da gerade getan hatte. Für den Ladenbesitzer jedoch war diese unverantwortliche Dummheit – in einem Gefängnis einen Stein nach einem bewaffneten Taliban zu werfen – eine mutige Aktion gegen die Unterdrücker. Der Mann war hochzufrieden, mir bei der Flucht geholfen zu haben, und ich verließ mein Versteck wie ein Held.

Nach einigen Tagen gelang es Amins Freunden und der Familie, ihn aus dem Gefängnis rauszuholen. Zuallererst kamen sie zu uns nach Hause und wir feierten mit Süßigkeiten und Brot, das meine Mutter selbst gebacken hatte. Als sie abreisten, war unsere Vorratskammer wieder fast so voll wie damals, als mein Vater und Amin noch zusammen lachten.

Samiras neue Familie

Die Ruhe währte nicht lange. Einige Wochen später, ich zupfte gerade Unkraut, sah ich, wie sich eine Frau in blauer Burka einen Weg durch die Sträucher in den Garten bahnte. Sie kam nicht gut voran und musste deshalb den dicken, schweren Stoff ein Stück hochheben. Als sie schon ganz in meiner Nähe war, hörte ich sie mit erstickter Stimme rufen: »Zelmai, Bruder!« Es war Samira, die zweite Tochter meines Chefs, und ihre Stimme klang so komisch, weil sie verzweifelt weinte. Ich hätte sie gern in den Arm genommen, aber das wäre unverzeihlich und höchst gefährlich gewesen, deshalb sagte ich einfach nur: »Setzen wir uns?«

Wir setzten uns nebeneinander auf den Boden, aber mit vernünftigem Abstand, falls uns jemand sah. Sie hob ständig den »Helm« der Burka hoch, um sich die Tränen abzuwischen.

»Zelmai, übermorgen heirate ich und gehe dann ganz weit weg, nach Pakistan … Und ich kenne da niemanden. Ich werde so einsam sein …«

»Sicher haben sie eine gute Familie für dich ausgesucht, nur ruhig … Und wenn ich kann, komme ich dich besuchen, versprochen!«

Ich konnte sie nicht trösten. Es war sehr unwahrscheinlich, dass ich sie besuchen fahren könnte, und ich hatte keine Ahnung, wie ihre Schwiegereltern oder der Rest der angeheirateten Familie sein würden, die sie vom Tag der Hochzeit an lieben und für die sie da sein müsste. Ich versuchte sie abzulenken: »Was hältst du davon, wenn wir morgen in die Stadt fahren und ich dir mein Geschenk kaufe? Wir können zusammen mit Uasimah gehen.«

Sie schniefte und wischte sich die Tränen weg, das verstand ich als Ja.

Noch am selben Tag bat ich ihren Vater um einen Vorschuss, und am nächsten Tag bekamen wir die Erlaubnis, zu dritt einkaufen zu gehen. Falls uns irgendein Taliban anhielt, würden wir sagen, dass ich der Bruder der beiden Mädchen war. Nachdem wir die Läden gründlich durchstöbert hatten, fanden wir ein auffälliges Kleid aus glänzendem rotem Stoff, das ihr besonders gut gefiel, und ich kaufte es für sie.

Das Fest war vorbei. Je näher wir dem Haus der Mädchen kamen, desto trüber wurde unsere Laune, wir sagten immer weniger. Ich war so traurig, diese Freundin zu verlieren, dass ich direkt in mein Versteck im Maisfeld rannte. Die Pflanzen standen so hoch, dass sie alles verbargen, und ich konnte schreien und weinen, ohne Angst haben zu müssen, entdeckt zu werden, so wie ich es öfter tat, wenn ich mich schlecht fühlte. Und eine Hochzeit war immer eine schlechte Nachricht, vor allem für die Mädchen. Das sagte schon meine Mutter: »Frauen sterben zweimal: am Tag ihrer Heirat und an dem Tag, an dem sie diese Erde verlassen. Und beide Male sind sie weiß gekleidet.«

Als ich mich ausgeheult hatte und zwischen den Pflanzen hervortrat, stieß ich fast mit Zarif, einem Nachbarn, zusammen.

»Wie geht's, Zelmai?«

»Gut. Ich hab's eilig«, antwortete ich schnell.

»Ui, Zelmai! Du hast es wohl mit dem Haschisch übertrieben, was, Kumpel?«

»Was soll ich übertrieben haben? Ich hab gar nichts geraucht!«

»Na komm schon, mir machst du nichts vor, du bist ja ganz heiser und hast ganz rote Augen!«

»Du irrst dich, wirklich. Lass mich in Frieden.«

Zum Glück wollte Zarif es nicht unbedingt aus mir herauskitzeln. In Wahrheit war sein Verdacht gar nicht so weit hergeholt. Gelegentlich luden mich ein paar Taliban aus dem Viertel ein, mit ihnen zu rauchen, dafür, dass ich den Tee mit ihnen teilte, den mir die Frau vom Chef zum Frühstück gab. Ich war bei diesen Treffen immer sehr nervös, aber ich konnte mich nicht verweigern und musste ihr Spiel mitspielen.

Vielleicht hätte es mir in den Tagen rund um Samiras Hochzeit gutgetan, ein bisschen was zu rauchen, aber ich tat es nicht. Herr Bismillah hatte mir für die Zeit der Feierlichkeiten die Verantwortung für den Gemüsegarten und das Vieh übertragen. Das half mir, die Trauer zu bekämpfen, denn bei so viel Arbeit hatte ich kaum Zeit zum Nachdenken.

Und ich muss sagen, dass es noch etwas anderes gab, das mich ablenkte, nämlich Uasimah. Herrn Bismillahs jüngste Tochter war vierzehn, genau wie ich, und sie war hübsch und fröhlich. Wenn mir die Arbeit schwer wurde, wenn die Tage lang und eintönig waren, wenn ich mich besonders gefangen fühlte, war Uasimah wie ein frischer Windhauch. Fast jeden Tag suchten wir uns einen Moment, um versteckt im Maisfeld miteinander zu plaudern, und das ließ mich meine Probleme vergessen. Wir lachten viel und hatten einen besonderen Draht zueinander. Sie war offensichtlich verliebt in mich, und ich auf gewisse Weise wohl auch in sie. Wir sprachen heimlich davon, wann wir heiraten würden. Natürlich wusste ich, dass das unmöglich war, aber es war so verführerisch, sich eine gemeinsame Zukunft und eine glückliche Familie vorzustellen, dass ich, wenn ich mit ihr zusammen war, lieber selbst vergaß, dass ich ein Mädchen war. Ich versetzte mich in die Haut des Zelmai, den ich erfunden hatte und der in mir weiter gewachsen war, und liebte sie aufrichtig.

Am Abend von Samiras Hochzeit ging ich unter dem Vorwand, die leere Teekanne vom Frühstück zurückzubringen, zum Haus meiner Arbeitgeber. Eigentlich wollte ich die Braut sehen und einen Blick auf ihren Ehemann erhaschen. Beim Eintreten hörte ich schon die fröhlichen Gesänge und die Schellentrommeln der Frauen. Doch als ich durch den Gang lief, zupfte mich jemand fest am

Ärmel: Es war Uasimah. Ich unterdrückte meinen Schrei, als ich sah, dass sie den Finger an die Lippen hob und mich um Stille bat. Mit einem weiteren Ruck – zum Glück am weniger schlimm verbrannten Arm – zog sie mich in ein leeres Zimmer und schloss die Tür. Auf dem Teppich waren kleine Tischtücher ausgelegt, darauf standen Teller mit Speisen von der Hochzeit.

»Uasimah, vielen Dank! Aber ich glaube, du solltest bei den Gästen sein und ich bei den Kühen deines Vaters …«

»Ganz ruhig, es passiert schon nichts, wenn du fünf Minuten hier bist. Iss.«

Uasimah sah entzückend aus, so hatte ich sie noch nie gesehen: Sie trug ein langes türkisblaues Kleid, das Haar zurückgebunden und goldenen Schmuck an Hals und Ohren. Sie hatte sich auch geschminkt: die Lider zartgrün, die Lippen im Rot reifer Kirschen. Sie strahlte mich mit glühenden Augen an, und mir brach der Schweiß aus.

»Ich liebe dich, Zelmai«, flüsterte sie.

Ich verschluckte mich fast.

»Ich gehe jetzt besser, Uasimah. Sie sollen uns bloß nicht allein hier finden …«

Wir stritten ein wenig, mit leisen Stimmen, aber ich merkte sofort, dass Uasimah diese Begegnung bis ins letzte Detail geplant hatte und nicht so leicht zum Aufgeben bereit war. Es war alles sehr aufregend, aber ich durfte nicht vergessen, dass jeden Moment jemand hereinkommen konnte. Deshalb gab ich ihr einen Kuss auf die

Wange und sagte: »Uasimah, ich liebe dich auch, aber ich muss sofort gehen. Ich werde dich nicht anrühren, bis wir heiraten.«

Uasimah lächelte mich an und nahm mich sanft bei der Hand. »Jetzt liebe ich dich noch mehr.«

Die Spannung war gebrochen. Mit geschickten Handgriffen verknotete sie die Tücher zu einem Bündel und gab es mir mit, damit ich auf dem Feld fertig essen konnte.

Ich aß an einer verborgen liegenden Stelle, weil ich nicht wollte, dass irgendwer mein Festmahl sah und mir Fragen stellte. Mein Herz klopfte immer noch schneller, aber ich fühlte mich gut. Uasimahs Familie hatte mir Arbeit gegeben und mich aufgenommen. Sie hatten mir »Salz und Wasser« angeboten, wie wir in Afghanistan sagen, und deshalb wäre es die schlimmste aller Sünden, sie zu beleidigen. Für Herrn Bismillah waren Uasimah und ich fast wie Geschwister. Und in seinen Augen musste das auch so bleiben.

Nach einer Weile fragte mich mein damaliger Arbeitskollege, den ich *Lala* (»Bruder«) nannte, gespannt, was ich gesehen hätte. Ich hatte niemanden gesehen außer Uasimah, spielte ihm aber lieber eine Komödie vor.

»Boah, was für Frauen! Wie die Engel sahen die aus!«

»Haben sie keinen Tschador getragen?«

»Gar nicht, sie hatten das Haar offen.«

»Und am Hals?«

»War alles zu sehen, sogar mit tiefem Ausschnitt ...«

»Sei still, erzähl bloß nicht weiter ...«

»Ein Mädchen hat mich angeschaut, ich glaube, die mochte mich!«

Nun musste ich doch lachen, aber Lala war sehr aufgeregt und merkte nichts davon: »Das kann ich nicht verpassen.«

Lala arbeitete an jenem Tag sehr hart. Abends musste er als Wache auf dem Feld bleiben, während ich noch einmal auf ein paar Worte beim Chef vorbeikommen sollte.

»Zelmai, ich hab Angst, wenn ich allein hierbleibe …«

»Schau, lass es uns so machen: Wir nehmen beide ein Ende dieses Fadens, und wenn du Angst bekommst, ziehst du daran und ich komme dich holen.«

Ich ging los, den Faden um die Hüfte gebunden.

Kurz darauf tauchte Lala im Haus auf, den Faden zu einem Knäuel aufgerollt. Kaum war er da, begann er den Frauen Essen zu servieren, wohl hoffend, dass niemand ihn zurechtweisen würde, aber Herr Bismillah erwischte ihn und schimpfte ihn tüchtig aus. Anschließend kamen sie zu mir.

»Zelmai!«, sagte Bismillah, »Der Junge hier sagt, du hast ihm aufgetragen, dass er hier servieren soll.«

»Das stimmt nicht«, sagte ich und versuchte ernst zu bleiben. »Lala, ich hab dir gesagt, du sollst dich nicht vom Feld wegrühren.«

Als Lala und ich hinausgingen, begannen wir zu scherzen: »Was für hübsche Mädchen, was?«

»Und diese Brüste!«

»Ja, so was!«

Die Reise nach Pakistan

Zwei Monate nach Samiras Hochzeit begann Eid-al-kabir, das dreitägige Opferfest. An diesen drei Tagen bekommen die Kinder Geschenke, die Leute ziehen sich ihre beste Festtagskleidung an, um sich mit Angehörigen und Freunden zu treffen, und es werden überall Tiere geopfert, üblicherweise Lämmer. Anschließend wird das Fleisch unter den Armen und den nächsten Verwandten verteilt. Es ist zweifellos das beliebteste aller Feste in meinem Land, am ähnlichsten zum Weihnachtsfest der Christen oder anderen großen Kirchenfeiern. In jenem Jahr war ich jedoch nicht froh, und mein Chef auch nicht. Ich ging zu ihm nach Hause und fand ihn mit einer Tasse Tee allein und trübsinnig am Fenster sitzen. Er bemerkte mein langes Gesicht sofort.

»Zelmai, was bedrückt dich denn?«

»Ich bin traurig, weil Samira so weit weg ist, Onkel.«

»Ja, Junge, mir fehlt sie auch. Ich habe gerade darüber nachgedacht, sie zusammen mit Ahmed, meinem Jüngsten, besuchen zu fahren.«

»Ich komme mit«, sagte ich, ohne einen Augenblick zu zögern.

Meiner Mutter sagte ich nur, dass ich zwei Nächte lang

nicht zum Schlafen nach Hause kommen würde, und versuchte, ihren Blick möglichst zu meiden, denn sie hätte meine Aufregung sofort entdeckt. Ich war so gespannt! Ich hatte das Land noch nie verlassen – ich war kaum einmal aus Kabul herausgekommen –, und endlich würde ich mit eigenen Augen die Grenzstadt Peschawar sehen, die so präsent für uns war, weil dort Tausende Geflüchtete wie in Afghanistan lebten, jedoch mit den pakistanischen Freiheiten … Ich brannte darauf, Samira wiederzutreffen, aber auch darauf, Musik zu hören, die vollen Läden zu sehen und die Frauen, die in aller Ruhe durch unzerstörte Straßen liefen! Außerdem wollte ich den Weg nach draußen kennenlernen, für den Fall, dass wir uns irgendwann auch einmal dazu entschließen sollten, zu fliehen.

Die Frage mit dem Gepäck war einfach: Ich hatte nur zwei Garnituren Kleidung, und was ich gerade anhatte, war völlig verdreckt und stank nach Pflanzen und Tieren. Daher konnte ich nur die anderen Sachen anziehen. Und für obenrum hatte ich auch nur meine Windjacke, außen grau und innen gelb. Sie war alt und abgetragen, aber ich hatte nichts anderes, womit ich mich gegen die harsche Kälte jener Tage und gegen mögliche Blicke auf meine wachsende Brust hätte schützen können.

So ging ich also leicht und ohne irgendein Gepäckstück zum Busbahnhof, wo ich mich mit Herrn Bismillah und seinem damals zweijährigen Sohn Ahmed verabredet hatte. Die Sonne war noch nicht aufgegangen und der Busbahnhof brummte vor Aktivität. Ahmed quengelte, weil er einen Kaugummi wollte, und mir taten die Kinder leid, die sie verkauften, denn sie waren so arm wie ich, jedoch sehr viel verzweifelter und bereit zum Betteln und sogar zum Stehlen, statt ihre Würde zu bewahren, selbst wenn sie dafür etwas Hunger leiden mussten.

Inmitten des Geschreis der Verkäufer und der Fahrer, die die Bestimmungsorte ihrer Busse verkündeten, hörten wir, wie jemand meinen Chef rief. Es war ein junger Mann in Begleitung einer in eine Burka gehüllten Frau.

»Onkel Bismillah! Was für ein Glück, dass ich dich treffe! Ich wollte meine Mutter nach Peschawar begleiten, um meine Tante zu besuchen. Fahrt ihr zufällig auch dorthin? Wenn sie mit euch fahren könnte, würde ich mir die Reise sparen …«

Und so gesellte sich die Frau, eine entfernte Verwandte von Bismillah, zu unserer kleinen Gruppe. Falls uns jemand fragen sollte, würde es so aussehen, als wären wir eine vereinte Familie wie so viele andere. Um sechs Uhr morgens setzte sich der Bus in Bewegung.

Die Fahrt zog sich unendlich lang hin. Die Straße war durch die Bombeneinschläge in sehr schlechtem Zustand, und zu allem Überfluss schüttete es eine ganze Weile auch noch wie aus Kübeln. Nach viel Rumgeholper hielten wir in Sarobi, wo es an einigen improvisierten Essensständen Proviant gab. Es war ein merkwürdiger Ort, denn die Buden standen neben einem grün umwachsenen See, der inmitten der nackten, trockenen Berge wie eine Oase aussah.

Ich entschied mich, nichts zu essen. Ich hatte nur wenig Geld dabei, und das wollte ich aufheben, falls ich in Peschawar etwas fand, das mir Freude machte. Mein Chef wollte mich einladen, aber ich wollte nicht, dass er alles für mich bezahlte; daher sagte ich, dass ich mich nicht gut fühle und lieber ausruhen wolle. Ich versuchte, mich vom Hunger abzulenken, indem ich Steinchen in den See warf, auf dem zwei oder drei aus Autoreifen gebaute Flöße unterwegs waren, von denen aus Männer ohne sonderlichen Erfolg zu angeln versuchten. Es war wie eine Art Folter, denn der Duft von etwas, das wie Kebab und Fleischbrühe roch, drang zu mir, selbst den köstlichen Kabuler Reis mit Pistazien, Fleisch und Rosinen meinte ich zu erkennen. ›Sicher gibt Samira mir etwas zu essen, wenn wir ankommen‹, dachte ich zu meinem Trost.

An der Grenze verging mir der Hunger schlagartig. Der Bus beendete dort seine Fahrt, und wir mussten auf die pakistanische Seite hinüberlaufen, nachdem wir unseren Pass gezeigt hatten. Das Problem war nur, dass weder die Frau noch ich einen Pass hatten. Herr Bismillah schaute uns hilflos an, während er mit seinem Sohn über die Grenzlinie schritt. Ich winkte ihm beruhigend zu, aber mein Kopf arbeitete auf Hochtouren: Ich musste eine Lösung finden, ich dachte gar nicht daran, jetzt umzukehren, da ich so kurz vor dem Ziel war!

Plötzlich fiel mein Blick auf die Jungen, die mit einem Karren die Pakete der afghanischen Reisenden nach Pakistan schoben, und andersherum. Ich riskierte es.

»Tante, hast du zwanzig Afghani?« Die Frau nickte. »Dann los, gehen wir.«

Ich vereinbarte mit einem der Gepäckträger, dass er mir seinen Karren für zwanzig Afghani überließ, und sagte der Frau, sie solle sich daraufsetzen und gut festhalten. Dann schob ich los, erhöhte das Tempo und schrie: »Notfall, Notfall! Macht Platz!« Ich sah mich nicht um und hielt auch nicht an. Ich rannte einfach über den Botenpfad und vertraute darauf, dass kein Grenzwächter es riskieren würde, seinen Posten zu verlassen, um mich aufzuhalten. Wir hatten Glück.

Als wir unter den neugierigen und besorgten Blicken der Leute auf der anderen Seite ankamen, kriegte Herr Bismillah vor Überraschung den Mund fast nicht wieder zu, und die Frau bat um ein wenig Wasser, bevor wir unseren Weg fortsetzten. Vor Angst war ihr die Kehle trocken geworden.

Um fünf Uhr nachmittags fuhren wir mit einem anderen Linienbus nach Peschawar hinein. Ahmed war auf dem Schoß seines Vaters eingeschlafen, das Gesicht klebrig von dem Zuckerrohr, an dem er genuckelt hatte. Ich hingegen war hellwach und konnte gar nicht genug bekommen von dem, was ich rechts und links sah: Da waren Frauen ohne Tschador, Poster von afghanischen Sängern, Stände mit Kassetten und Filmen! Es war wie im Traum. Ich öffnete das Busfenster, so weit es ging, und ertrug die kalte Luft, damit das hineindringen konnte, wonach ich mich seit fünf Jahren sehnte: Musik von der Straße. Ich war verrückt vor Freude und deutete unablässig hierhin und dorthin, neben mir lächelte Herr Bismillah ebenfalls zufrieden. Ich begann zu rechnen und überlegte, ob ich mir mit meinem wenigen Geld wohl eine Kassette kaufen könnte und wie ich es schaffen sollte, sie nach Afghanistan zurückzuschmuggeln. Am liebsten hätte ich alles mitgenommen. Die Freiheit und der Überfluss berauschten mich.

Endlich verabschiedeten wir uns von der Frau, die mit uns gereist war, und kamen bei Samiras Haus an, als sie gerade beim Abendgebet war. Wir warteten eine Weile auf sie, aber danach ließ ihre Schwiegermutter nur ihren Vater und Ahmed ein, um sie zu sehen. Ich hätte sie liebend gern in die Arme geschlossen, aber die Eltern ihres Mannes misstrauten mir natürlich, weil sie in mir nur einen Jungen sahen, der nicht zur Familie gehörte. Schließlich beteuerte Samira so hartnäckig, dass wir gemeinsam aufgewachsen seien und ich wie ein Bruder für sie sei, dass wir uns wenigstens kurz begrüßen durften. Es war nur ein kurzer Moment und selbstverständlich ohne jeden Körperkontakt, aber ich war glücklich. Samira sah sehr hübsch aus, ein Zeichen dafür, dass die Dinge für sie in der neuen Familie nicht ganz schlecht liefen.

Dann führten sie mich in den Raum für die Männer und wenig später wurden Tabletts mit dampfendem Essen aufgetragen. Im ganzen Gefühlsüberschwang hatte ich das völlig vergessen, doch nun kam der Hunger plötzlich mächtig zurück: Ich hatte seit über zwölf Stunden keinen

Bissen mehr zu mir genommen! Ich musste ein Tablett mit dem Jungen neben mir teilen, der vier oder fünf Jahre älter war als ich. Ich litt, weil ich nicht wollte, dass er sah, wie schmutzig die Ärmel meiner Windjacke waren, aber ich konnte sie nicht ausziehen, weil sonst die Form meiner Brüste offensichtlich geworden wäre; daher bemühte ich mich, unauffällig zu essen, statt mich auf die Berge von Fleisch und Reis zu stürzen, wie mein Körper es eigentlich von mir verlangte. Doch der Junge bestand darauf, dass ich kräftig zugriff: »Sei nicht schüchtern! Komm, iss!« Schließlich entspannte ich mich und genoss die fröhliche und großzügige Atmosphäre im Haus. Als wir schon alle bei Tee und Süßigkeiten angekommen waren, verkündete mein Abendessengefährte, der mir als Maruf, ein Cousin von Samiras Mann, vorgestellt worden war, laut: »Wie gut, dass ihr gekommen seid! Morgen schlachten wir zum Opferfest eine Kuh und gehen das Fleisch verteilen. Dann kannst du, Zelmai, Peschawar ein bisschen kennenlernen, vor allem dieses Viertel hier, das fast ausschließlich von Afghanen bewohnt wird.«

Ich brannte nur so darauf, die Gegend kennenzulernen und vor allem Musik zu hören. Hier im Haus ging das nicht, weil Samiras Schwiegervater streng religiös war und das nicht mochte, aber Maruf flüsterte mir zu: »Wenn mein Onkel morgen weg ist, zeige ich dir meine ganzen Kassetten!« Mit diesem Jungen würde ich mich zweifellos gut verstehen.

Als die Frauen das Essen weggeräumt hatten, breiteten

wir Strohsäcke auf dem Boden aus und legten uns schlafen. In jener Nacht waren wir zu siebt und hatten viel Spaß, weil zwei der älteren Männer schnarchten und wir jüngeren über sie lachten. Diese lockere Atmosphäre gefiel mir, doch zugleich machte sie mich ein wenig melancholisch, weil uns das in meiner Familie schon seit Langem abhandengekommen war – vielleicht für immer.

Am nächsten Morgen traf kurz nach Sonnenaufgang ein weiterer junger Verwandter ein, und er, Maruf und ich gingen nach draußen, um eine Runde zu drehen. Die beiden waren als kleine Jungen in die Stadt gekommen und machten jetzt gerade ihren Schulabschluss. Für mich waren sie wie aus einer anderen Welt, sie sprachen über den Unterricht und ihre Klassenkameraden. Ich hörte ihnen nur mit halbem Ohr zu, denn ich hatte alle fünf Sinne auf das gerichtet, was um mich herum vor sich ging. Alles kam mir vertraut vor, aber wie aus weiter Ferne: So war Kabul gewesen, als ich klein war, als die Gebäude noch standen, die Läden gut gefüllt waren und die von mir so geliebte Musik in voller Lautstärke ertönte. Ich hatte gar nicht genug Augen, um alles anzuschauen und mich zu entscheiden, was ich mit meinen wenigen Afghani anstellen sollte. Schließlich fand ich einen Liebesroman namens *Nashmah aus Shiraz*, den ich, wie ich mich erinnerte, vor Jahren bei uns zu Hause gesehen hatte. Als mein Onkel das Buch laut vorlas, war meine Mutter empört und nannte es unanständig. Doch wir anderen lachten heimlich, zum Beispiel über die Stelle, als die weibliche Hauptfigur zum Baden in einen Hamam geht und ihr Geliebter seufzt: »Ach, wäre ich nur ein Stück Seife!«

Weil es mir peinlich gewesen wäre, wenn mich jemand mit dem Buch gesehen hätte, und ich es sicher auch nicht ohne Probleme über die Grenze hätte bringen können, suchte ich nach etwas Scharfem, um damit ein Geheimfach in das Futter meiner Jacke zu schneiden und das Buch darin zu verstecken. Ein verrostetes altes Messer, das ich auf dem Boden fand, erfüllte seinen Zweck. In Hochstimmung traf ich mich danach mit Maruf und dem anderen Jungen wieder, die keine Ahnung hatten, wo ich gewesen war.

Den ganzen Tag lang genossen wir das Opferfest, das auf den Straßen festliche Stimmung verbreitete. Die Ladenbesitzer machten ein gutes Geschäft. Es gab einen Jahrmarkt, genau wie in meiner Kindheit, und wie damals spielten die Kinder mit den für diese Zeit typischen bemalten hart gekochten Eiern. Alles war voller guter Wünsche: »*Eid mobarak, ruzeh va namaz, ghabul!*« (Herzlichen Glückwunsch zum Fest, möge Gott deine Gebete und dein Fasten erhören), sagten alle mit einem Lächeln zueinander und gaben ihren Kindern ein paar Rupien, damit sie versuchten, ein Auto oder eine Kassette bei einer Tombola zu gewinnen, bei der die Stimmung mit so lauter Musik angeheizt wurde, dass man dachte, die Lautsprecher würden jeden Moment explodieren.

Ich sah zu, wie Samiras Familie eine Kuh schlachtete, eine wirkliche Demonstration ihres Wohlstands – nur wenige Familien konnten es sich leisten, ein so großes Tier zu opfern. Anschließend half ich, Fleisch bei den Nachbarn zu verteilen, bekannten wie unbekannten. Und abends nahm ich wieder an einem Festschmaus teil, bei dem es das Fleisch des Tieres und eine Vielzahl anderer Gerichte gab, die ich seit Jahren nicht einmal mehr gerochen hatte.

Es war wie im Traum, aber ich konnte nicht darin verweilen: Wenn ich noch viel länger wegblieb, würde meine Mutter zu sehr leiden. Daher verabschiedete ich mich am Morgen des zweiten Tages von allen, einschließlich Bismillah und Ahmed, die noch ein paar Tage länger blieben, und lief zur Bushaltestelle. Ich hatte mir vorgenommen, kein Detail der Straßen zu versäumen, die wir auf dem Weg zur Grenze passieren würden, doch kurze Zeit später überwältigte mich die Müdigkeit und ich schlief ein.

Ich wachte auf, als wir Torkham erreichten, eine Grenzstadt, in der ein buntes Menschengewirr zwischen Taxis, Minibussen und kleinen Läden herumwimmelte. In den Läden konnten die Reisenden sich mit allem ausstatten, was sie nur benötigen mochten. Dahinter war als Willkommensbild meines Landes zu sehen, wie die Taliban die Gepäckstücke durchsuchten und sorgfältig alles zerstörten, was ihnen anstößig vorkam. Dabei durfte die Musik nie fehlen: Jeder Kassette, die sie fanden, rissen sie unweigerlich das Band raus, um sie unbrauchbar zu machen.

Diese im Wind wehenden verwickelten Tonbänder waren ebenso wie die weißen Fahnen zu einem Symbol der Taliban-Kontrollen überall im Land geworden. Wann immer ich konnte, sammelte ich sie auf. Bandsalat, kaputte Hüllen … ich ließ alles schnell in meiner Tasche verschwinden, und zurück zu Hause unterzog ich die Bänder einer gründlichen Operation, um zu retten, was zu retten war. Mit dem billigen Nagellack meiner Schwestern klebte ich die Zentimeter Band zusammen, die mir am besten erhalten schienen, und rollte sie mit Engelsgeduld auf irgendeine noch mehr oder minder intakte Kassette. Dann legte ich das reparierte Stück in meinen alten Toshiba-Kassettenrekorder aus zweiter – oder auch dritter oder vierter – Hand und drückte gespannt die Play-Taste. Unweigerlich ergab das eine Aneinanderreihung von Melodien, die irgendwann plötzlich abrissen, Mischungen aus romantischen Liebesliedern und schrillen Tanzrhythmen, zu denen man die Hüften schwingen sollte, verbunden mit Knacksen und Krachen, wenn der Tonkopf über die roten Nagellack-Klebestellen glitt, sodass ich das Band häufig mit dem Finger vorspulen musste – aber es war Musik, und Musik hieß Freiheit.

In Kabul gab es massenweise Leute, die zu fast allem bereit waren, nur um Musik zu hören. Den abgewrackten Toshiba-Rekorder hatte ich tatsächlich auf einem geheimen, aber stadtbekannten Flohmarkt gekauft. Da die meisten der Geräte aus Kontrollen der Taliban stammten, bedurften sie einiger Reparaturen, bevor sie wieder in Umlauf gebracht werden konnten. Die meisten waren voller Sand, denn viele hatten ihre Geräte vergraben, um sie zu verstecken. Diesen Sand musste man erst einmal gewissenhaft entfernen. Dann war aufgrund mangelnder Ersatzteile Einfallsreichtum zum Einsatz gekommen: Wenn ein Gerät funktionierte, das Gehäuse jedoch teilweise beschädigt war, wurde es mit einer maßgeschneiderten Stoffhülle ummantelt. So bekamen wir unsere ganz persönlichen Walkmen. »Getuned«, könnte man das nennen.

An dem Tag, als ich aus Pakistan zurückkehrte, hatte ich Glück. Sie fanden den in meiner Jacke versteckten Liebesroman nicht, und außerdem konnte ich ein paar brauchbare Kassetten einsammeln. Während ich auf den Bus nach Hause wartete, hörte ich, wie ganz in meiner Nähe etwas zu Bruch ging und eine Frau sich beklagte, bis der Mann, der sie begleitete, sie schnell am Arm wegzog. Was da gerade kaputt gegangen war, war eine Flasche mit Duftöl. Ohne lange darüber nachzudenken, begann ich mich großzügig damit einzureiben, ich wälzte mich fast in der Pfütze, die auf dem Boden zurückgeblieben war. Das machte mir eine Riesenfreude, denn ich hatte mich noch nie parfümiert, außerdem dachte ich, ich könnte so den Schweißgeruch überdecken. Doch gleich darauf merkte ich, dass das keine gute Idee gewesen war. Zunächst einmal, weil das Öl den Staub anzog und ich fast postwendend noch verdreckter war, als ich es ohnehin bereits gewesen war. Und zweitens, weil sofort, als ich in den Bus einstieg, jemand rief: »Das riecht aber nach Frauenparfüm hier!« Mein Albtraum: Jemand könnte zwei und zwei zusammenzählen und mein wahres Geschlecht entdecken.

Als der Bus einen Stopp machte, suchte ich einen Brunnen und versuchte mich zu waschen, aber da war nichts zu machen: Das Öl ließ das Wasser hartnäckig abgleiten und es wurde überhaupt nicht besser. Die einzige Lösung war, etwas Neues zum Anziehen zu kaufen und mich umzuziehen. Deshalb beschloss ich, in Dschalalabad auszusteigen, das ich noch gut von unserer Zeit im Flüchtlingslager kannte. Ich wusste, wo ich günstig gebrauchte Kleidung finden konnte. Leicht war es nicht, denn der Busfahrer bestand darauf, dass ich trotzdem den vollen Preis bis nach Kabul bezahlen sollte, ich wollte aber nur den Fahrtpreis bis Dschalalabad zahlen. Letzten Endes legte ich das Geld für den halben Fahrpreis hin und rannte weg. Warum ging bei mir denn nie etwas einfach?

Um mich zu beruhigen und die gute Laune wiederzufinden, besuchte ich die Straßen, wo lebende Tiere verkauft wurden. Ich bestaunte begeistert die sprechenden Papageien in den Käfigen: »Salam! Salam! Du hast eine große Nase!«, und schwupps war es schon spät geworden. Ich musste etwas zum Anziehen kaufen und einen Bus suchen, der mich schnell nach Hause brachte.

Am Ende legte ich die Strecke schon im Dunkeln zurück, und auf sehr gefährliche Weise: Um das Geld für den normalen Fahrpreis zu sparen, bat ich den Fahrer, mich auf dem Busdach mitfahren zu lassen. Erst lehnte er ab, weil er es zu gefährlich fand, doch dann ließ er mich.

Es war schon Nacht, als wir Kabul erreichten, und ich erholte mich nur langsam von der Kälte und der Angst, die ich in der langen Zeit durchlitten hatte, während der ich mich festklammern und dem Holpern widerstehen musste, das mich jederzeit in den Straßengraben hätte befördern können. Zu dieser späten Stunde fuhren keine Busse mehr und ich wollte kein Geld für ein Taxi nach Hause ausgeben, deshalb rannte ich einfach los. Die Gummisohlen meiner Schuhe verklebten mit Lehm, aber ich wollte nicht stehen bleiben. Schon ganz in der Nähe meines Hauses fingen die Hunde von den nahen Feldern an, mich bellend zu verfolgen. Ich warf Steine nach ihnen, wie meine Mutter es mir oft geraten hatte, und sie ließen mich in Frieden.

Als ich zu Hause ankam, trat meine Mutter mit einer Öllampe vor die Tür und sah mich an: völlig verdreckt, durchgeschwitzt und außer Atem. Kurz darauf, als ich schon wieder etwas sauberer war, nachdem ich mich mit dem Spülwasser, das wir immer wiederverwendeten, gewaschen hatte, erzählte ich meiner Mutter von meinem Abenteuer. Die Unbeschwertheit, die Festmähler und der Überfluss in Peschawar kamen mir schon wie reinste Science-Fiction vor.

Obwohl ich hundemüde war, begann ich noch vor dem Schlafengehen die Tonbänder zu entwirren, das Zeugnis meiner ersten Auslandsreise.

Mullah Zelmai

Manche Geräusche aus meiner Kindheit setzten sich in meinen Albträumen fest. Zum Beispiel das der Bomben aus der Zeit des Bürgerkriegs, wie sie zuerst pfiffen und dann explodierten, tagein, tagaus, einfach überall. Wenn ich dieses Geräusch hörte, spürte ich einen stechenden Schmerz durch meinen ganzen Körper rasen und mich vollkommen mit einem elektrischen, lähmenden Grauen füllen. Später, in der Taliban-Friedenszeit, kam ein weiteres schreckenerregendes Geräusch hinzu: das Schreien der wegen Diebstahls Verurteilten, denen die Taliban die Hände abschnitten. Das machten sie auf Plätzen oder alten Sportfeldern, im Anschluss an eine Zeremonie, die angeblich ein Gerichtsverfahren sein sollte. Da die Taliban dieses Spektakel zur Abschreckung anderer aufführten, trieben sie, falls nicht genug Publikum da war, welches zusammen, und einmal hatten sie mich zum Zuschauen gezwungen. Die Taliban schwärmten aus wie Hunde auf der Jagd nach Beute, und wenn man das Pech hatte, an einem Freitag nach dem Abendgebet dort in der Nähe vorbeizukommen, nötigten sie einen zum Mitkommen. Sie drohten uns mit dem Stock, damit wir nicht in Versuchung kamen, wegzulaufen, als wären wir Schafe, die sie zum Schlachthof führten. Bei dieser Gelegenheit verstümmelten sie einen anderen, aber an einem x-beliebigen anderen Tag könnte es einen von uns treffen. Mein Herz schlug heftig, und ich schaute weg, als sie die armen Unglücksraben in die Mitte des Platzes führten, auf wackligen Beinen, weiß vor Angst und um Gnade flehend. Doch die Taliban, die sich als Gotteskrieger verstanden, praktizierten frohen Muts und überzeugt das »Auge um Auge«. Und nachdem sie Auszüge aus dem Koran rezitiert hatten und das Urteil von einem religiös-militärischen Tribunal gefällt worden war, schnitten vermummte Ärzte den Verurteilten die Hände mit langen scharfen Messern ab. Wenige Tage später, als ich mit dem Rad durch die Stadt fuhr, sah ich die bereits schwarz verfärbten Hände von den Stromleitungen baumeln, damit wir nie vergaßen, was mit uns passieren würde, wenn wir es wagten, die Gesetze zu missachten. Beim Anblick dieser halb verfaulten Überreste schauderte es mich, denn ich konnte mir sehr gut vorstellen, wie diese Männer wohl gerade litten. Ich trat in die Pedale, so schnell ich konnte, aber die Schreie schienen mich weiter zu verfolgen.

Ich war sehr zornig auf Gott. Wie konnte es sein, dass Allah, der ein so wichtiger Teil unseres Lebens war, so viele Ungerechtigkeiten und Grausamkeiten unterstützte? Wenn es stimmte, dass die Taliban dem göttlichen Gesetz folgten, dann wollte ich von Gott nichts mehr wissen.

Aber das war natürlich undenkbar, erst recht zur damaligen Zeit. Wir Jungen waren alle verpflichtet, zum Religionsunterricht in die Moschee zu gehen, das war das, was damals am ehesten einer Schule glich. Die meisten kamen genauso wieder heraus, wie sie hineingegangen waren – maximal hatten sie gelernt, ein bisschen den Koran zu lesen, ohne ihn zu verstehen oder sich irgendwelche Fragen dazu zu stellen. Aber ich hatte Lust zu lernen und wollte einen Schritt weiter gehen.

Am ersten Unterrichtstag dachte ich, dass ich es nicht schaffen würde. Beim Hereinkommen sah ich viele Jungen, die ordentlich aufgereiht auf dem Boden saßen, nach Alter in drei Gruppen unterteilt (zumindest waren manche größer als die anderen). Alle hatten den Koran vor sich und wiegten den Körper beim Lesen rhythmisch vor und zurück. Die allgemeine Wirkung war ein beständiges Brummen. Es sah aus wie ein Bienenstock voll gehorsamer Bienen, vor allen anderen saß in der ersten Reihe wie die Bienenkönigin der Mullah.

Ich hatte von nichts eine Ahnung. Meine Mutter war eine sehr gläubige Frau, aber sie hatte keine Zeit gehabt, mir viel beizubringen. Außerdem galt ich ja als Junge, und das war ein Gebiet, das sie nicht betreten durfte. Mir blieb also nichts anderes übrig, als den Mullah um Hilfe zu bitten, wenn ich lernen wollte, ein guter Muslim zu sein. Ich beobachtete ihn einige Tage lang, um Mut zu sammeln und herauszufinden, ob er ein zugänglicher Typ war. Ich studierte seine Gesten, seine Miene. Er war alt, trug einen ellenlangen weißen Bart und war immer komplett weiß angezogen. Ich sah ihn nie irgendwen ausschimpfen oder schlagen, er sprach wenig und wirkte freundlich. Endlich traute ich mich, zu ihm zu gehen, auch wenn normalerweise nur die Älteren ihm Fragen stellten.

Er hatte die Augen geschlossen, als schliefe er, daher flüsterte ich schüchtern: »He-Herr Mullah, bitte, ich möchte eine Frage stellen. Welche Gebete muss ich sagen, während ich mich wasche?«

Als er die Augen aufschlug, war ich überrascht, weil sie hell strahlten, obwohl er sie nicht schwarz umrandete wie viele andere Geistliche. Er lächelte mich warmherzig an und sein Gesicht leuchtete auf. Mir wurde klar, dass ich Glück gehabt hatte. Er war ein konservativer, aber kein dogmatischer Mann, weise und gutmütig, und über meine Fragen, die für einen Jungen meines Alters sicher unpassend waren, ärgerte er sich nicht – wie ich befürchtet hatte –, sondern freute sich, mich etwas lehren zu können. Geduldig unterrichtete und korrigierte er mich, während ich lernte, die Koransuren zu lesen. Er übersetzte auch viele Stücke aus dem Arabischen für mich in meine Sprache Dari, und so machte ich meine große Entdeckung: Wie ich schon vermutet hatte, befiehlt Gott nicht, Frauen auf der Straße zu schlagen, wenn sie unbegleitet sind, er verbietet nicht, mit Drachen zu spielen, er hat nichts gegen Leute, die lachen oder singen, und er ist auch nicht für Gewalt … Ich kam zu der Überzeugung, dass jeder, der das sagte, entweder ein Idiot oder ein schlechter Mensch war.

Ich schloss meinen Frieden mit Gott.

Das Koranstudium gefiel mir sehr, und es gab keinen Tag, an dem ich nicht vor Morgengrauen in die Moschee ging, um ein Weilchen mit dem Mullah zu reden. Ich wurde zu einem seiner Vertrauten, sogar in einem solchen Maß, dass sein Helfer eifersüchtig auf mich wurde. Er glaubte, ich wolle ihm seine Privilegien nehmen: einen Platz zum Schlafen und das Essen, das die Leute in die Moschee brachten. Es war nicht leicht, ihn zu überzeugen, dass ich gar nicht an seinem Posten interessiert war. Ich wollte nur lernen und die schöne, tiefe Stimme des alten Mullahs in mich aufsaugen, die mir Hoffnung gab …

An einem Tag, als ich gerade zum Einkaufen unterwegs war, hörte ich eine Stimme rufen: »Mullah Zelmai, Mullah Zelmai!«

›Seltsam!‹, dachte ich. ›Diesen Mullah, der so heißt wie ich, kenne ich ja gar nicht.‹ Noch bevor ich Zeit hatte, mich umzudrehen und zu schauen, wer da rief, fühlte ich eine Hand auf meiner Schulter. Der Sohn des Ladenbesitzers, der mir gerade die Linsen fürs Abendessen verkauft hatte, hielt mich an und drückte mir ein paar Münzen in die Hand: »Mullah Zelmai, du hast das Wechselgeld vergessen.«

»D… danke«, stotterte ich und steckte das Geld ein.

Mullah? Ich? Am nächsten Tag erzählte ich amüsiert meinem Mullah davon, aber der lachte nicht.

»Jeder weiß, dass du ein sehr gläubiger Mensch bist und dass ich dir vertraue. Außerdem weißt du mehr über den Koran als die meisten, Zelmai. Warum hilfst du mir heute nicht? Ich würde mich freuen, wenn du bei mir bleiben würdest, während ich das Morgengebet leite. Mir tun die Knie weh und ich glaube nicht, dass ich alle Bewegungen machen kann. Mach du sie für mich.«

Ich erfüllte die Aufgabe, die er mir gegeben hatte, so gut ich konnte. Für mich war es sehr aufregend, vor all den Männern – und neben dem Mullah! – zu stehen, und ich wollte, dass er zufrieden mit mir war. Während des Gebets bemühte ich mich, einen sehr feierlichen Gesichtsausdruck zu bewahren.

Später bekam ich sogar den Schlüssel zur Moschee. Doch dieses Vertrauen hatte eines Tages unerwünschte Folgen. Während ich in der Moschee saß und den Koran las, den ich mir für mich selbst gekauft hatte, sah ich zwei Taliban zum Mullah treten. Ohne den Blick vom Buch zu heben oder mit dem Murmeln aufzuhören, spitzte ich die Ohren.

»Mullah, hast du schon die Liste von den Männern im Viertel gemacht?«

»Ja, hier habe ich sie.«

»Gut, dann los, sag deinem Helfer, dass er sie alle fürs Morgengebet in die Moschee bringen soll.«

»Mein Helfer ist über neunzig Jahre alt, ich glaube nicht, dass er irgendwem hinterherlaufen kann …«

»Aber du hast Schüler, richtig?«

»Ja, die habe ich.« Der Mullah antwortete ungewöhnlich bedächtig, als wollte er die Antwort hinauszögern oder seine Gesprächspartner absichtlich nervös machen.

»Dann ruf welche davon, mach schon!«

»Einverstanden … Zelmai! Hawad! Siddig!«

Ich blickte auf, Überraschung vortäuschend. Die drei schauten zu mir und den anderen beiden herüber.

»Kommt her!«

Ich legte ein Lesezeichen in das Buch und stand vom Boden auf. Als ich zu den Männern kam, drückte mir einer der Taliban einen Stecken in die Hand, die anderen bekamen ebenfalls welche.

»Geht die Männer und Jungen aus dem Viertel holen, und denen, die nicht mit euch kommen wollen, verpasst ihr einen guten Hieb auf den Oberschenkel. Wir gehen hinter euch, damit niemand es wagt, frech zu werden.«

Ich schaute zum Mullah, um zu sehen, ob er zustimmte. Er hatte den Blick gesenkt, als wäre ihm nicht ganz wohl bei dem Auftrag.

»Einverstanden.«

So kam es, dass ich gelegentlich als Religionspolizei unterwegs war. Mit dem Stecken in der Hand und auf derart heiliger Mission konnte ich das berauschende Gefühl verspüren, ein offizieller Arbeiter Gottes und des Guten zu sein … und auch der Autorität. Eine Zeit lang machten mir die Taliban keine Angst, und die Leute wagten es nicht, mich verächtlich zu behandeln, weil ich arm und mein Gesicht entstellt war. Ich wollte glauben, dass das, was ich da tat, gut war, und vor allem gefiel es mir, den Respekt der anderen zu spüren. Einmal war nicht ich es, die Angst hatte. Ich erlaubte es mir sogar, mich mit gepfefferten Hieben an ein paar Jungen zu rächen, die einmal über mich gelacht hatten. Und ich war nicht mehr peinlich berührt, wenn mich jemand »Mullah Zelmai« rief.

Natürlich war das nicht, was ich an Allah liebte. Ich hatte nach dem Gott des Friedens, der Liebe und der Gerechtigkeit gesucht, und mich dann von dem verführen lassen, was ihn kaputtmachte. Ich war einer von denen, die Gott mit Knüppelschlägen durchsetzen wollten, den hochmütigen, herrischen und gewaltbereiten Moslems. Ich wollte es nicht sehen, aber ich war erneut verloren.

Diesmal war es der Bruder meines Chefs, Herr Khalil, der mir eine Tür öffnete. Khalil gehörte einer Sufi-Bruderschaft an, einem sehr alten mystischen Zweig des Islams, den die Taliban, auch wenn er ihnen – da die Sufis sich ihrer Kontrolle entzogen und den direkten Kontakt mit Gott suchten – nicht sonderlich behagte, dennoch tolerierten, weil sie seine religiöse Reinheit nicht abstreiten konnten.

Amid, der Sohn meines Chefs, erzählte mir gelegentlich Dinge über die Gemeinschaft seines Onkels, und wir lachten beide über deren seltsame Praktiken. Amid machte die kehligen Laute nach, die die Männer bei ihren Zeremonien ausstießen: »Gnnn! Gnnn! Gnnn! Hört sich an, als würden sie ersticken!«

Ich mochte Amid nicht, aber in diesem Punkt war ich einer Meinung mit ihm und misstraute den Männern, die stundenlang solch seltsame Sachen machten.

Dann erzählte Herr Khalil mir eines Tages in den frühen Morgenstunden selbst von seiner Bruderschaft. Es war Sommer, und er hatte mich engagiert, um den riesigen Haufen aus gerade frisch gemähtem Weizen zu bewachen. Er wollte Diebstählen vorbeugen und brauchte daher jemanden, der die ganze Nacht lang auf dem Feld Wache hielt. Das war im wahrsten Sinn des Wortes brandgefährlich, denn der kleinste Funken konnte den ganzen Weizenhaufen innerhalb von Sekunden in Flammen setzen, und obwohl Herr Khalil großzügig bezahlte, meldete sich niemand freiwillig für diese Arbeit. In solchen Fällen wusste er bereits, dass er sich auf mich verlassen konnte: Ich nahm jeden Auftrag an, egal wie riskant er war oder wie wenig Schlaf ich bekommen würde. Ich musste Essen nach Hause bringen, nur darauf kam es an, und mein Monatslohn reichte kaum für das Nötigste. Das Leben war viel teurer geworden, seit der Krieg vorbei war, und ich brauchte das Zubrot dieser Spezialaufträge, das ich in Naturalien kassierte: ein Sack Weizen, eine Büchse Öl, ein Päckchen Zucker oder ein Stück getrocknetes Lamm- oder Kalbfleisch von dem Tier, das im Winter geschlachtet worden war. Zum Glück hatten wir zu dieser Zeit wenigstens keine Gäste bei uns zu Hause, sonst hätten wir uns auch noch das wenige, was wir zum Überleben hatten, vom Mund absparen müssen.

Die Nacht war ruhig, und wenn ich nicht so müde gewesen wäre, hätte ich es sogar genossen: An der frischen Luft war es um diese Zeit angenehm, wenn die Erde anfing, sich von der Wirkung der brütenden Hitze zu erholen. Es war weder heiß noch kalt, und zum Zeitvertreib betrachtete ich die Sterne am klaren Julihimmel. Da sah ich Herrn Khalil auf mich zukommen und richtete mich wachsam auf. Was wollte er um diese Zeit? In Sekundenbruchteilen ließ ich im Geiste all die unangenehmen Gründe vorbeiziehen, die er haben könnte, um mitten in der Nacht seine Familie allein zu Hause zurückzulassen und mich aufzusuchen: Er könnte herausgefunden haben, dass ich ein Mädchen war, und wollte mich bedrohen; vielleicht gefielen ihm auch Jungen und er wollte sich an mir vergehen … Ich war so nervös, dass ich ihn, gleich nachdem ich ihn so korrekt wie möglich begrüßt hatte, bat, mich zu entschuldigen, weil ich beten musste.

Mit zitternden Händen breitete ich mein Patu, meinen Wollumhang, einige Meter von Khalil entfernt auf dem Boden aus und begann zu beten. Tatsächlich schaltete ich auf Autopilot, weil ich nachdenken musste. Was wollte dieser Mann? Was konnte ich tun, falls er mich angriff oder mich enttarnte?

Aber seine Absichten hatten nichts mit meinen Befürchtungen zu tun.

»Zelmai, du bist ein sehr besonderer Junge. Du hast mir erzählt, dass du der Jüngste von vier Geschwistern bist, und trotzdem arbeitest du viel für deine Familie. Du bist wirklich ein sehr gläubiger Mensch, du betest und beachtest den Ramadan, ohne dass irgendwer dich dazu zwingen müsste. Ich sehe dich sogar, während du fastest, stundenlang arbeiten, und du kannst auch noch ganze Nächte ohne Schlaf verbringen …«

Ich hörte einfach nur zu … Worauf wollte er hinaus?

»Ich habe dem Meister meiner Bruderschaft, der *tariqa,* von dir berichtet. Ich habe ihm erzählt, was du machst, und er meinte, dass er dich gern kennenlernen würde, denn er glaubt, dass du ein von Gott berührter Junge bist, ein *barakat.* Deshalb kannst du wenig essen und schlafen und viel arbeiten. Du machst wundersame Dinge dank Gott.«

Ich merkte, dass Khalil mich ehrfürchtig ansah.

»Komm einmal mit zur *tariqa*, bitte. Und wenn du einmal etwas brauchst, musst du mich nur danach fragen.«

»Nein, ich brauche nichts«, sagte ich, in meinem üblichen schroffen Ton.

»Natürlich, sicher brauchst du nichts von mir, weil Gott dich beschützt, aber du sollst wissen, dass du auf mich zählen kannst, was immer du auch möchtest. Ich habe keine Kinder …«

Herr Khalil fing ergriffen an zu weinen. Ich weinte ebenfalls. Er blickte mich an und dachte wohl, er habe mich gerührt, aber das war es nicht: Ich glaubte nicht, dass ich irgendwie heilig oder mit magischen Fähigkeiten ausgestattet war. Ich war nur ein 14-jähriges Mädchen, das schrecklich, fast schmerzhaft, müde war.

Das Kerzenhaus

Von dem Tag an begrüßte Herr Khalil mich immer ausgesprochen höflich, es sah fast aus, als hätten wir ein gemeinsames Geheimnis. Das erregte die Neugier der anderen Arbeiter auf dem Feld und war für mich sehr unangenehm. Ich wollte auf gar keinen Fall irgendwie Aufsehen erregen. Mir gefiel es nicht, dass Herr Khalil mich für so was wie einen Heiligen hielt, und ich hatte nicht einen Moment lang vor, seinen Meister in der *tariqa* aufzusuchen. Aber mein Schicksal wollte es, dass ich schließlich doch hinging, denn kurz darauf traf ich beim Herausgehen aus der Moschee einen alten Arbeitskollegen wieder, der sich sehr freute, mich zu sehen, und mich, nachdem wir ein paar Minuten geplaudert hatten, einlud, einmal an einem Treffen seiner *tariqa* teilzunehmen. Nachdem ich festgestellt hatte, dass es nicht dieselbe Gruppe wie die von Khalil war, wenn sie auch der gleichen Philosophie anhingen, nahm ich die Einladung an.

Freitagmorgen ging ich zu der Adresse, die mir mein Freund genannt hatte. Es war ein in traditioneller Lehmbauweise errichtetes Haus im Zentrum, das den Krieg offensichtlich unbeschadet überstanden hatte. Ich läutete, und ein sehr, sehr verrunzelter Mann, der nicht mehr viele Zähne im Mund hatte, öffnete mir.

»Guten Tag. Ich bin Zelmai, ein Freund von Massud.«

»Willkommen, Zelmai. Tritt bitte ein.«

Der Mann legte mir sanft seine knochige Hand auf die Schulter und führte mich durch das, was wohl die Wohnräume seines – sehr einfachen – Hauses sein mussten, bis vor eine geschlossene Tür. Er öffnete sie und bedeutete mir, vor ihm einzutreten. Augenblicklich verengten sich meine Augen, um in dem im Halbdunkel liegenden Zimmer überhaupt etwas erkennen zu können. Vor den Fenstern hingen dichte rote Vorhänge. Als meine Augen sich an das Schummerlicht gewöhnt hatten, sah ich, dass der Raum nicht sonderlich groß war, an der Decke waren die Holzbalken zu sehen und der Boden war mit Teppichen bedeckt, die vor langer Zeit einmal schön gewesen sein mochten. An den Wänden hingen Plakate mit Zitaten aus religiösen Texten und strategisch im Raum verteilt standen vier oder fünf Kerzen, welche auf die Reste vieler anderer bereits heruntergebrannter Kerzen getropft hatten. Vielleicht waren sie, weil die Sonne vor Kurzem aufgegangen war, gerade erst gelöscht worden und noch weich, denn im Raum hing noch der süßliche Geruch des Wachses. Ich liebte es, die Finger in den lauwarmen Wachs zu tauchen, hatte in diesem Moment aber keine Zeit, auch nur daran zu denken, denn kaum hatte ich den Raum betreten, da erhoben sich die vier Männer, die auf dem Boden gesessen hatten, und begrüßten mich freundlich lächelnd. Ich kannte nur Massud, den Jüngsten der Gruppe, aber auch die anderen empfingen mich so herzlich, als würden wir uns schon ein Leben lang kennen. Einer nach dem anderen nahmen sie meine Hände in die ihren, hießen mich willkommen und bedankten sich, dass ich gekommen sei. Mich, die ich an den rauen Stil auf dem Feld gewöhnt war, rührte diese Freundlichkeit zutiefst. Es war, als wäre ich in eine andere Welt getreten, und ich wusste sofort, dass ich mich hier sehr wohlfühlen würde. Ich schämte mich bei der Erinnerung daran, wie Amid und ich über die *tariqas* gelacht hatten und meinten, das sei nur was für Spinner. Noch nie hatte ich mich irgendwo gleich von Beginn an so wohlgefühlt.

Nachdem ich mich vorgestellt hatte, luden die Männer mich ein, mich zu ihnen in den Kreis zu setzen. Schweigend hörte ich zu, wie sie die Empfindungen und Visionen beschrieben, die sie nachts während der Gebete gehabt hatten. Sie waren seit Mitternacht zusammen, als sie begonnen hatten, ihre Gebete rhythmisch und pausenlos zu sprechen, wie eine Art buddhistisches Mantra, und das hatte sie mit der Zeit in einen Geisteszustand versetzt, der besondere Träume und Erlebnisse sehr begünstigte. Beim Morgengrauen und nach einem Frühstück, um wieder zu Kräften zu kommen, war nun mit meiner Ankunft der Moment gekommen, von den gemachten Erfahrungen zu berichten: Einer sagte, er habe einen weiß gekleideten Mann gesehen, der auf ihn zukam und Frieden ausstrahlte, ein anderer war erschüttert, weil er sich selbst hatte bluten sehen … Der Meister der Gemeinschaft – der Mann, der mir die Tür geöffnet hatte – deutete die Bedeutung eines jeden Traums. Manche der Männer erzählten geradezu schockierende Dinge, aber niemand lachte: Alle hörten einander zu und lauschten insbesondere dem Meister mit großem Respekt, und nach seinen Erklärungen und Deutungen wirkten sie beruhigt.

Ich wollte auch so etwas Intensives erleben, ich wollte zumindest einmal das Gefühl haben, zu alldem dazuzugehören, und so fragte ich den Meister, ob ich am nächsten Donnerstag auch kommen dürfe. Er erklärte mir, dass Jungen normalerweise in Begleitung ihres Vaters oder eines Großvaters kamen, es sei jedenfalls nicht ratsam, dass ich die ganze Nacht betend verbrachte, wie der Rest. Er empfahl mir, am Abend vorher sehr früh schlafen zu gehen und dann um vier oder fünf Uhr in der Früh zu dem Treffen dazuzustoßen.

Das Herz sprechen lassen

Meine Mutter schrak hoch, als sie mich um halb drei in der Nacht aufstehen hörte. Mit einer schnellen Liebkosung beruhigte sie meine kleine Schwester, die ebenfalls verschlafen blinzelte.

»Mama, Mama, alles in Ordnung, ganz ruhig«, flüsterte ich ihr zu. »Ich muss heute früher zur Arbeit los, aber ich komme zur selben Zeit zurück wie immer.«

»Aber …«

Ich wollte ihr nicht erzählen, wohin ich ging, weil ich befürchtete, sie könne es nicht gutheißen. Ich selbst hatte meine Zweifel, denn obwohl ich von den Menschen dort einen guten Eindruck gehabt hatte, kamen mir die Praktiken immer noch seltsam vor. Der Sufismus ist eine sehr alte Bewegung, aber andersartig genug, um auf all die erschreckend zu wirken, die wie ich in einer Welt aufgewachsen waren, die in Gut und Böse, Religiös und Ungläubig, Ordnung und Chaos unterteilt war. Alles war schwarz oder weiß, und uns machte alles Angst, was diese klaren Grenzen infrage stellte. Es könnte eine Sünde oder ein Verbrechen sein – zur damaligen Zeit verschwammen beide Begriffe, und wir wussten nicht, wo das eine aufhörte und das andere anfing –, und wir hatten gleichermaßen

Angst vor der göttlichen wie vor der menschengemachten Strafe, was oft auf ein- und dasselbe hinauslief. Am letzten Freitag hatte ich davon reden gehört, dass man ohne Mittelsmänner mit Gott kommunizieren, ihn intensiv erleben konnte. Ich hatte von Frieden und Liebe gehört, und nichts von Pflichten oder Texten zum Auswendiglernen, und auch nichts von Stöcken oder zornigen Blicken. Man sollte das Übersinnliche in Freiheit erleben können – zwei Begriffe, die mir ein Kribbeln im Bauch verursachten, vor Rührung und Aufregung zugleich.

Ausgestorben wie sie in diesen frühen Morgenstunden waren, wirkten die zerstörten Straßen von Kabul um vier Uhr morgens völlig gespenstisch. Aber ich war diese Trostlosigkeit schon gewöhnt, und an diesem Morgen hatte ich nur eins im Sinn: Ich war auf dem Weg, eine Erfahrung zu machen, die vielleicht mein Leben verändern würde. Ich musste den Einklang mit der Welt – und mit mir selbst – wiederfinden. Ich hatte offene Rechnungen mit Gott, und wer weiß, ob die *tariqa* mir bei der Klärung helfen könnte.

Der Meister ließ mich ein, wie in der vorherigen Woche. Diesmal lächelte er mich an, sagte jedoch nichts, während wir ins Haus gingen. Je näher wir dem Versammlungsraum kamen, desto deutlicher war das ernste und rhythmische Beten der Männer zu hören. Ein tiefer, gutturaler Klang, der mich beeindruckte. Im Zimmer selbst war die Luft stickig und drückend, ich hatte den Eindruck, einen uralten Ort zu betreten. Die Gruppe saß auf dem Boden und rezitierte unablässig mit geschlossenen Augen ihr merkwürdiges Mantra. Bei jedem »mmm« bewegten sie den Bauch und den Kopf nach vorne und stießen die Luft kräftig durch die Nase aus. Als ich nah an ihnen vorbeiging, bewegte ich mich sehr vorsichtig, aus Angst, sie aufzustören. Sie schienen weit weg zu sein, versunken in ihrem Inneren.

Der Meister machte mir ein Zeichen, ihm in eine Ecke zu folgen. Wir setzten uns in ernster Haltung einander gegenüber. Nach etwa zwei Minuten hörte ich ihn sagen: »Zelmai, danke, dass du gekommen bist. Warum bist du zurückgekehrt? Was suchst du?«

»Ich möchte Gott näher sein.«

»Das ist schwer zu erlangen, ich glaube nicht, dass du es kannst.«

»Doch, sicher kann ich das.«

»Zelmai, es ist schwierig, sehr schwierig.«

»Ich schaffe es.«

»Ich bin niemand. Ich kann dir nur meine Erfahrung erzählen. Sag mir, was du möchtest.«

»Ich möchte gut sein! Ich möchte nicht mehr wütend sein und andere schlecht behandeln. Nicht mehr rumbrüllen und meinen Schwestern alles verbieten, meine Mutter leiden lassen. Ich möchte nicht mehr aller Welt wehtun.«

»Konzentrier dich, schließ die Augen. Du kannst mit Gott in Verbindung treten und ihn um alles bitten, um was du ihn bitten möchtest. Gott ist bei dir, er ist überall.«

Der Meister erklärte mir, dass man, um in einen Zustand der Gemeinschaft mit Gott zu kommen, die ganze Zeit lang dasselbe wiederholen musste: ›Es gibt nur einen Gott, es gibt nur einen Gott, es gibt nur einen Gott …‹

»Aber das sagt man nicht mit dem Mund, sondern mit dem Herzen. Deshalb hört man auch keine Wörter, sondern diesen Klang, der von innen kommt.«

Die unaufhörliche Wiederholung sorgte dem Meister zufolge dafür, dass wir uns eine Zeit lang von der materiellen Welt und den weltlichen Sorgen befreiten und darüber hinausgehen konnten, auf eine spirituelle Ebene. Genau das, was ich brauchte.

Zuerst fiel es mir schwer, mich zu konzentrieren. Ich hatte Angst, es nicht gut zu machen und aus dem Rhythmus zu kommen, aber nach einer Weile ging das Rezitieren wie von selber, und irgendwann hörte ich auf zu denken. Es war, als fiele ich in einen leichten Schlaf: Ich hörte die Stimmen der anderen, deren Klang mich begleitete, und meine eigene Stimme, aber ich vergaß die Anwesenheit der anderen, und auf gewisse Weise sogar meine eigene, und spürte etwas, das wohl meine sanft schwebende Seele sein musste. Das hypnotische, beruhigende Murmeln funktionierte!

Am nächsten Morgen, als ich das von den Bomben verschonte Haus verließ, hatte ich das Gefühl, in Frieden zu sein.

Die neunundneunzig Namen Gottes

Draußen war die Welt jedoch noch immer genauso feindselig. Und das Zufriedenheitsgefühl verging mir schnell wieder. Entmutigt sprach ich den Meister in der nächsten Woche darauf an.

»Ich bin böse, Meister. Die Leute verstehen mich nicht, sie behandeln mich schlecht, und wenn sie mich verletzen, kann ich mich nicht kontrollieren und attackiere sie mit Drohungen, Beleidigungen oder Steinen …«

»Gott erlaubt uns nicht, irgendwen zu verletzen. Du musst immer freundlich reagieren. Und wenn du spürst, dass dein Blut kocht, denk daran, dass das ein Werk des Teufels ist. Denk an Gott und halt inne, bevor du jemanden verletzt. Es wird dir helfen, einen der Namen Gottes zu wiederholen.«

Dem Islam zufolge hat Gott neunundneunzig Namen. Jeder davon ist ein Wesensmerkmal: der Gütige, der Gnädige, der Verleiher des Friedens, der Nachsichtige, der Gerechte, der Weise, der Liebevolle … Der Rat des Meisters war, den Namen zu wählen, der am besten zur jeweiligen schwierigen Situation passte, und ihn mit Überzeugung zu sagen, damit Gott mir die nötige Kraft gab.

»Zelmai, wenn du leidest, weil du sehr arm bist, lass

nicht zu, dass der Teufel dich Neid auf den Besitz der anderen empfinden lässt. Denk an Al-Ghani, *den Reichen*, und du wirst dich besser fühlen. Wenn du dich schwach fühlst, denk an Al-Qawi, *den Starken*. Und wenn du glaubst, dass die anderen egoistisch handeln, sag Arrahmon, *der Großzügige*.«

Ich baute mir eine Rüstung aus all diesen Namen. Wie Medizin nahm ich sie, wenn ich merkte, dass in mir die Wut, die Traurigkeit, die Ohnmacht wuchsen … Wenn mich jemand verächtlich behandelte, wählte ich schnell eines der Fläschchen und nahm den ersten Schluck noch voll Wut und in Verzweiflung, um die Wucht abzumildern. Nachdem der erste Ansturm vorbei war, ließ ich mir das Wort im Mund zergehen, immer und immer wieder, bis die schlechten Gefühle sich auflösten.

Nach diesem ersten Meister hatte ich noch weitere in nicht ganz so mystischen Gemeinschaften. All diese Gemeinschaften verband, dass dort jeder willkommen war und respektiert wurde und dass man an einen liebevollen Gott glaubte, der Frieden verbreitete. Ich lernte weise Männer kennen und fühlte mich angenommen, auch wenn viele derer, die dort hingingen, wohlhabend waren und ich wie ein armer Junge vom Feld angezogen war.

Und gelegentlich erlaubte ich es mir, meine religiösen Fragen und meine Verantwortung als Familienoberhaupt zu vergessen und das zu tun, was mein Körper von mir verlangte: Teenagerzeug. Ich nutzte den Freitag, um zu Hause mit unseren Tauben zu spielen oder mit meinen

Freunden herumzuziehen und zu albern. An manchen Tagen ließen wir sogar Drachen steigen, was möglich war, weil die Mullahs, die in unserem Viertel das Sagen hatten, in diesem Punkt nachsichtig waren. Einige ihrer eigenen Kinder mochten das auch sehr gern und wir waren weit weg vom Zentrum.

Es war kein Vergleich zu den Wettkämpfen, die früher, als wir klein waren, ausgetragen worden waren – Wettkämpfe mit ausgefeilten Drachen, die von der ganzen Nachbarschaft mit Spannung verfolgt wurden und dem Sieger Ruhm bescherten –, aber es waren Drachen, und wir waren jung.

Al-Ghafur, *der stets Verzeihende.*

»4 Kilo Joghurt«

»4 Kilo Joghurt.« Das waren die ersten Worte, die ich schrieb, und dieser Moment war einer der glücklichsten meines Lebens. Ich weiß, dass es normaler gewesen wäre, meine ersten Versuche mit familientypischem Vokabular zu machen, wie »Mama«, »Papa« oder selbst meinem eigenen Namen, so wie es kleine Kinder tun, wenn sie anfangen, Wörter zusammenzusetzen, aber ich war nun einmal nicht mehr klein. Ich war gerade fünfzehn geworden, und unter den üblichen Kleiderschichten war mein Körper bereits der einer Frau.

In Afghanistan sind drei Viertel der Bevölkerung Analphabeten. Zu dieser überwältigenden Mehrheit gehörte auch meine Mutter, die nie lesen oder schreiben gelernt hatte. Sie lebte mit den Büchern meines Vaters auf dieselbe Art zusammen wie mit den Vasen, die zur Zierde in den Regalen standen; es waren Gegenstände, die in ihr nicht die geringste Neugier weckten. Meine Mutter gehörte auch zu der großen Mehrheit von Menschen, die der Meinung waren, für eine Frau bringe es nichts, etwas zu lernen. Da in Afghanistan die Frauen meist nicht einmal zum Einkaufen aus dem Haus gingen – das Einkaufen galt traditionell als Aufgabe der Männer –, brauchten sie nach Meinung vieler Afghanen auch die Schilder nicht zu lesen und keine Preise zu vergleichen. Und natürlich brauchten sie auch keinen Beruf zu lernen, denn sie würden ja ohnehin niemals außer Haus arbeiten. Um zu kochen, zu waschen und die Kinder großzuziehen, reichte nach verbreiteter Auffassung das, was die Frauen von Müttern, Schwestern und Schwiegermüttern lernten. Und für die restlichen Qualitäten einer Frau – sich dem Ehemann gegenüber unterwürfig und zuvorkommend zu verhalten, effizient im Haushalt und für die Familie zu arbeiten und für den Rest der Welt unsichtbar zu sein –, brauchte man auch keinen Abschluss. Wie meine Mutter sagte: »Wenn es heißt, die Milch ist schwarz, dann müssen wir das so akzeptieren.«

Bei mir zu Hause war völlig klar, dass Zelmai eine Ausbildung bekommen musste, und mein Vater hatte hohe Ansprüche an ihn und unternahm alle nötigen Anstrengungen, um ihn dazu zu drängen, seine Trägheit zu überwinden. Ich durfte lediglich im Schlepptau meines Bruders ein wenig zur Schule gehen, einfach weil er dort hinging, aber ich zog viel daraus. Während meiner Zeit in der Schule ließ sich sogar meine Mutter von meiner Begeisterung anstecken und versuchte, mir zu helfen, obwohl sie mehr guten Willen als Wissen mitbrachte und den Spott meines Vaters erntete.

Meine Zeit in der Schule währte nicht lange, sie wurde vom Krieg verstümmelt, aber sie war für mich lang genug, um zu merken, dass ich sehr gern lernte und mir das auch leichtfiel. Und je älter ich wurde, desto mehr verstand ich, dass das Lernen mir nicht nur Freude bereitete, es war auch bitter nötig. Als der Junge, der ich war, und vor allem als die freie Frau, die ich gern sein wollte, musste ich um jeden Preis etwas lernen. Und es wenn möglich bis auf die Uni schaffen. Ich erinnerte mich oft daran, wie mein Vater immer gesagt hatte, die Unwissenheit der Menschen sei die Basis für Bosheit und Kriege. Und ich ergänzte für mich: und auch für Ausgrenzung und Betrug.

Trotzdem war die Schule viele Jahre lang außerhalb meiner Reichweite. Wenn ich Leute sah, die schrieben, die Stift und Papier hatten, empfand ich direkt Hochachtung vor ihnen. Welches Glück sie hatten, so viel zu wissen! Ich fühlte mich sogar dem halben Dutzend kleiner Jungen gegenüber unwissend, die sich auf dem Feld zum Spielen trafen, wenn sie aus der Madrasa kamen, der religiösen Schule, die die einzige von den Taliban erlaubte war. Sie nannten mich »Kommandant«, und ich war bemüht, vor ihnen Autorität zu zeigen, doch ich war enorm neidisch auf sie, weil sie lernen durften, selbst wenn es bei diesen engstirnigen Mullahs war, die sie als Lehrer hatten … Wenn sie aufs Feld kamen, rissen sie sich schnell den weißen oder schwarzen Turban herunter, den sie in der Schule tragen mussten, und an den Freitagen benutzten sie diese manchmal als Tragebündel für die Datteln, die wir gemeinsam pflückten, ich oben auf einer Palme, sie unten, bereit zum Auffangen.

Ich fragte sie gern, was sie am jeweiligen Tag in der

Schule gemacht hatten, und manchmal sagten sie mir neu gelernte Gebete auf oder lasen mir Schriften vor, die sie hatten anfertigen müssen. Auch wenn ich mich bemühte, ernst zu schauen, als wollte ich sie prüfen, zerschmolz ich innerlich. Alle klagten sie darüber, das Lernen nerve sie, und sie meinten, ich hätte Glück, weil ich den ganzen Tag auf dem Feld sein konnte, aber ich hätte nur zu gern mit ihnen getauscht. Ich hatte ein hartes Leben und zweifelte manchmal, wie ich mit allem fertigwerden sollte. Deshalb dachten sich diese Jungen, die zum Spielen und um mich zu besuchen aufs Feld kamen, noch einen anderen Namen für mich aus: »Herr Spinner«.

Eines Tages sagte mir Amid, dass sein Cousin nach Kabul gekommen sei, und der könne die Namen der Leute auf Englisch schreiben. Ich war schwer beeindruckt. Als Amids Cousin aufs Feld kam, grüßte ich ihn voller Hochachtung, obwohl er dreckig rumlief und nicht sonderlich schlau schien, und bat ihn, meinen Namen auf Englisch zu schreiben: »Zel-mai«. Der Junge schaute auf meine Hände.

»Du hast ja gar kein Papier und auch keinen Stift! Wie soll ich das denn machen?«

»Und wenn du es mit einem Stein auf den Boden schreibst? Später schreibe ich es auf Papier ab.«

Ich legte zum Schutz Steine rund um das Wort, aber als ich mit Stift und einem Notizblock vom Haus meines Chefs zurückkam, hatte es jemand zertreten.

Maruf

Es war ein anderer Verwandter von Herrn Bismillah, der mich endgültig zum Lernen brachte: Maruf, der Junge, den ich auf der Reise nach Pakistan kennengelernt hatte. Er und ich hatten in völlig verschiedenen Welten gelebt: Seine Familie hatte Geld, er war in Pakistan aufgewachsen und lernte fürs Abitur. Und doch waren diese Unterschiede kein Hindernis, wir waren uns sofort sympathisch und wurden Freunde. Ich war so stolz, dass jemand so Gebildetes wie er sich für einen armen, unwissenden Arbeiter wie mich interessierte! Maruf war keiner, der sich selber wichtig nahm.

Einige Monate später, als das Schuljahr zu Ende war, kehrte Maruf mit seiner Familie nach Kabul zurück und kam mich oft besuchen. Amid war eifersüchtig auf unsere Freundschaft, und ich war eifersüchtig, dass Amid zur Schule gehen konnte. Unsere Beziehung war immer schwierig gewesen, und Maruf merkte das sofort.

»Ich weiß nicht, wie du Amid und diese Arbeit hier aushältst«, sagte er zu mir. »Sie beuten dich aus!«

Er sprach Klartext, war sehr frei und nahm mich so, wie ich war. Das war neu für mich und es gefiel mir. Es war einer dieser Momente, in denen ein Wendepunkt in meinem Leben nahte, auch wenn ich das noch nicht wusste.

Maruf hatte kein Problem damit, die Ärmel hochzukrempeln und bei der Feldarbeit mit anzufassen. So konnten wir bei der Arbeit stundenlang miteinander quatschen. Deshalb machte es mir Sorgen, als Maruf mir eines Tages erzählte, dass es seinem Vater gar nicht gefiel, dass er in den Ferien nichts machte. Vom nächsten Tag an müsse er in einem kleinen Laden arbeiten, den sein Vater für ihn aufgemacht habe. Ich war nicht bereit, meinen ersten echten Freund zu verlieren, und als ich Herrn Bismillah sagen hörte, dass wir ihm den Joghurt liefern würden, erbot ich mich sofort, den Transport zu übernehmen. Ich sagte das beiläufig, als legte ich keinen sonderlichen Wert darauf, ja sogar mit einem Hauch Faulheit, aber innerlich brannte ich vor Aufregung. Wenn der Chef sein Okay gab, könnte ich ab und zu vom Feld verschwinden und etwas Zeit mit Maruf verbringen … und weit weg von Amid! Unglückseligerweise machte die Frau des Chefs nur zwei- oder dreimal pro Woche Joghurt, wenn sie keine Gäste im Haus hatten und die Milch der Kühe nicht benötigten.

Jeden Morgen war es meine erste Aufgabe, die beiden Kühe, den Esel und die vier Lämmer von der Koppel, die meine Chefs hinter ihrem Haus hatten, zu dem Feld zu bringen, wo sie weideten. Weil ich sehr früh kam, gab die Frau des Chefs mir Frühstück: eine volle Teekanne, ein wenig Zucker und Brot, alles in ein Bündel verpackt. Und so zog ich dann los, passte auf, dass die Tiere nicht vom

Weg abkamen, und zugleich, dass mir der Tee nicht runterfiel. Das war meist gar nicht so leicht, weil die Kuh sich unwiderstehlich vom Mais angelockt fühlte; die Lämmer hatten einen äußerst aufsässigen Charakter und zankten sich beim geringsten Anlass; und der Esel trabte im unerwartetsten Moment in die entgegengesetzte Richtung los. Wenn wir es geschafft hatten, band ich die Tiere mit Mühe und Not fest und suchte Futter für sie. Und wenn sie endlich angebunden und versorgt waren, konnte ich mir einen großen Stein suchen und mich in Ruhe zum Frühstück hinsetzen.

Mit gut gefülltem Magen lief ich dann den Weg zurück zum Haus von Herrn Bismillah: »Tante! Hast du heute Joghurt für Maruf?«

Wenn sie welchen vorbereitet hatte, erhellte das meinen Tag, auch wenn die Arbeit, die mich erwartete, ebenso hart war wie das Weiden der Tiere – wenn nicht noch härter. Der Joghurt wurde in einer Art Blecheimer befördert und war sehr schwer. Ich brauchte eine Viertelstunde bis zum Laden und musste zwischendurch immer wieder anhalten, weil ich infolge des Gewichts das Gefühl in der Hand verlor.

Wenn ich schnaufend ankam, empfing mich Marufs fröhliche Stimme, die mich unweigerlich zum Lächeln brachte: »Da ist ja mein Freund Zelmai! Wie viel Joghurt bringst du mir heute?«

Unser frisch gemachter Joghurt aus Kuhmilch hatte großen Erfolg im Laden meines Freundes. Er schüttete ihn in eine große Kanne, die er auf einem niedrigen Tisch stehen hatte, und füllte den Kunden die gewünschte Menge in Plastikbeutel ab. Sobald ich ihm sagte, wie viel Kilo ich dabeihatte (drei, vier, fünf …), schrieb Maruf sich das auf und begann zu rechnen.

Während er arbeitete, ruhte ich mich auf einem mit Stoffresten bezogenen Sofa aus und sah mich um. Es war ein kleiner Raum mit Lehmwänden. Marufs Vater, der Tischler war, hatte ihm Regale aus Obstkisten gebaut. Und darin standen säuberlich eingeräumt Kekspackungen, Tütchen mit Kaffeesahne aus Pakistan, Zucker, Tee, Bälle …

Am meisten interessierte mich die Bonbondose. Zum einen mochte ich Bonbons sehr gern, zum anderen war hinter der Dose etwas verborgen, was mir sogar noch besser gefiel: ein Kassettenrekorder, den wir anschalteten, wenn niemand sonst da war. Das Lädchen war eine Zuflucht für mich, ein Ort, an dem ich mich pudelwohl fühlte. Mit Maruf konnte ich mich entspannen, weil er mich schätzte und mich nicht beurteilte. Wenn ich nur ohne Lügen ich selbst hätte sein können!

Die Bomben kommen zurück

»Weißt du, was ich gehört habe, Zelmai?« Herr Yosuf, der regelmäßig in die Moschee in unserem Viertel kam und stets die neuesten Nachrichten mitbrachte, wirkte an diesem Tag richtig bestürzt. »Ein paar Araber haben zwei hohe Türme in Amerika zum Einsturz gebracht, viele Menschen sind gestorben.«

»Ah.«

Die Nachricht verbreitete sich wie ein Lauffeuer, aber uns, die wir immer zwischen Tod und Zerstörung gelebt hatten, beeindruckte dieser Anschlag nicht sonderlich. Wir hatten keine Ahnung, was Al-Qaida war, hatten den Namen Bin Laden noch nie gehört, und wir hatten auch keine Meinung zur internationalen Politik; daher drifteten die Gespräche ganz natürlich zu den grauenhaften Dingen ab, die wir selbst erlebt und die sich tief in uns eingebrannt hatten: »Ich kann einfach den Anblick nicht vergessen, wie nach einer Explosion vor meiner Haustür der Arm einer Frau lag, vom Rest des Körpers abgetrennt.«

»Und ich … puh! Ich bin einmal durch eine Straße gekommen, da lagen so viele Tote und Verletzte, dass dort ein richtiger Bach aus Blut entlangfloss.«

»Ich hab was noch Schlimmeres gesehen ... Ich hab immer noch jede Nacht Albträume, seht ihr meine Augenringe?«

Wir waren uns der Ausmaße des Konflikts nicht bewusst und ahnten nicht im Entferntesten, dass all dies direkte Folgen für uns haben würde. Was hatten wir mit diesem Zwist zwischen einem reichen Araber und den USA zu tun?

In den folgenden Wochen hörten wir immer öfter, wie die USA davon sprachen, uns unsere Freiheit zurückzugeben. Die Taliban plusterten sich auf, waren aber nervös. Ich, die ich noch nie einen Amerikaner gesehen hatte und nicht wusste, von welcher Freiheit sie da sprachen, schenkte all diesen Geschichten, die mir weit weg schienen, weiterhin keine Beachtung.

Erst nach und nach wurde uns klar, dass wir hier in Afghanistan die Rechnung für besagtes Attentat bezahlen würden. Die Taliban, die den Mann, der hinter dem Attentat steckte, aufgenommen hatten, waren die Bösen in der Geschichte und mussten gehen, damit die Amerikaner ihre Rache vollziehen und wir – so sagten sie – glücklicher leben könnten. All das klang für mich höchst merkwürdig, doch es war ernst gemeint: Der Beweis dafür kam in Form einer Bombardierung des Herzens von Kabul.

So würde es also vielleicht wirklich einen Machtwechsel geben, denn so liefen die Regierungswechsel in meinem Land ab: blutig.

Die Angriffe waren fürchterlich, weil sie im Unterschied zu den Kämpfen der Mudschaheddin-Zeit von Flugzeugen aus erfolgten und wir nicht wissen konnten, wo die Bomben fallen würden. Ich war überzeugt, dass ich diesmal nicht davonkommen würde, und suchte, wann immer ich konnte, in der Moschee Schutz, denn dort fühlte ich mich am sichersten. Dort empfingen wir Nachrichten und Anweisungen: Wir sollten standhalten und beten. Und eines Morgens verkündete der Mullah uns, dass die Taliban die Regierung verließen, jedoch nicht aus Angst, sondern um zu verhindern, dass noch mehr unschuldige Kinder getötet würden. Das war zumindest die offizielle Version.

Und plötzlich waren wir angeblich frei.

Am nächsten Tag sah die Straße noch exakt genauso aus, mit verhüllten Frauen, den Jungen, die spielten oder arbeiteten, den alten Schrottlauben, Tieren und Fahrrädern, die sich so gut wie möglich ihren Weg bahnten. Ich bemerkte nur eine kleine Veränderung: Aus dem Gemüseladen bei uns im Viertel drang … Musik! Ich ging näher und konnte der Versuchung nicht widerstehen, einen bissigen Kommentar über das Talibangesetz zu machen, das Musik verbot.

»Geh mich doch bei der Polizei anzeigen, geh nur«, brauste der Gemüsehändler wie von der Tarantel gestochen auf. Mir wurde klar, dass er mich nicht ganz verstanden hatte. »Aber das ist das Radio, klar? Ich hab keine Musik angemacht!«

Ich hatte überhaupt nicht vor, ihn anzeigen – ich wusste nicht mal, bei wem ich das hätte machen sollen –, aber ich merkte, dass ich die Spuren des Taliban-Denkens in mir nicht so leicht würde löschen können. Ich war völlig von diesen Verhaltensweisen durchtränkt, wie die meisten Menschen in Afghanistan.

Es war so seltsam, dass uns plötzlich gesagt wurde, jenes Regime, das so fest im Sattel zu sitzen schien, sei nun zu Ende. Die höchsten Befehlshaber flohen tatsächlich, aber die Taliban der unteren Ebene – darunter einige meiner Nachbarn – nahmen einfach den Turban ab und schminkten sich die Augen nicht länger. Manche rasierten sich den Bart ab – andere hingegen nicht, weil sie noch dachten, die Situation könne sich wieder ändern. Viele von ihnen liefen kurze Zeit später schon in der Uniform der neuen afghanischen Armee durch die Straßen.

Die Veränderungen geschahen sehr langsam und schüchtern. Nachdem das Korsett abgefallen war, reckte und streckte das Land sich, aber auch Korruption und Unsicherheit blühten wieder auf, und nur wenige Frauen wagten es, die Burka abzulegen. Das Polizeisystem hatte Wurzeln geschlagen, und es war nicht einfach, sich von der Angst zu lösen.

Hassan, ein Mann aus dem Viertel, der als Funktionär der alten Regierung quasi versteckt hatte leben müssen und sehr unter den Taliban gelitten hatte, fuhr in einem Auto einer guten Marke vor dem Feld vor. Er strahlte über das ganze Gesicht.

»Fünf Jahre Gefängnis sind vorbei, Zelmai. Ich bin so glücklich! Wenn du etwas brauchst, was auch immer es ist, du musst mich nur danach fragen!«

Um mir meinen Wunsch erfüllen zu können, hätte er statt des tollen Autos eine Zauberlampe gebraucht.

Alles bleibt gleich

Mit der Zeit eröffneten Schulen, Akademien und Internetcafés, Kultur fand nicht mehr nur heimlich statt, Ausländer kamen ins Land und damit ging auch eine Öffnung zur Welt einher. Kurzum, es wehte ein frischer Wind. Doch meine Gefühle bezüglich der politischen Veränderung waren widersprüchlich. Wegen der Taliban war ich gezwungen gewesen, eine Lüge zu leben, aber ein Teil von mir weigerte sich, die neue Situation anzunehmen.

Tatsächlich hatte ich als Junge keinerlei Probleme in dieser Gesellschaft mit strengen, jedoch vorhersehbaren Regeln gehabt. Wenn man Konflikte mit den Autoritäten vermied, erlebte man keine unangenehmen Enttäuschungen. Sie hatten die Korruption, den Missbrauch und die Unsicherheit für die Bürger im Zaum gehalten. Ich hatte gelernt, mit ihnen umzugehen, und nachdem es mir gelungen war, meine Panik, entdeckt zu werden, zu bändigen, bewegte ich mich wie ein Fisch im Wasser.

Sie waren an die Macht gekommen, als ich elf Jahre alt war, und ich war sechzehn, als sie gingen. In dieser Zeit war ich groß geworden, und es fiel mir gar nicht so leicht, mich zu erinnern, wie das Leben früher einmal gewesen war und was ich damals von der Zukunft erwartet hatte.

Was sollte ich jetzt tun? Die Rolle, die ich zeitweilig eingenommen hatte, war schon ein Teil von mir geworden, ich konnte jetzt nicht einfach so die Jungenkleidung gegen Mädchenkleidung eintauschen. Viele Leute kannten mich, ich konnte nicht einfach sagen: »Von jetzt an bin ich Nadia.« Das hätte bedeutet, alle Bande zu brechen, meine Arbeit zu verlieren und mich direkt selbst in die Ächtung zu verbannen, wenn nicht noch Schlimmeres.

Als Zelmai hatte mein Leben einen Wert. Ich war eine Person, die Beachtung verdiente, jemand mit einer Meinung, der helfen konnte und einen Platz in der Gesellschaft hatte. Und ich war frei, zu machen, was ich wollte. Jetzt sollte ich auf all das verzichten? Sollte ich einen Tschador anziehen, nur noch zu Hause bleiben und mich um meine Familie kümmern, und mich daran gewöhnen, weder Stimme noch Wahlrecht zu haben? In Afghanistan sind Frauen minderwertige Wesen und unterwürfig. Ganz einfach: Ich weigerte mich, das zu sein.

Also musste ich weiter vortäuschen, vielleicht für immer.

Buchstabe für Buchstabe

Eines Tages bat ich Maruf, mich aufschreiben zu lassen, wie viel Kilo Joghurt ich mitgebracht hatte. Unter großen Mühen krakelte ich eine Drei. Schief und riesengroß. Und falsch herum.

Maruf blickte mich lange an. Ich schämte mich, aber plötzlich verstand ich, dass er sich gar nicht über mich lustig machte, sondern bloß, fast ohne mich wirklich zu sehen, in meine Richtung schaute, als sei er in Gedanken ganz woanders.

»Zelmai, warum schreibst du dich nicht in der Schule ein?«

Die Schule, mein Traum. In letzter Zeit machte die neue Regierung unablässig Werbung dafür, damit die Leute sich um Bildung bemühten. Aber wie? Wo? Was musste ich machen? Würden sie mich zu den Kleinen stecken? Zu den Jungen oder zu den Mädchen? Maruf schnitt meine Zweifel ab: »Ich helfe dir. Los, geh zurück zur Arbeit und sag niemandem was, ja? Wir sprechen weiter darüber, wenn du das nächste Mal kommst.«

Den Weg zurück zum Feld flog ich geradezu. Ich war so froh, dass ich mich zu meiner eigenen Überraschung sogar beim Singen ertappte.

»Was machst du da, Zelmai? Singst du?«, fragte mich Uoseh, der es auch hörte.

»Ach was, du Dummkopf! Ich bete!«

Von dem Tag an brachte mir Maruf bei jedem meiner Besuche im Laden ein bisschen Lesen und Schreiben bei, damit ich beim Schulstart schon ein wenig vorbereitet wäre und sie mich nicht zu den ganz Kleinen setzen würden. So kam es, dass ich eines Tages »4 Kilo Joghurt« schrieb, die ersten zusammenhängenden Wörter. Mir schien, dass ich einen riesengroßen Schritt in Richtung Freiheit getan hatte. Ich konnte nun schon Etiketten lesen, Straßennamen, Buchtitel … Es war, als hätte ich bisher nicht gut gesehen und plötzlich eine Brille bekommen. Die Welt sah nicht mehr aus wie vorher. Oder hatte ich mich verändert?

Da Winter war, gab es nicht viel Arbeit: Abgesehen vom Füttern der Tiere, musste ich nur die Ställe sauber machen, trockene Erde hineinstreuen und den Mist aufs Feld bringen … Weil die Tage so ruhig waren, beschwerte mein Chef sich nicht, wenn ich mich länger bei Maruf aufhielt.

Abends hätte ich am liebsten weitergeübt, aber wir hatten nur eine kleine Öllampe, die nicht viel Licht spendete und außerdem immer sehr gefragt war. Folglich gingen wir mit den Hühnern zu Bett, sobald es dunkel wurde, was um diese Jahreszeit, wenn die Nächte endlos schienen, besonders hart war. Eines Tages hatte ich es satt: So konnte es nicht weitergehen, wir brauchten eine bessere

Lampe! Meine Mutter meinte, ich solle warten, eine Lampe sei teurer, als wir uns leisten könnten, aber meine Geduld war zu Ende. So viel Dunkelheit deprimierte mich.

Um die Lampe kaufen zu können, überlegte ich, meiner Tante anzubieten, ihr Haus zu putzen, das groß war und das sie immer gern blitzblank hatte. Sie sagte, sie wäre dankbar, wenn ich die Teppiche für sie ausklopfen könnte, eine schwere und unangenehme Arbeit, weil sie völlig verstaubt waren. Aber ich dachte nur an die Lampe und wie sich die Abende bei uns zu Hause verändern würden.

Als ich fertig war, erwartete ich, dass meine Tante mir etwas bezahlte, aber sie begleitete mich nur lächelnd zur Tür und bedankte sich. Wie frustriert und blöd ich mich fühlte! Fast kamen mir die Tränen. Letztlich bat ich meine Tante um das Geld, das ich brauchte, obwohl ich wusste, dass meiner Mutter das nicht gefallen würde. Erst wollte sie nicht, versprach es mir aber dann für die nächste Woche.

Als wir endlich unsere neue Lampe hatten, stellten wir sie mitten im Zimmer auf und warteten, dass es dunkel wurde und wir sie anzünden konnten; wir waren richtig ungeduldig und starrten ständig zum Fenster, ob es schon Nacht wurde. Ich nahm ein Streichholz und fragte meine Mutter ab und zu: »Soll ich sie schon anzünden?«

»Noch nicht, man sieht noch was.«

»... und jetzt?«

»Noch nicht!«

An diesem Abend vergaßen wir die alte Öllampe und versammelten uns rund um die neue Lampe. Meine Mutter schaute sie einfach nur an, ich schrieb und meine Schwestern zeichneten in die Notizhefte, die ich ihnen gekauft hatte. Es war wie ein Fest.

Doppelte Vorstellung

Die Sehnsucht nach Filmen war so groß, dass schon wenige Tage nach dem Sturz der Taliban einer der echten Kinosäle wiedereröffnete, in Shahr-e Nau, einem der moderneren Stadtviertel Kabuls. Bei der ersten Vorführung war das Kino bis auf den letzten Platz besetzt. Ich brannte nur so darauf, meine Bollywood-Stars in Riesengroß zu sehen und beim Rausgehen nach Herzenslust über den Film reden zu können. Am liebsten hätte ich einigen Freunden und Maruf vorgeschlagen, sofort hinzugehen, aber sicherlich würde es in dem Kino, einer derart wichtigen Attraktion in Kabul, viele Sicherheitskontrollen geben, damit niemand eindringen und ein Attentat verüben konnte. Zur damaligen Zeit gab es häufig Anschläge, die darauf abzielten, die neue Regierung zu destabilisieren. Vermutlich würde es Sicherheitskräfte geben, die die Zuschauer nach Waffen abtasteten, und das war zu riskant für mich. Deshalb verabredete ich mich mit meinen Freunden für eine Nachmittagsvorstellung, und ohne ihnen etwas davon zu sagen, beschloss ich, auch schon zu einer früheren zu gehen, um zu testen, ob für mich Gefahr bestand, enttarnt zu werden. Ich machte mich gleich morgens auf den Weg zum Kino. Während ich in der

Schlange stand, brach mir der Schweiß aus: Ganz wie ich es vermutet hatte, prüfte ein beleibter Bewaffneter, dass jeder der Eintretenden dies in guter Absicht tat. Zum Glück war er nicht allzu streng und tastete die Leute nicht vorne ab. Ich war gerettet.

Ich war noch nie in einem richtigen Kino gewesen. Bis vor Kurzem hatte ich noch nicht einmal genau gewusst, was das war, denn obwohl es vor den Taliban schon Kinosäle gegeben hatte, waren meine Eltern keine Kinogänger gewesen und hatten mich daher auch nie in eins mitgenommen. Maruf, der schon das eine oder andere Mal in Peschawar im Kino gewesen war – hinter dem Rücken seines Vaters, der aus religiösen Gründen dagegen war –, erklärte mir ein paar Dinge, damit ich nicht allzu geschockt wäre: »Der Saal ist riesig und voll mit Sitzen, und es ist stockdunkel da drin. Aber du brauchst keine Angst haben!«

Ich hatte absolut keine Angst: Ich genoss den Film aufs Höchste. Und am Nachmittag stand ich erneut in der Schlange, diesmal mit Samim und Sharif. Die beiden waren total aus dem Häuschen, obwohl sie wie Maruf in Pakistan aufgewachsen waren und ihnen daher nicht derart die Bilder vorenthalten worden waren wie uns Hiergebliebenen. Die beiden unterhielten sich lebhaft, während ich immer nervöser wurde, je näher wir dem Eingang kamen. Was, wenn der Wachmann meine Brüste bemerkte und mich vor allen bloßstellte?

Nach etwa zehn Minuten standen wir vor demselben

Mann, der mich schon am Morgen kontrolliert hatte. Er erkannte mich sofort: »Na sag mal, Junge, hat dir der Film so gut gefallen, dass du gleich am selben Tag noch mal kommst?«

Ich fuhr ihn wütend an: »Was redest du da? Ich hab dich noch nie im Leben gesehen!«

Ich wandte mich zu meinen Freunden um und verdrehte die Augen, als wollte ich sagen: »Der Mann spinnt, achtet nicht auf ihn.« Zum Glück hatte der Spinner viel Arbeit und wenig Lust auf Scherereien und hakte nicht weiter nach. Ich bezahlte zum zweiten Mal an diesem Tag die fünfzig Afghani Eintrittsgeld. Im Kinosaal, als alle im Takt der Musik zu klatschen und auf den Boden zu stampfen begannen, seufzte ich erleichtert auf.

In der Schule

Mit dem Lernen der Buchstaben kam ich schnell voran und wartete schon sehnsüchtig darauf, dass das Schuljahr anfing. Als es Frühling wurde, sendete das Radio Aufrufe der Regierung, mit denen die Familien motiviert werden sollten, ihre Söhne und Töchter einzuschreiben. Es war so weit! Maruf selbst schrieb einen Anmeldeantrag für mich, der so begann: »Ich, Zelmai, Sohn des Ghulam, bitte um Aufnahme in diese Schule.« Alles war perfekt, abgesehen davon, dass ich nicht als Zelmai – also mit einem Jungennamen –, in die Schule gehen wollte. Ich wollte als Mädchen lernen. Deshalb kaufte ich ein weißes Blatt Papier (zu Hause hatten wir keins) und versuchte, haargenau den Text zu kopieren, den Maruf geschrieben hatte, ersetzte jedoch »Zelmai« durch »Nadia«. Ich passte beim Abschreiben sehr gut auf, aber meine Handschrift war nicht schön, ich verschrieb mich und zerriss das Blatt schließlich; so musste ich am nächsten Tag noch eins kaufen und von vorn anfangen. Dieses Mal gelang es mir ein bisschen besser, ich faltete mein Schreiben sorgfältig zusammen und steckte es in einen braunen Umschlag, den ich neben mein Bett legte.

Am nächsten Tag beim Aufwachen galt mein erster

Blick dem Brief. So viele Hoffnungen steckten darin! Nachdem ich meinen Tee getrunken hatte, verstaute ich den Brief in meiner Westentasche – ein bisschen verknickt, aber nicht schlimm –, und fuhr mit dem Fahrrad zu der Schule, die ich mir ausgesucht hatte. Sie hatte einen guten Ruf und, fast noch wichtiger, sie lag weit genug von meinem Haus entfernt, sodass ich nicht fürchten musste, dass mich irgendwer erkennen würde. In meiner Nachbarschaft musste ich momentan – und vielleicht für immer – weiter Zelmai sein.

Von Weitem sah ich scharenweise Väter und Mütter, die in kleinen Grüppchen beisammenstanden und sich unterhielten; die Mädchen, schick hergerichtet unter ihren weißen Schulkopftüchern, rannten aufgeregt herum. Von der anderen Straßenseite aus sah ich dem Spektakel zu, noch auf meinem Fahrrad sitzend und möglichst unauffällig: Wie gern wollte ich dort drüben sein, ich wollte eins dieser sorglosen Mädchen sein, die gleich in ihre Klassenzimmer laufen würden!

Diese Hoffnung verwandelte sich bald in eine bittere Enttäuschung.

Ich wartete geduldig, bis die Schülerinnen ins Gebäude gegangen waren und die Elterngrüppchen sich aufgelöst hatten, erst dann trat ich näher. Nachdem sich alles beruhigt hatte, war der Moment gekommen, mich einzuschreiben. Es fehlte nicht mehr viel.

Als ich durch die Tür in den Eingangsbereich trat, sah ich eine Lehrerin: Sie trug keine Burka, dafür aber Lippenstift! Seit gefühlten Jahrhunderten hatte ich keine solche Frau mehr gesehen, sie kam mir wunderschön vor … Sie hingegen schien weniger fasziniert von meinem Anblick, sie machte ein erschrecktes Gesicht und unterdrückte einen Aufschrei, bevor sie Zuflucht suchend auf eine der Türen zurannte.

»Warten Sie einen Moment, bitte!«, rief ich.

Bamm! Sie knallte die Tür hinter sich zu und ließ mich allein zurück. Die Sache fing überhaupt nicht gut an.

Da ich nicht wusste, was ich tun sollte, blieb ich einfach in der Halle stehen, einige Minuten lang, die mir wie Stunden vorkamen. Bis ich sah, wie die Tür sich langsam öffnete, nur eine Handbreit, und dahinter das Gesicht der Lehrerin auftauchte, die feststellen wollte, ob ich noch da war. Ich nutzte die Chance und lief schnell auf sie zu, voller Angst, dass sie die Tür wieder zuschlagen könnte.

»Bitte, bitte! Ich möchte mit Ihnen reden, ich möchte lernen!«

Die Frau öffnete die Tür ein Stückchen weiter, keine Ahnung, ob aus Angst oder aus Mitleid. Ich versetzte mich in ihre Lage und sah mich mit ihren Augen: ein Junge in der Kleidung eines armen, heruntergekommenen Bauern, das Gesicht vom Feuer versehrt, der sich auf einer Mädchenschule vorstellt. Ein potenzieller Terrorist wie die, die fast täglich überall im Land Blutbäder anrichteten. Das Einzige, was nicht passte, war, dass ich weinte.

Ich trat noch ein Stück näher und versuchte meine überschäumenden Gefühle zu bändigen.

»Bitte.«

»Warte hier.«

Die Frau verschwand wieder, und ich wartete, wartete und wartete, nervös, weil ich nicht wusste, wie das alles enden würde. Nach einer langen Weile ließen sie mich in das Büro der Schulleiterin eintreten, wo auch die Sekretärin war.

»Was möchtest du, Junge?«

»Ich möchte lernen. Ich … ich bin ein Mädchen.«

Die Rektorin schwieg, als würde sie nachdenken. Die Sekretärin fragte misstrauisch: »Und warum ziehst du dich wie ein Junge an, he? Was möchtest du wirklich? Wer bist du? Warum gibst du dich als Junge aus?«

Und ich wiederholte die ganze Zeit immer wieder dasselbe: Ich möchte lernen, ich möchte lernen, ich bin ein Mädchen und ich möchte auf einer Mädchenschule lernen. Wir kamen nicht voran, und schließlich konnte ich die Anschuldigungen nicht länger ertragen. Ich gab auf: »Ich möchte nur lernen. Wenn ihr mich nicht wollt, dann gehe ich.«

»Dann geh doch«, antwortete die Sekretärin in triumphierendem Ton. Die Rektorin blickte ungerührt und fügte nichts hinzu.

Ich radelte zurück zum Feld, die Tränen verschleierten meinen Blick. Kurz bevor ich dort war, wischte ich sie weg, und als ich Bismillah traf, schaffte ich es, ihm mit fester Stimme zu kündigen.

»Das kann nicht sein, Zelmai, du gehörst doch praktisch zur Familie ... Heute scheinst du richtig wütend zu sein, aber das geht schon wieder vorüber. Warte und triff erst dann eine Entscheidung, wenn du dich wieder beruhigt hast, einverstanden?«

»Nein, tut mir leid, aber ich bin mir ganz sicher. Ich muss mein Leben verändern.«

Es fiel mir sehr schwer, nicht loszurennen, als ich aus diesem Haus wegging, das mich für so lange Zeit aufgenommen und ernährt hatte. Ich bereute meine Entscheidung nicht, aber ich war sehr traurig, weil ich Menschen hinter mir zurückließ, die ich sehr gern mochte und die für mich zu einer zweiten Familie geworden waren.

In meiner neuen Freiheit, die in diesem Moment einen faden Geschmack hatte, fuhr ich zum Mausoleum des heiligen Ali Malang. Es stand auf einem Hügel, und weil es dort sehr ruhig war und nur wenig Leute dorthin kamen, war es einer meiner liebsten Rückzugsorte, wenn ich zum Nachdenken allein sein wollte. Ich war so verzweifelt, als ich dort ankam, dass ich mich nur sofort unter einen Baum setzte und an nichts anderes denken konnte, als mein Leben gleich dort zu Ende gehen zu lassen.

Was hatte mir die ganze Anstrengung und die ganze Plackerei gebracht? Ich hatte unvorstellbare körperliche und seelische Schmerzen erdulden müssen, die mir eine glückliche und sorgenfreie Kindheit verwehrt hatten; ich hatte mich selbst verleugnet, um meine Familie zu ernähren; ich hatte reihenweise gute Menschen angelogen und getäuscht, um meine Lieben zu schützen, und jetzt, da es endlich in meiner Reichweite lag, aus diesem tiefen Loch herauszukommen, ließ man mich nicht.

Ich schloss die Augen und versuchte mich zu beruhigen, während ich auf das Ende all meiner Leiden wartete. Der Tod schien mir eine sehr tröstliche Vorstellung.

Doch ein Gespräch unterbrach meine Gedanken. Ganz in meiner Nähe sprachen ein paar Männer über die Sachen, die sie gerade gestohlen hatten. Plötzlich bekam ich Angst, dass sie vielleicht Wasser aus der Quelle neben mir trinken wollten. Ich musste wohl doch mehr am Leben hängen, als ich gedacht hatte, denn die Angst davor, dass sie mir etwas antun könnten, ließ mich aufschrecken und vertrieb meine Selbstmordgedanken.

Ich fuhr zurück nach Hause, müde, aber entschlossen, weiterzumachen. Und plötzlich ertappte ich mich, wie ich mit ein wenig Hoffnung an das Schweigen der Rektorin dachte. Ich durfte nicht aufgeben.

Am nächsten Tag fuhr ich wieder zur Schule und wartete auf den Schulschluss am Mittag. Dann ging ich direkt zu dem Büro, wo ich am Tag zuvor gewesen war. In meiner Jungenkleidung und als wäre nichts gewesen, hielt ich der Rektorin den Aufnahmeantrag hin. Zu meiner Überraschung sagte sie: »Lass uns reden. Du möchtest mit den Mädchen lernen?«

»Natürlich. Ich bin ein Mädchen.«

»Dann müsstest du dich aber wie ein Mädchen anziehen.«

»Was interessiert Sie es, wie ich mich anziehe?«

Es interessierte sie aber. Und für mich war das ein wunder Punkt. Ich explodierte.

»Warum macht ihr so viel Werbung dafür, dass die Leute etwas lernen sollen, wenn sie es dann doch nicht dürfen? Warum wollt ihr mir nicht helfen?«

Ich schlug so heftig auf den Glastisch, dass er nachgab und zerbrach. Mein Herz fühlte sich ebenso zersplittert an, und unter Rotz und Tränen begann ich ohnmächtige Drohungen auszustoßen: »Wenn ihr mich nicht lernen lasst, bringe ich euch um, ich lasse kein anderes Kind lernen, ich werde der Schlimmste von allen! Wenn ich böse werde, dann seid ihr daran schuld, weil ihr mich nicht lernen gelassen habt!«

Ich drehte mich halb weg und trocknete mir das Gesicht mit dem Turbanende. Da spürte ich die Hand der Rektorin auf meiner Schulter.

»Warte.«

Sie ließ mich wieder Platz nehmen und erklärte mir, dass sie mich lernen lassen würde, aber Angst davor hatte, dass die Familien der Schülerinnen ihre Töchter auf eine andere Schule schicken würden, wenn sie glaubten, ein Junge wäre mit ihnen in der Klasse.

»Wenn das passiert, komme ich nicht in den Unterricht, sondern nur zu den Prüfungen.«

»Sehr gut. So wird es keine Schwierigkeiten geben.«

Und auf diese Weise kehrte ich in die Schule zurück, acht Jahre, nachdem ich gewaltsam gezwungen worden war, sie zu verlassen.

Hefte und Fahrräder

Ich hatte großes Glück. Nach einer Aufnahmeprüfung wurde ich in die oberste Klasse der sechsjährigen Grundschule geschickt, in eine Gruppe von sieben Mädchen, alle etwa im selben Alter wie ich, die mich nicht nur akzeptierten, sondern mit der Zeit meine Freundinnen wurden. Wir lernten zusammen und lachten auch viel; wir spielten sogar gemeinsam im Klassenzimmer Ball, wobei wir den Staub von dem unbefestigten Boden aufwirbelten.

Meine Klassenkameradinnen kamen aus wohlhabenden Familien; in der Zeit, als die Taliban den Frauen die Bildung verwehrt hatten, hatten einige von ihnen Privatunterricht gehabt – zwei waren Lehrertöchter – und andere waren in Pakistan zur Schule gegangen. Ich war die einzige Autodidaktin, und auch die Einzige, die kein Geld hatte, um sich Hefte zu kaufen. Ich machte sie mir selber, indem ich Papier, das eigentlich für Tüten gedacht war und zu Kilopreisen verkauft wurde, zuschnitt und zusammennähte. Anfangs blickten die Lehrer argwöhnisch auf mein behelfsmäßiges Material, aber bald gewann ich ihren Respekt, weil ich sehr gute Noten erzielte – meine Freundinnen kopierten sich immer meine Notizen –, und ich bemühte mich, die Arbeiten sauber und in ordentlicher Handschrift zu erledigen.

Das mit den reichen Freundinnen hatte Vorteile. Ich verfeinerte meine Ausdrucksweise, die ruppig war wie die aller Feldarbeiter. Ich lernte Welten kennen, die mir unendlich fern schienen, wie die von Susan, die Englisch sprach, davon träumte, einen blonden, blauäugigen Ausländer zu heiraten und die Musik von Shakira toll fand; oder die von Mariam, deren Mutter – völlig anders als meine – als Apothekerin arbeitete und bei der zu Hause es allen möglichen Luxus gab, wie einen eigenen Fernseher in ihrem Zimmer, der mit elektrischem Strom funktionierte, zur damaligen Zeit in Privathäusern eine Seltenheit.

Es half mir auch, weil ich damals, obwohl mir die Schule Freude machte, wegen der wirtschaftlichen Situation bei uns zu Hause litt, und meine Freundinnen schenkten mir die kleinen Brote, die wir jeden Tag in der Schule bekamen. Sie waren zu sehr Besseres gewöhnt, als etwas anderes als richtiges Weißbrot zu akzeptieren. Und für mich und meine Familie war es eine Riesenunterstützung, täglich sieben kleine Brote zu bekommen. An vielen Tagen war es das Einzige, was wir aßen.

Zum ersten Mal gehörte ich einer Gruppe von Mädchen an, und das machte mich sehr glücklich, obwohl ich ein untypisches Mitglied war. Doch wenn ich aus der Schule rauskam und das weiße Kopftuch wieder durch den Turban ersetzte, kamen die Probleme auf einen Schlag zurück: Während meine Freundinnen nach Hause gingen, dort reichlich aßen und zu Videoclips von MTV Indien Mittagsruhe hielten, aß ich ein paar Bissen Brot und suchte nach Arbeit für den Nachmittag. Am leichtesten fand ich Jobs, um Brunnen zu reparieren. Daher kam ich jeden Tag müde, mit schmerzendem Körper und den Händen voller Blasen in die Schule, was mir das Schreiben erschwerte.

Die zurückhaltende, sanfte Mariam, eine meiner besten Freundinnen, merkte das: »Warum bist du so müde, Nadia?«

»Vom vielen Lernen …«

Mariam sah mich ungläubig an – wir hatten nicht viele Hausaufgaben –, nahm meine Hand und ich zuckte vor Schmerz zusammen. Ich wollte ihr lieber nichts von meinem Elend erzählen, aber sie wollte unbedingt wissen, wie ich die Nachmittage verbrachte.

»Warum lässt du das mit den Brunnen nicht sein und verkaufst stattdessen irgendwas? Das ist weniger gefährlich und auch nicht so anstrengend!«

»Tja, schon … Ich hätte gern eine kleine Fahrradwerkstatt, ich bin nämlich gut im Reparieren, aber sag du mir mal, woher ich das Geld nehmen soll, um einen Laden und das Material zu kaufen …«

Am nächsten Tag kam Mariam etwas zu spät in die Schule, als wir alle schon saßen und der Lehrer gerade hereingekommen war. Sie strahlte mich an und machte mir mit den Händen ein Zeichen, das heißen sollte, dass wir später reden müssten. Und als die Stunde zu Ende war, sagte sie es mir endlich: »Meine Mutter möchte dir das Geld für den Laden geben. Du sollst zu uns nach Hause kommen, damit ihr darüber sprechen könnt.«

Das Haus glich einem Palast. Von dem Moment an, als ich ins Wohnzimmer getreten war und gesehen hatte, dass auf dem großen Fernseher Zeichentrickfilme liefen, konnte ich den Blick nicht mehr vom Bildschirm lösen. Am liebsten hätte ich mich zu Mariams Schwestern aufs Sofa gesetzt, aber ich traute mich nicht.

»Nadia, hörst du mir zu?«

»Ja … nein, danke, ich möchte kein Geld«, antwortete ich, ganz hypnotisiert von den Bildern und ohne genauer darauf zu achten, was mir die Mutter meiner Freundin vorschlug. Deshalb schaltete sie den Fernseher aus, mit ernster Miene (die Mädchen wagten fast nicht zu protestieren), und zwang mich, sie anzusehen.

»Nadia, ich leihe dir das Geld, damit du deine Werkstatt einrichten kannst. Und wenn es dir möglich ist, wirst du mir das Geld zurückzahlen.«

Ich nahm an.

In den nächsten Tagen lief ich mit weit offenen Augen durch die Straßen und suchte nach einem passenden Ort für meinen Laden. In der breiten Straße, durch die ich jeden Tag auf dem Weg zur Schule fuhr, wurde ich fündig: eine sehr einfache Holzbude unter einem Baum, an dem ein Schild mit der Aufschrift »Zu verkaufen« hing. Es war eine viel befahrene Geschäftsgegend: Autos, Busse, Fahrräder, Esel, Kühe und Menschen schoben sich in einem unablässigen Strom vorbei. Es gab genug potenzielle Kundschaft.

Ich musste hart mit dem Besitzer verhandeln, der auch noch einen Secondhandshop für Möbel, Teppiche, Radios und so weiter hatte, doch schließlich einigten wir uns und unterzeichneten ein Dokument, das wir gleich an Ort und Stelle aufgesetzt hatten. Fast ohne es zu merken, war ich gerade Eigentümerin und Geschäftsfrau geworden. Ich rannte nach Hause und nahm alles mit, was mir für die Werkstatt nützlich schien: mehrere Schraubenzieher, eine Metallschüssel, in die ich Wasser füllen konnte, um zu prüfen, ob ein Loch im Schlauch war, und eine Obstkiste, auf die sich die Kunden setzen konnten, während sie warteten. Ich kaufte lediglich eine Luftpumpe, denn das Aufpumpen war eine anstrengende Arbeit. Das Schild »Fahrradreparaturen« malte ich mit Rohr und Tinte auf ein Stück Pappkarton, das ich auf der Straße gefunden hatte.

Am ersten Nachmittag kam nicht ein einziger Kunde, und ich verlor den Mut. Und wenn es nicht laufen würde? Zum Glück leisteten mir einige der Jungen von meiner Truppe vom Feld Gesellschaft.

»Nur die Ruhe, Kommandant! Bald bist du sicher reich!«

Am zweiten Tag verdiente ich fünf jämmerliche Afghani für das Aufpumpen eines Reifens, wovon ich noch die Kosten für den Tee abziehen musste, den ich dem Kunden angeboten hatte – einer der Jungen holte ihn von dem Teehaus an der Ecke. Wenigstens konnte ich die Pumpe einweihen.

Am dritten Tag bekam ich den ersten ordentlichen Auftrag: Ein junger Mann ließ mir sein neues Fahrrad da, bei dem die Kette gefettet werden musste. Rasollah, einer meiner »Lehrlinge«, half mir, und in ein paar Stunden hatten wir es fertig. Der Kunde war sehr zufrieden mit unserem Tempo und der guten Arbeit, und ich konnte zweihundert Afghani in die Kasse legen. An dem Tag bekam Rasollah das erste Trinkgeld.

In der Begeisterung des Moments beschloss ich, den Rest des Darlehens von Mariams Mutter in die Anmeldegebühr für einen Kalligrafiekurs zu investieren. In einem Land, in dem Computer noch immer fast eine Seltenheit sind – selbst Elektrizität ist ein Luxus für wenige –, wird das Schreiben mit guter Handschrift sehr geschätzt und hat für bestimmte Jobs einen wichtigen Stellenwert im Lebenslauf.

Wir hatten eine Stunde Unterricht pro Tag, mir machte es viel Spaß, und ich merkte bald, dass ich ein Händchen dafür hatte. Khalil, meinem Banknachbarn, ging es nicht so. Der Arme schwitzte, wenn er Wörter bilden musste, das war nicht seine Stärke. Hingegen war er ein Spezialist für die Mechanik von Fahrrädern. Das erzählte er mir einmal nach dem Unterricht, und es war ein Wink der Vorsehung für uns beide. Ich bat ihn, mir ein bisschen was beizubringen, aber er hatte eine bessere Idee.

»Was hältst du davon, wenn wir uns zusammentun?

Du könntest dich um den Laden kümmern, wenn du aus der Schule kommst, wie jetzt auch, und ich würde vormittags arbeiten. So haben wir immer auf und verlieren keine Kunden. Ich kann Werkzeug beisteuern, das uns sehr nützlich sein wird. Und den Verdienst teilen wir halbe-halbe. Mechanik kann ich dir ein bisschen beibringen, und du zeigst mir dafür Kalligrafie. So spare ich das Geld für den Kurs. Ich habe gerade geheiratet, meine Frau ist schwanger und wir sind sehr knapp bei Kasse ...«

Khalil erwies sich als exzellenter Geschäftspartner. Ehrlich und fleißig wie er war, wurde er sofort zur Stütze des Ladens, und gerechterweise muss man sagen, dass er das meiste Geld verdiente, doch er beschwerte sich nie. Der Laden hielt uns jedoch nur gerade so über Wasser, und den Kredit konnte ich nie an Mariams Mutter zurückzahlen.

Das Fahrrad

Nach den Kalligrafiestunden begann ich dann mit Englischunterricht – dank der Fürsprache meines Freundes Maruf, der fest entschlossen schien, einen gebildeten Menschen aus mir zu machen, ohne weitere Kosten für mich. Leiter und Inhaber der kleinen Sprachschule war sein Freund Wais.

Nach der ersten Stunde, mein Kopf schwirrte noch vor lauter *I am*, *you are*, *he is*, *she is*, und ich staunte über all das Neue, was ich da lernte, und die Versprechen, die es barg – die Welt außerhalb Afghanistans funktionierte auf Englisch und ich wollte das unbedingt können –, kam Wais zu mir.

»Wie fandest du die Stunde? Willst du weitermachen?«

»Ja, auf jeden Fall, es hat mir sehr gut gefallen, danke …«

»Wo wohnst du, Zelmai?«

Unter anderen Umständen hätte die Frage mich alarmiert. Ich hinterließ lieber nirgends Spuren, das war sicherer. Aber Wais war ein Freund von Maruf, es machte keinen Sinn zu lügen oder auszuweichen. Also antwortete ich ihm und fühlte mich unerwartet erleichtert, jemandem vertrauen zu können.

Wir lebten beide im selben Viertel, und er schlug vor, gemeinsam mit den Rädern heimzufahren. Auf der Fahrt lenkte er sein Rad mit großer Präzision; ich kam nur schlenkernd und unsicher voran und musste immer wieder anhalten, um nicht mit irgendwem zusammenzustoßen – zu Wais sagte ich jedoch, ich wolle nur jemandem die Vorfahrt überlassen. Tatsächlich fand ich es überhaupt nicht witzig, dass ich immer noch nicht so gut fahren konnte, obwohl ich das Rad schon lange hatte und es mit Abstand mein wertvollster Besitz war.

Ich hatte es aus einem Impuls heraus an einem Tag gekauft, als ich mich – mal wieder! – über den Sohn meines Chefs geärgert hatte. Diesmal hatte er mich geschlagen, weil mir die Kühe ausgebüxt waren. Stocksauer und gedemütigt hatte ich beschlossen, ihn einfach stehen zu lassen. Ich vertraute darauf, dass Herr Bismillah mich bitten würde, zurückzukommen, wenn er davon hörte. So wie bei dem Mal, als ich abgehauen war und einen Tag lang für die Taliban gekocht hatte. Deshalb machte ich mir gar nicht erst die Mühe, nach einer anderen Arbeit zu suchen: Ich nahm das Geld, das Amid mir für den Tag gab, und ging ins Zentrum. Beim Herumschlendern kam ich durch die Straße, wo sich die Leute hinstellen, die ihr Fahrrad verkaufen wollen. Und plötzlich hatte ich es klar vor Augen: Ich würde eins kaufen! In Kabul ist das Fahrrad mit Sicherheit das Hauptverkehrsmittel, denn nur die wenigsten haben ein Auto; deshalb würde es mir äußerst nützlich sein, um mich in der Stadt zu bewegen. Und auch mein Ansehen würde dadurch ein bisschen aufpoliert werden.

Ich feilschte lange und handelte einen guten Preis für ein hübsches Rad aus. Es war grau-metallic und hatte, wie viele Fahrräder, hinter dem Sattel noch einen Sitz, auf dem man einen Passagier mitnehmen konnte. Der Verkäufer wollte mich zu einer Probefahrt ermutigen, aber ich tat so, als sähe ich es mir sehr genau an und sei damit bereits zufrieden.

Ich nahm das Rad schiebend mit und freute mich wie ein Schneekönig. Als ich schon fast zu Hause war, hörte ich die Rufe von meinen Freunden vom Feld: »Wow, Kommandant! Du hast ein Fahrrad! Zeig uns mal, wie es fährt!« Während sie angerannt kamen, um es zu bewundern, bückte ich mich schnell, drehte das Ventil auf und ließ die Luft aus dem Reifen. So hatte ich eine gute Entschuldigung, um nicht vor den Kindern aufsteigen zu müssen, auf die ich gern Eindruck machte. Seit dem Dreirad, das mein Vater mir geschenkt hatte, als ich klein war, hatte ich kein Gefährt mit Rädern mehr benutzt, und ich hatte Angst, mich lächerlich zu machen. Sie hingegen, die alle viel kleiner waren als ich, konnten problemlos Fahrrad fahren.

Am nächsten Tag stand ich noch in der Nacht auf und ging zum Üben auf die verlassenen Straßen. Zum Aufsteigen nahm ich einen großen Stein zur Hilfe, und dann versuchte ich Hände und Füße zu koordinieren, um ein Stück vom Fleck zu kommen. Ich hätte nicht gedacht, dass das so schwer sein würde: Ich fiel Dutzende, Hunderte Male, bevor ich es schaffte, das Gleichgewicht zu halten. Als es hell wurde, waren meine Knie völlig aufgeschürft und das Rad ein bisschen verschrammt, aber ich konnte nun schon in die Pedale treten, ohne herunterzufallen. Mein Problem war, dass ich noch nicht so gut anfahren konnte, und vor allem wusste ich nicht, wie ich vom Rad runterkam. Ich fuhr bis ins Zentrum, zum Fußballplatz, und dann wieder zurück, direkt zur Arbeit. Auf dem Weg brachte ich einen Mann mit einer Kiste Bananen zu Fall und stieß mit einer weiteren Frau zusammen, aber ich konnte es mir nicht erlauben anzuhalten und entfloh ihren Klagen und Flüchen. Ich war glücklich!

In der Nähe des Feldes kam ich an Herrn Bismillah vorbei, und mir blieb nichts anderes übrig, als so gut wie möglich abzubremsen.

»He, Zelmai! Warum bist du heute nicht pünktlich zur Arbeit gekommen?«

»Hat Amid Ihnen nichts gesagt? Es tut mir leid, Onkel, aber er hat mich gestern richtig schlecht behandelt und mich geschlagen. So möchte ich nicht zurückkommen.«

»Nein, Mann, geh nicht! Mein Sohn ist ein solcher Rüpel! Ich rede mit ihm, aber du bleib. Komm rein, trink ein Glas Milch, und später kannst du mit uns essen.«

Während wir noch sprachen, kam Amid hinzu, und sein Vater warf ihm einen wütenden Blick zu.

»Amid, morgen kommt Zelmai wieder zu uns zum Arbeiten, und es muss sich etwas ändern. Hast du sein Fahrrad gesehen?«

»Ja … Glückwunsch, Zelmai.«

Alles lief besser als erwartet.

In den nächsten Tagen kümmerte ich mich darum, das Fahrrad gründlich zu verschönern: Ich beklebte es mit glitzerndem Papier, band ein grünes Band daran, das bei hohem Tempo im Fahrtwind flatterte, und ich kaufte sogar eine Klingel, die eine Melodie von sich gab, die den alten Leuten im Viertel nicht gefiel, mich jedoch begeisterte. Ich klingelte, und sofort wusste jeder, dass Zelmai gekommen war …

Im Winter bastelte ich mir aus Plastikschnüren eine Art »Kette« für die Reifen, um auch im Schnee von der Stelle zu kommen. Mein Fahrrad war unverwechselbar.

Mit der Zeit lernte ich, Passagiere mitzunehmen, und oft musste ich meine Cousinen zum Arzt fahren oder holte Bekannte ab, die auf den Bus warteten oder kein Geld für ein Taxi hatten. Manchmal transportierte ich sogar zwei Personen auf einmal.

Doch als ich Jahre später neben Wais entlangradelte, merkte ich, dass ich eine sehr plumpe Art hatte, mein Rad zu lenken. Und auch das wollte ich besser machen.

Die Liebe kommt

In der zweiten Englischstunde verliebte ich mich.

Als ich in das moderne Klassenzimmer mit Wänden aus Beton kam, setzte ich mich auf den einzigen noch freien Stuhl. Neben mir saß ein junger Mann, der beim letzten Mal nicht dabei gewesen war. Mein erster Gedanke über ihn war, dass er wohl sehr schüchtern sei, weil er meinen Gruß so undeutlich erwiderte.

Gewöhnt an das normalerweise ruppige Auftreten der Männer, fiel mir diese Art auf, und ich beobachtete ihn heimlich so oft wie möglich. Er war schlank und hübsch, hatte sehr helle Haut, eine Stupsnase und große, ausdrucksstarke Augen. Er war sehr gut angezogen, eine dunkelblaue Hose und dazu ein himmelblaues Hemd, beides ordentlich gebügelt. Ihm fehlt nur noch das Jackett ... Doch seine Hände sahen nicht so aus wie bei den meisten anderen, die, wie zum Beispiel Maruf, aus einer wohlhabenden Familie kamen: Er hatte Schwielen, wie jemand, der mit den Händen arbeitet. Englisch schien ihm nicht besonders leicht zu fallen, aber er bemühte sich. Er wirkte etwas älter als ich, die ich gerade siebzehn geworden war.

Nach der Stunde stellte Wais mir Ajmal als gemeinsamen Freund von ihm und Maruf vor. Sie machten ein paar Witze, und dann drehte Ajmal sich lächelnd zu mir um und sagte: »Du hast eine sehr schöne Handschrift.«

Das traf mich ins Herz.

Minuten später erzählte Wais mir auf unserer gemeinsamen Fahrt nach Hause, dass Ajmal sich zusammen mit seinem Bruder um einen Schusterladen kümmerte. Er musste viel arbeiten und hatte deshalb nur wenig Zeit zum Lernen, und Wais unterstützte ihn dabei. Er erzählte mir auch, dass sie sich freitags normalerweise mit einem weiteren Freund verabredeten, um gemeinsam eine Runde zu drehen oder etwas trinken zu gehen, und wenn ich wollte, könnte ich mich ihnen anschließen. Ich sagte zu, nur mühsam meine Aufregung verbergend.

Am Freitag verabredeten wir uns für nach dem Abendgebet vor dem Eingang einer Moschee unweit der Englischschule. Und dort lernte ich den Letzten aus der Gruppe kennen: Afzal. Sympathisch, klug und witzig, war er derjenige, der mit seinen Studien am weitesten war, mal abgesehen von Maruf, der schon etwas älter war. Neben der Schule arbeitete er als Schneider in einem Laden, zusammen mit dem Mann, der ihm das Handwerk beigebracht hatte.

Wie der Rest trug auch er westliche Kleidung: Jeans und Hemd, das Haar sauber und gut geschnitten, und ohne irgendeine Kopfbedeckung. Ich hingegen hatte dasselbe an wie immer: alte Kleidung in dunklen, gedeckten Farben, mit dem Turban, der mein Gesicht umfasste, so wie ihn die armen Leute vom Land trugen. Ich fühlte mich unwohl, doch sie schienen das nicht zu merken, und Maruf schlug vor: »Wollen wir Hamburger essen gehen?«

Instinktiv überschlug ich, wie viele Afghani ich an diesem Tag verdient hatte, und begann mir eine Ausrede auszudenken, damit ich sie nicht begleiten müsste.

»Das geht auf mich. Ich bin mal wieder dran«, meinte Ajmal.

Afzal nahm uns in seinem weißen Corolla mit, eins seiner vier Autos, denn sein Vater hatte ein kleines Taxiunternehmen. Von uns allen hatte nur er eine richtige Fahrerlaubnis, aber die anderen hatten – wie auch ich später – eine Fotokopie seines Führerscheins in der Tasche, auf die jeder sein eigenes Foto geklebt hatte. Damit fuhren wir ohne Probleme. Wenn uns ein Polizist anhielt, sahen wir das einfach wie eine Mautzahlung: Wir zahlten das entsprechende Bestechungsgeld und fuhren weiter. Mehr war nicht nötig.

Ich war noch nie in einem Burgerladen gewesen. Soweit ich zurückdenken konnte, hatte ich noch nicht einmal je einen Hamburger gegessen, und ich konnte mich auch nicht an das letzte Mal erinnern, dass ich in einem Restaurant gewesen war, falls ich überhaupt jemals in einem gewesen war. Seit ich die Verbrennungen davongetragen hatte, ließ man mich an vielen Orten nicht mehr rein, man misstraute meinem Äußeren. Ich fürchtete, dass der Wachmann des Burgerladens mich vor meinen neuen Freunden blamieren könnte, indem er mich nicht hereinließ, aber es lief alles wie am Schnürchen. Diese Gruppe gut angezogener und wohlgenährter junger Männer, fröhlich und unbesorgt, wurde überall freundlich empfangen, und mich hatten sie – warum auch immer! – mit aufgenommen. Ich sprach nicht wie sie, ich zog mich nicht an wie sie, uns bewegten nicht dieselben Dinge, und dennoch wurde ich zu einem Mitglied ihrer Gruppe.

Ich weiß nicht, was sie in mir sahen, aber ich wusste genau, was mir an ihnen gefiel: Sie brachten mir eine neue Art zu leben bei, solidarisch, ohne Vorurteile, Vorwürfe oder Verpflichtungen, wobei jeder sich auf die anderen verlassen konnte. Sie fragten mich nie, warum mein Körper verbrannt war, wie es sonst oft geschah, und sie legten sich auch nicht mit mir an, weil ich nicht mit der Mode ging; vom ersten Moment an nahmen sie vorbehaltslos den Zelmai auf, der ich war – und nicht war. Wenn es jemand wagte, mich schief anzusehen, waren meine Freunde zur Stelle und verteidigten mich. Zum ersten Mal machte ich Sachen, die normal für einen Jugendlichen waren, und ich war nicht mehr allein.

So war ich also durch den simplen Umstand, mit Maruf, Wais, Ajmal und Afzal unterwegs zu sein, nicht länger unsichtbar, und die Leute fingen an mich wahrzunehmen, auch über den Turban und die entstellte Haut hinaus. Nach und nach kam ich an Orte, wo man mich bisher nicht über die Schwelle hatte treten lassen, und ich war überrascht, auf Menschen zu treffen, die sich freundlich und ohne das Gesicht zu verziehen mit mir unterhielten. Einer davon war ein Apotheker, ein Freund von

Ajmal, den wir oft zum Teetrinken besuchten. Ich, die ich nie in irgendeine Apotheke hineingedurft hatte, wurde nun lächelnd empfangen und man bot mir einen bequemen Stuhl an. Da saß ich dann und hörte zu, wie sie über Medizin und Krankheiten sprachen, mit ebensolchem Genuss, als würde mir jemand eine Liebesgeschichte erzählen.

Und immer wieder überraschte mich, wie wohlerzogen sie waren. Wais und Ajmal sprachen sehr respektvoll und förmlich miteinander, obwohl sie schon ihr Leben lang eng befreundet waren. Ich konnte kaum glauben, dass sie das nicht nur aus Spaß machten, sie waren immer so. Zehntausend Mal pro Tag kamen aus ihren Mündern Worte wie »danke«, »bitte«, »nach dir«, »Meister« … Ich wusste nicht, ob ich lachen oder mitschreiben sollte, es war jedenfalls ganz anders als bei mir zu Hause, wo nicht so viel Aufhebens um die Dinge gemacht wurde.

Meine Freunde lernten ebenfalls eine neue Welt kennen, dank meiner Erzählungen gleich vom ersten Abend an in dem Burgerladen. Während ich Schluck für Schluck an meiner Pepsi nippte und aus dem Fernseher im Lokal die Musik eines Bollywood-Films dröhnte, brachte ich sie mit meinen Geschichten von den Späßen zum Lachen, mit denen wir uns bei der Arbeit auf dem Feld die Zeit vertrieben. Ihnen kamen meine Erlebnisse fast exotisch vor, und ich war glücklich, als ich merkte, dass sie nicht darauf herabsahen, sondern mich sogar baten, ihnen noch mehr Abenteuer zu erzählen.

Während ich ihre Bildung bewunderte, genossen sie es, mir zuzuhören, wie ich von den Gesprächen erzählte, die ich mit Lala auf dem Feld führte. Eine unserer üblichen – und uns am meisten verhassten – Aufgaben war es, menschliche Exkremente aus den Latrinen der Nachbarschaft einzusammeln, um sie als Dünger zu benutzen. Wir mussten sie auf eine Schubkarre laden, und oft spritzte das. Wir nahmen es mit Humor und nannten die Kacke »Bomben« und die Spritzflecken »Kugelsplitter«: »Was, Lala? Wie viel Kugelsplitter hast du heute abbekommen? Wie viele Bomben hast du eingesammelt?« Für meine neuen Freunde war das, von einem Betroffenen wie mir kommend, der reinste schwarze Humor, aber so gingen wir, die wir keine so gute Erziehung genossen hatten, auf dem Feld miteinander um.

Mir war klar, dass ich ihnen nicht alles erklären konnte. Und weil ich ohnehin gezwungen war, in den wichtigen Dingen zu lügen, störte mich das überhaupt nicht. Ich lieferte ihnen eine versüßte Version meines Alltags, weil ich nicht wollte, dass sie Mitleid mit mir hatten. Statt ihnen zu erzählen, dass wir Hunger litten, erzählte ich, dass ich wenig verdiente, wir aber mehr als genug zu essen hatten. Ich ließ sie auch glauben, dass ich noch weitere Brüder hatte, die Geld verdienten – eine häufige Lüge –, dass ich aber arbeitete, weil ich keinem zur Last fallen wollte. Ich schmiedete das Bild eines unabhängigen Jungen mit eigenen Vorstellungen, der bereit war, die nötigen Anstrengungen zu unternehmen, um seine Ziele zu erreichen, und das weckte in ihnen große Achtung vor mir, weil sie alle stark von ihren Eltern abhingen.

Wir sahen uns so oft wie möglich, doch es gab Orte, an die ich sie nicht begleiten konnte, wie zum Beispiel die öffentlichen Bäder. Meine Freunde verabredeten sich gern dort, und ich sagte immer, dass ich das nicht mochte, weil es da schmutzig sei und ich mich lieber zu Hause wusch. Aber an einem Tag ließ ich es darauf ankommen und ging mit ihnen in ein privates Bad. Der Unterschied war, dass dort nicht alles im Stil der arabischen Bäder in einem großen Gemeinschaftsraum eingerichtet war, sondern es einzelne Duschen gab. Genau wie meine Freunde zahlte ich am Eingang für ein Tütchen Flüssigseife und einen Waschlappen, aber als ich in meiner Kabine war, traute ich mich nicht, mich auszuziehen, aus Angst, dass einer meiner Freunde aus Quatsch von der Nebenkabine zu mir reinschauen könnte. Ich krempelte mir nur die Hose hoch, damit man von draußen meine nackten Füße sehen konnte, und machte mir den Kopf nass.

Dabei litt ich mehr, als dass ich es genoss, aber von da an versuchte ich jede Woche das Bad zu besuchen, wobei ich stets die Zeiten mied, zu denen ich Freunde aus meiner Gruppe treffen könnte. Möglichst ging ich genau dann hin, bevor ich mich mit ihnen woanders verabredet hatte, damit sie merkten, dass ich gerade frisch geduscht hatte. Eine weitere Geste, um meine »Männlichkeit« zu betonen. Eine Geste wie die, als ich den Vorhang, der in dem Burgerladen die Jungen von den Mädchen trennte, ein Stück weit beiseiteschob, um das erstaunte Lachen meiner Freunde und die Proteste der Mädchen zu hören.

Was mich aber eigentlich wirklich elektrisierte, war zu spüren, wie Ajmals Blick auf mir ruhte.

Institut

Dieses Jahr veränderte alles. Zum ersten Mal spürte ich, dass es Leute gab, die mich bewunderten: meine Lehrer und meine Klassenkameradinnen, und meine neuen Freunde. Und das gab mir Kraft zum Weitermachen, trotz der Schwierigkeiten, die ich immer noch hatte, jeden Tag für die ganze Familie genug zum Essen zu beschaffen.

Im November, dem Zeitpunkt, zu dem das Schuljahr in Kabul zu Ende geht, bekam ich meinen Grundschulabschluss, den man in Afghanistan normalerweise nach der sechsten Klasse erhält. Nach den Winterferien begann ich die weiterführende Schule an einem Institut in dem ruhigen und wohlhabenden Viertel, wo meine Freundin Mariam lebte. Am ersten Tag stoben alle hysterisch kreischend auseinander, als ich in die Klasse trat. Manche der Mädchen schrien sogar: »Ein Teufel ist in der Schule!« Und statt die Stimmung zu beruhigen und mir zu helfen, brüllte die Lehrerin: »Wer hat jemanden mit so schlimmen Verbrennungen reingelassen? Das gefährdet die psychische Gesundheit der Mädchen!«

Die Rektorin hörte das Geschrei und kam erschrocken nachsehen, was los war. Ihr Urteil war grausam: »Los, geh weg! Du erschreckst die anderen.«

Ich fühlte mich wie Frankenstein, als wäre ich ein grauenerregendes Monster. Alle Kraft wich aus mir, völlig entmutigt schleppte ich mich aus der Schule und konnte kaum die Hefte halten, die ich mir mit so großer Vorfreude gebastelt hatte.

Am nächsten Tag kam ich wieder, ohne große Hoffnung, dass es besser laufen würde. Um das Geschrei zu vermeiden, ging ich direkt ins Klassenzimmer, statt an der Zeremonie teilzunehmen, die jeden Morgen auf dem Schulhof stattfand, und die ganze Zeit betete ich darum, dass sie mich diesmal akzeptieren würden, doch so war es nicht: Die Mädchen rannten wieder schreiend raus, als ginge es ihnen gleich an den Kragen, und sagten, dass sie mich nicht dahaben wollten. Schluchzend bat ich sie zu bleiben und sagte, ich würde stattdessen selber gehen. In meiner Verzweiflung setzte ich mich im Flur auf den Boden. Ein großer Kreis schaulustiger Mädchen umringte mich, während ich unkontrolliert schluchzte und mich vollkommen verloren fühlte, und so unendlich müde … Plötzlich spürte ich eine Umarmung. Es war die Tante meiner Freundin Mariam, die an dem Institut unterrichtete und mich erkannt hatte. Selbst ganz aufgewühlt erklärte sie allen, wer ich war, und betonte, dass ich eine gute und kluge Person sei. Nach und nach senkten die Mädchen den Blick und ich kam langsam wieder zu Kräften. Ein paar Minuten später löste sich die Gruppe von Gafferinnen auf und die Atmosphäre beruhigte sich. Nur ein Mädchen blieb bei mir zurück, sie machte mir Mut und bot mir ihre Freundschaft an. Sie ging in eine höhere Klasse und hieß kurioserweise ebenfalls Mariam.

Von da an konnte ich einigermaßen ruhig in den Unterricht gehen. Meine Klassenkameradinnen waren bemüht, keinen Kontakt mit mir zu haben, doch sie flohen nicht mehr panisch, wenn sie mich hereinkommen sahen. Sie merkten sehr bald, dass ich harmlos war und wirklich nur lernen wollte, und schließlich gewöhnten sie sich an meine Anwesenheit. Auf dem Schulhof war das aber ganz anders. Dort stieß ich weiter auf die heftige Ablehnung, die ich an den ersten beiden Tagen erlebt hatte. Die Mädchen kreischten und rannten weg, wenn sie mich kommen sahen, und wenn ich am Brunnen trank, mieden sie ihn, als hätte ich die Pest.

Das war eine der härtesten Phasen meines Lebens. Es war, als würde jemand zu mir sagen: »Was, hast du etwa gedacht, deine Probleme wären gelöst und alles würde gut für dich werden? Was hast du denn geglaubt?« Es war, als wäre mit dem Vorjahr, das so süß gewesen war, mein Quantum an Glück aufgebraucht. Jetzt musste ich wieder zu meinem angestammten Verhalten zurückkehren: darum zu kämpfen, dass man mir wer weiß welche Sünden vergab, die ich nie begangen hatte. Ich hatte einen Schritt nach vorn getan, und jetzt ging es wieder zwei nach hinten. Es brachte mich zum Verzweifeln.

Ein halbes Jahr, nachdem ich dieses üble Schuljahr begonnen hatte, erlebte ich im Physikunterricht eine besonders beschämende Situation.

Als die Lehrerin hereinkam, standen wir wie üblich alle auf, um sie zu begrüßen, und setzten uns anschließend wieder hin. Doch an diesem Tag zeigte die Lehrerin auf mich.

»Du, steh auf.«

Bitte, nicht schon wieder. Konnte ich nicht einmal unbemerkt durchrutschen, und sei es auch nur für einen Tag?

»Du weißt ja, das hier ist eine Schule für Mädchen. Wenn du bleiben möchtest, musst du beweisen, dass du auch eins bist, denn wir glauben dir nicht. Zieh dich aus.«

Es war, als hätte sie mir mit der Faust ins Gesicht geschlagen. Tatsächlich spürte ich einen scharfen Schmerz, jedoch nicht im Gesicht, sondern im Herzen.

»Das kann ich nicht, es tut mir leid. Vor allen anderen kann ich das nicht.«

Sechzig Augenpaare waren auf mich gerichtet, sechzig ungeduldige Gesichter, und in ihren Köpfen ratterte die Frage: ›Tut sie's oder tut sie's nicht?‹

»Lieber höre ich auf zu lernen, bevor ich mich vor allen anderen ausziehe.«

»Dann kannst du jetzt gehen.«

Ich packte meine Sachen zusammen und ging zur Tür, während ich – o Wunder! – hörte, wie einige meiner Klassenkameradinnen der Lehrerin vorwarfen, mich auf solche Art zu demütigen.

Ich fühlte mich sehr schwach. Als Zelmai hätte ich diese grausame Frau geschlagen, aber als Nadia konnte ich nichts tun. Und die Wut und die Ohnmacht erschöpften mich.

Die Lehrerin folgte mir nach draußen, aber nicht, um sich zu entschuldigen. Ihr Ton war jedoch sehr viel versöhnlicher, vielleicht dank der Beschwerden meiner Mitschülerinnen, als sie mir einen Vorschlag machte:

»Was hältst du davon, eine Zusammenfassung deines Lebens für mich zu schreiben? Ich mache Fotokopien davon, und dann werden alle endgültig wissen, warum du verkleidet herumläufst und was mit deinem Körper passiert ist.«

Mir gefiel der Gedanke gar nicht, dass das Papier irgendwem in die Hand fallen könnte, der mich als Junge kannte und eins und eins zusammenzählen würde. Ich musste mein Doppelleben aufrechterhalten, konnte mich jedoch auch nicht verweigern, und so brachte ich an jenem Abend ein paar Zeilen zu Papier, um ganz knapp meine Geschichte zu erzählen.

Der Einfall funktionierte nicht: Meine Schulkameradinnen änderten ihre Einstellung nicht von einem Tag auf den anderen. Doch eine Woche später kam die Lehrerin ganz aufgeregt zu mir: »Nadia, weißt du, wer letzten Freitag bei mir zu Hause zum Abendessen war? Ein Freund meines Mannes, ein Filmregisseur …«

Warum erzählte sie mir das?

»… und als ich ihm deine Geschichte erzählt und ihm gezeigt habe, was du geschrieben hast, hat er sich sehr dafür interessiert, dich kennenzulernen.«

Das hatte ich befürchtet. All das lief mir aus dem Ruder und machte mir große Angst. Sie meinte beharrlich, dass ich ihn treffen müsse, aber ich blieb dabei, dass ich nicht wolle und dass er bitte nichts über mich sagen solle.

Einige Jahre später erfuhr ich, dass ein Film herausgekommen war, der ein wenig an mein Leben erinnerte. Mein Freund Wais erzählte mir davon, wie von einer Merkwürdigkeit: »Hast du gehört, dass jemand einen Film über ein afghanisches Mädchen gemacht hat, das sich als Junge ausgibt?«

Mein Herz setzte einen Moment lang aus, aber ich reagierte geistesgegenwärtig: »Was glaubt der Typ denn, dass wir dumm sind? Falls das jemand tun würde, würden wir das doch sofort merken! Hat das Mädchen keine Brüste?«

Wais kam es auch unmöglich vor: »Nein wirklich, klar ...«

Und ich wechselte das Thema.

»Das ist alles reine Fantasie, wie in den Bollywood-Filmen. Wenn ich ein als Junge verkleidetes Mädchen sehen würde, wüsste ich es sofort.«

Ich kam durchgeschwitzt vor Nervosität zurück nach Hause. Und hatte überhaupt keine Lust, mir diesen Film anzusehen, der so viel von mir enthielt. Er hieß *Osama* und würde bald einen Haufen internationaler Preise gewinnen, aber er hatte ein dramatisches Ende.

Ausländer

Europa und Amerika waren für uns andere Planeten. Alles, was über Pakistan, Iran oder allenfalls noch Indien hinausging, war unbekanntes Terrain, geheimnisvoll und verlockend. Die Ausländer, die nach Afghanistan kamen, trafen zugleich auf Misstrauen wie auf enorme Neugier und Respekt. Wenn ein Fremder an uns Interesse zeigte, mit uns zu tun haben zu wollen, fühlten wir uns geehrt. Es hob uns von den anderen ab, brachte uns aber auch Probleme mit der Polizei und manchen Nachbarn ein. Ich erlebte das alles, weil ich unbeabsichtigt vielen Journalisten auffiel, die auf der Suche nach eindrucksvollen Geschichten für ihre Medien in meine Heimat kamen. Sehr häufig waren es die Lehrer an meiner Schule, die die Aufmerksamkeit auf mich lenkten. Ich war bei den Ausländern richtig in Mode. Am Ende fühlte ich mich wie die Frau mit Bart im Zirkus, so ziemlich das Letzte, was ich wollte.

Wir waren mitten im Naturkundeunterricht, als wir wieder einmal Schritte im Gang hörten und die aufgeregte Stimme der Sekretärin meinen Namen sagte. Ich ließ den Kuli los. Schon wieder dasselbe.

Die Frau klopfte und trat hastig ein, ohne auf eine Antwort zu warten: »Fräulein Nur, Fräulein Nur! Kann Nadia rauskommen? Hier sind Ausländer, die sie sehen möchten!«

Die Sekretärin schaute mich mit sehnsüchtigem Blick an, und der Rest der Klasse starrte ebenfalls zu mir, während ich mich ohne Eile erhob. Alle naslang dieselbe Leier: Möglichst einnehmend lächelnde Ausländer, die mich fotografieren wollten und mich nach meinem Leben ausfragten. Anfangs sagte ich Ja zu allem, weil ich noch glaubte, sie seien die Verkörperung von wichtigen, klugen, reichen, berühmten Leuten ... so etwas wie ein überlegener Menschenschlag, Fremde, denen wir schon allein deshalb dankbar sein mussten, weil sie sich für uns interessierten. Ich kam gar nicht darauf, dass es auch unter ihnen Personen geben könnte, die unwissend, gemein oder selbstsüchtig waren. Wenn sie mir Fragen stellten, ging ich davon aus, dass sie aufrichtiges Interesse an meinem Fall empfanden. Wenn sie mich fotografierten, glaubte ich, das sei für ihr persönliches Fotoalbum, das sie zu Hause stolz zeigen wollten. Doch nach und nach begriff ich, dass die meisten der Ausländer, die mich besuchen kamen, Journalisten waren, die den Auftrag hatten, aller Welt ihre Fotos von mir zu zeigen und meine Geschichte zu erzählen. Sie logen mich schamlos an, sagten, was ich hören wollte, mit der absoluten Komplizenschaft der Lehrer, die – weil ich noch kein Englisch konnte – ungefragt als meine Repräsentanten und Dolmetscher auftraten und denen es wichtiger war, mit aufs Foto zu kommen als mich zu schützen: »Sei ganz ruhig, er sagt, dass er es niemandem erzählen wird und die Fotos nur für seine Familie sind …«

Als ich kapiert hatte, um was es bei diesem Spiel der Journalisten ging, stellte ich mich dafür nicht mehr fröhlich zur Verfügung. Ich traute mich nicht, mich offen zu weigern, bat sie jedoch, mich in Frieden zu lassen, und fing an zu weinen. Manche spornten meine Tränen nur noch mehr an, weil sie der Situation mehr Dramatik verliehen, und sie hatten kein Problem damit, weiter auf den Auslöser ihrer Kameras zu drücken. Meine Klassenkameradinnen schauten mich neidisch an, weil es ihnen zufolge so wichtig war, dass die Fremden nach mir fragten. Es brachte nichts, sie umstimmen zu wollen.

Ich lernte Männer und Frauen aus vielen Ländern kennen, und Bilder von mir sind wohl in vielen Zeitschriften und Zeitungen veröffentlicht worden, die ich nie zu Gesicht bekam. Diese Erfahrungen machten mir bewusst, wie wichtig es war, die Kontrolle über meine Geschichte zu behalten. Sie verdienten durch mich Geld? Dann war es nur fair, dass ich auch etwas dafür bekam. Doch zur selben Zeit, als ich herausfand, dass ich einen Wert hatte, merkte ich auch, dass die Ausländer nicht bereit waren, das anzuerkennen. Dass ich – ein verlorenes Geschöpf an einem entlegenen Winkel der Erde, aus dem ich nie herauskommen würde – meinerseits Bedingungen stellte, klang für sie wie inakzeptabler Quatsch. Sie meinten, ich müsse mich gut entlohnt fühlen durch die Bekanntheit, die sie mir boten. Aber diese Bekanntheit war für mich nutzlos, im Gegenteil, sie bereitete mir eher Probleme. Ich hatte anscheinend kein Recht, dasselbe Maß an Würde und Wohlstand anzustreben wie sie. Und sie nutzten die Bilder von mir auf eine Weise, wie sie es mit denen eines Nachbarn aus ihren reichen Städten nie zu tun gewagt hätten.

Bald kannten mich nicht mehr nur die Journalisten. Durch die Indiskretion meiner Lehrer und ihrer Freunde kam meine Geschichte auch den Verantwortlichen einer Organisation namens WIFW zu Ohren. Und ich, die ich so stolz darauf war, dank meiner Arbeit unabhängig zu sein, trotz all der Schwielen und der Müdigkeit, musste mich an die Vorstellung gewöhnen, dass es nicht immer schlecht ist, sich helfen zu lassen.

Fieber und Farben

Schon seit einiger Zeit verwahrte ich ein kleines Zettelchen in meiner Westentasche. Wenn meine Mutter die Weste für mich wusch – sie rubbelte und schrubbte sie kräftig in dem mit Wasser und Seife gefüllten blechernen Waschtrog –, legte sie alles, was sie in den Taschen fand, in ein Regal. Und wenn die Weste getrocknet war, kamen all diese Dinge – vier Afghani, ein Stück trockenes Brot, das Zettelchen – wieder hinein. Dieses karierte, aus einem Notizblock herausgerissene Stück Papier trug ich, glaube ich, monatelang mit mir herum. Ich machte nichts damit, aber ich wollte es nicht wegwerfen, für den Fall, dass es mir irgendwann einmal nützlich sein könnte. Eine Lehrerin vom Institut hatte mir den Zettel gegeben, und aus Angst oder aus Stolz – warum wollten die Lehrerinnen immer meine Probleme für mich lösen? – hatte ich ihn zusammengefaltet und weggesteckt, ohne auch nur einen Blick darauf zu werfen. Ich wusste, was sie darauf geschrieben hatte: den Namen einer NGO, die Anschrift, Telefonnummer und den Namen der Koordinatorin. Aber ich traute den NGOs nicht, denn im Lager von Dschalalabad hatte ich gesehen, wie die internationale Hilfe verkauft wurde, während mittellose Witwen und Waisen verhungerten.

Im Sommer 2003 beschloss ich jedoch, den Zettel aufzufalten. Alles fing damit an, dass ich mich wie jeden Morgen auf den Weg zur Schule machen wollte. Die Sonne brannte vom Himmel, aber mir war eiskalt und ich fühlte mich kraftlos. Ich wankte zu meinem Fahrrad und schaffte den Weg, doch als ich ins Klassenzimmer kam, sah meine Freundin Mariam sofort, dass etwas nicht stimmte. Sie fasste mir an die Stirn: »Du glühst ja, Nadia! Was ist los?«

»Nichts, nichts, mach dir keine Sorgen.«

»Geh sofort nach Hause, ja?«

»Ja, Mariam, schon gut, ich gehe nach Hause, in Ordnung.«

Ich war so sehr daran gewöhnt, zu tun, was ich wollte, dass ich meiner Freundin nicht einmal richtig zuhörte. Ich musste Arbeit suchen gehen, vielleicht einen Brunnen reparieren oder als Handlanger beim Wiederaufbau eines Hauses mithelfen. Die Fahrradwerkstatt lief in letzter Zeit nicht sonderlich gut, und ich brauchte mehr Geld.

Ich ging zu dem Platz, wo die Tagelöhner standen, aber es war eine vergebliche Mühe. Ich zitterte, mein Atem floss brennendheiß durch meine Kehle und der ganze Körper tat weh. Ich sehnte mich nach nichts anderem als danach, mich hinzulegen und meine geschwollenen Augen zu schließen, ich konnte nicht einmal klar denken. Ich wusste genau, was ich hatte: Malaria. Das wusste ich so genau, weil es mich jedes Jahr zwei oder drei Mal erwischte. Wie alle, die unter freiem Himmel und ohne irgendwelchen Schutz arbeiteten, war ich ein gefundenes Fressen für die Stechmücken, die die Krankheit übertrugen. Ich musste zurück nach Hause, so gut ich es eben schaffte, und ohne auch nur einen einzigen Afghani für meine Mutter.

Als ich wieder daheim war, ließ das Kältegefühl nach und ich begann so zu schwitzen, dass bald alles durchnässt war. Meine Mutter brachte mir frische Kleider – die Garnitur Wechselklamotten, die ich besaß – und schickte sich an, Wäsche zu waschen. Wie immer legte sie den Tascheninhalt auf das Regal. Und plötzlich sah ich das Zettelchen, das ich nicht hatte wegwerfen wollen. Es war, als riefe es nach mir. Ich dachte mir, dass ich eine Arbeit irgendwo drinnen und im Sitzen auch noch machen könnte, wenn ich krank wäre. Dann schlief ich ein.

Am nächsten Tag hörte ich nicht auf meine Mutter, die mich anflehte, mich noch weiter auszuruhen, sondern stieg auf mein Rad und fuhr ins Zentrum. Ich fühlte mich benommen und schwer, und hatte nur einen Wunsch: ganz kalten Saft zu trinken. An den Ständen am Straßenrand warteten die abgepackten Granatapfel- oder Kirschsäfte aus Iran oder Pakistan darauf, dass jemand sie aus ihrem bequemen Eisbett nahm. Ich sehnte mich nach diesem Geschmack mit der genau richtigen Mischung aus Süße und Säure, konnte es mir jedoch nicht leisten, auch nur einen Afghani auszugeben. Einmal hatte ich mir heimlich ein Stück Eis genommen und gierig daran geleckt. An diesem Tag trank ich lieber Wasser aus einem der Hähne, an denen manche Ladenbesitzer einen Aluminiumbecher festbanden, um das Wasser für die Allgemeinheit zur Verfügung zu stellen. Ich hatte solchen Durst …

Endlich hatte ich es bis zum Sitz der NGO geschafft. Dieser war weit weg von meinem Viertel, und ich war so erschöpft, als wäre ich auf den Hindukusch gestiegen. Meine Beine zitterten, und erst recht, als ich am Eingang des Gebäudes zwei streng dreinblickende Sicherheitsleute stehen sah. Ich war es so müde, immer kämpfen zu müssen, einfach nur um zu beweisen, dass ich mir nichts zuschulden hatte kommen lassen …

Das Fieber und mein sorgenvolles Grübeln, wie ich die Typen überzeugen könnte, mich reinzulassen, ließen mich an mein Fahrrad gelehnt wieder einnicken. Ich wurde abrupt von einer leeren Dose geweckt, die ein paar Kinder nach mir warfen – sie mussten wohl denken, ich stehe unter Drogen oder sei durchgeknallt … Zum Glück tat mir das nicht weh, weil der Turban den Aufprall abfederte, es machte mich aber wieder richtig wach. Es war Zeit reinzugehen. So entschlossen wie ich nur konnte, überreichte ich einem der Wachmänner den Zettel und sagte einfach nur: »Gib das Simin.«

»Welcher Simin? Hier arbeiten viele Leute«, erwiderte einer der beiden, der argwöhnisch war und einem Mann keine Informationen über eine Frau geben wollte.

»Hier steht ihre Telefonnummer.«

Nach einigen Minuten kam der Wachmann mit zwei Frauen zurück, die mich hereinbaten. Nachdem diese

Klippe umschifft war, schritt ich mit einem Triumphgefühl zwischen den Sicherheitsleuten hindurch, doch kaum war ich drinnen, brach ich aus purer Erschöpfung in Tränen aus und wurde halb ohnmächtig.

»Oje, um Gottes willen! Was ist denn mit dem Jungen los? In den Saal mit ihm, schnell!«, hörte ich wie durch Watte.

Hände stützten mich und halfen mir bis in einen großen und hellen Raum, wo ich auf einem Stuhl zusammensackte. Die blassgelben Wände sahen frisch gestrichen aus; der Tisch wirkte ebenfalls ziemlich neu, und an der Wand … stand ein Regal voller Hefte. Ich war ganz zweifelsohne an einem Ort gelandet, wo es Geld gab.

»Ich … ich …«, stotterte ich.

»Still, sag nichts, beweg dich noch nicht.«

Das brauchte sie mir nicht zweimal sagen: Ich fühlte mich so matt, dass ich keinen Finger rühren konnte.

Die Frau, die mit mir sprach, war die zuständige Abteilungsleiterin, der Simin Bescheid gegeben hatte. Sie war etwa vierzig Jahre alt, groß gewachsen und sprach mit der Sicherheit von jemandem, der sich jeden Tag schwierigen Situationen gegenübersieht. Die jungen Frauen hingegen, die mich in Empfang genommen hatten, sahen mich immer noch entgeistert an, als wäre vor ihren Augen ein Ufo gelandet.

»Helft ihr, sich aufzusetzen, und bringt ihr einen schön kühlen Orangensaft, das wird ihr Kraft geben. Und dann lasst mich bitte mit ihr allein.«

Hefte, Saft und eine derart freundliche Behandlung! Ich hätte für immer dortbleiben wollen.

»Ich weiß, wer du bist, Nadia. Deine Lehrerin hat mir schon von dir erzählt.«

Die Abteilungsleiterin war sehr aufmerksam und beruhigte mich. Sie erklärte mir, dass WIFW als Organisation Frauen überall auf der Welt hilft, die Kriegsopfer geworden sind, durch finanzielle Unterstützung und mit Ausbildungsprogrammen. Ich hörte ihr zu und versuchte mich nicht von den Geräuschen ablenken zu lassen, die aus dem Rest des Gebäudes zu uns drangen: Gespräche, Lachen, und vor allem Absatzgeklapper. Dieses »Tack-tack-tack« klang für mich so fröhlich! Und erst recht, wenn ich daran dachte, dass auf diesen Absätzen Frauen liefen, die keinerlei Kopfbedeckung trugen. Das sah ich in der Schule und nun auch hier: Vielleicht stimmte es doch und die Freiheit kehrte allmählich nach Kabul zurück …

Ich erzählte ihr schnell meine Geschichte, die sie ansatzweise bereits kannte, und bat sie um Hilfe, damit ich nicht wieder auf dem Feld arbeiten gehen müsste. Sie meinte sofort, dass sie mich in eins ihrer Programme aufnehmen könne und sich alles regeln lassen würde. Ich sah mich noch einmal um, alles war so gepflegt und angenehm. Durch das Fenster war der Hof zu sehen, rosenbewachsen und mit einem Brunnen in der Mitte. Ich hätte mich gefühlt, als hätte ich den Sechser beim Lotto gezogen, wenn ich mit meinen siebzehn Jahren nicht schon gelernt hätte, nicht auf Märchen zu vertrauen. Ganz abgesehen davon, dass mein ganzer Körper wegen der verflixten Malaria wehtat. So sagte ich, statt vor Freude einen Luftsprung zu machen, einfach nur: »Vielen Dank.«

»Nichts zu danken. Ich erzähle dir mal, wie das bei uns abläuft: Wir haben Gruppen aus fünfzehn bis zwanzig Frauen mit ähnlichen Erfahrungen, wie du sie gemacht hast. Sie treffen sich und erzählen, was sie erlebt haben, und eine Supervisorin berät sie. Jeder Frau wird eine ›Freundin‹ in den USA zugeteilt, die ihr jeden Monat fünfzehn Dollar schickt.«

Das gefiel mir gar nicht.

»Ich möchte meine Geschichte nicht zwanzig Frauen erzählen. Danke, aber ich gehe.«

Mit freundlichen, aber bestimmten Handbewegungen hielt sie mich auf dem Stuhl zurück.

»Ihr versteht meine Situation einfach nicht!«

Sie versicherte mir, dass meine Geschichte nicht über diesen Kreis hinausdringen würde, und schließlich überzeugte mich ihre Entschlossenheit: Ich nahm an. Als Willkommensgeschenk gaben sie mir eine Zwei-Liter-Büchse Speiseöl, einen Kugelschreiber und – was mich am allerglücklichsten machte! – eine Schachtel mit Farbstiften und drei große Schreibhefte. Ihr war nicht entgangen, wie sehnsüchtig ich zu den Heften gespäht hatte.

Als ich das Gebäude verließ, hatte ich die Treffen mit den Frauen schon vergessen, wie auch die amerikanischen Freundinnen, die Dollar und den Orangensaft. Mein Kopf war voller Erinnerungen an die Zeit, als ich klein war und zusammen mit Zelmai malte, als wir die Blätter mit Figuren füllten, ohne zu ahnen, dass Buntstifte irgendwann einmal ein Luxusartikel für uns sein könnten. Ich war so verzückt, dass ich mir, statt nach Hause oder in den Unterricht zu fahren, eine ruhige Ecke suchte, mich auf den Boden setzte und mit allen Farben zu malen begann, dabei konnte ich gar nicht mehr aufhören zu lächeln.

Edelsteine

»Mama, weißt du was? Ich werde eine Freundin im Ausland haben, und die wird mir Geld schicken.«

Meine Mutter schaute mich prüfend an, um zu sehen, ob ich wegen der Malaria delirierte.

»Mir geht es gut, Mama. Schau mal, was ich bekommen habe!«

Ich zeigte ihr das Öl, die Hefte und alles andere, und schlug ihr vor, mit mir zu WIFW zu gehen. Ich sagte ihr, dass die Leute dort ihr sicher gefallen würden und ihr helfen könnten, indem sie sie mit einer amerikanischen Unterstützerin in Kontakt brachten.

»Worüber soll ich denn mit einer Ausländerin reden! … Und jetzt mach bitte den Taubenschlag sauber, deinen Vater stört der Gestank sehr.«

Das Gespräch mit meiner Mutter war vorbei, ich hatte sie nicht überzeugen können. Ich blickte zu meinem Vater, der genauso apathisch wie schon in den ganzen letzten Jahren auf dem Boden saß, und versuchte erst gar nicht mehr, Blickkontakt mit ihm aufzunehmen. Ich machte den Dreck der Tauben weg und sagte nichts weiter.

Beim ersten Treffen bei WIFW kam es zu einer Szene,

die ich schon kannte: Da ich gekleidet war wie immer, erschreckte mein Eintreten die Frauen, die bereits im Kreis auf dem Boden saßen.

»Beruhigt euch, das ist Nadia, sie ist eine Frau«, erklärte die Leiterin.

Ich fühlte mich äußerst unwohl bei dem Treffen. Ich war nicht bereit, fremden Personen, die mein Geheimnis verraten könnten, Dinge über mich zu erzählen, und erst recht nicht Frauen aus meinem Viertel, die ich vom Sehen kannte. Die Leiterin vermittelte uns Hygiene-Grundwissen, was mir jedoch unnütz vorkam, denn ich dachte bei mir: ›Wie sollen wir uns denn waschen, wenn wir keine Seife haben? Wäre ja toll, wenn wir wieder eine Dusche und Shampoo hätten, wie in meiner Kindheit!‹ Als ich mich traute, das laut zu sagen, fiel ihr nichts anderes ein, als mir Geduld zu empfehlen. Geduld, was für ein toller Rat …

Ich bat die Leiterin, den anderen zu sagen, dass sie mich draußen auf der Straße nicht grüßen sollten, um meine Identität nicht aufzudecken, aber das brachte nichts. Schon gleich am ersten Tag fragten mich zwei andere Kursteilnehmerinnen beim Aufbruch, als ich entschlossen und ohne einen Blick zurück auf mein Fahrrad zustapfte, wo ich denn hinginge. Es war nichts zu machen.

Theoretisch sollte ich jede Woche an zwei solcher Treffen teilnehmen, doch nach der ersten Erfahrung ging ich nur noch einmal hin. Zu Monatsbeginn kam ich aber sehr wohl vorbei, um meine fünfzehn Dollar abzuholen.

Im Gegenzug musste ich einen Dankesbrief, der mir praktisch diktiert wurde, an diese Freundin schreiben, von der ich nur den Namen und den Wohnort kannte: Christina, Chicago.

So funktionierte das nicht. Die Treffen waren nicht hilfreich für mich – eher im Gegenteil –, und auch das Geld, mit dem mich diese Unbekannte vom anderen Ende der Welt versorgte, löste meine Probleme nicht. Ich sprach mit der Abteilungsleiterin, und sie schlug mir vor, an dem Ausbildungsprogramm teilzunehmen, das einem beibrachte, Halbedelsteine für die Schmuckproduktion zuzuschneiden. So könnten sie rechtfertigen, dass ich diesen kleinen Lohn bezog.

Und so begann ich im Sitz der WIFW zu arbeiten. Das Problem war nur, dass besagter »kleine Lohn« noch viel kleiner war als klein: Er war lachhaft. Anfangs kam es mir nicht so schlecht vor, dass sie fünfzehn Dollar pro Monat zahlten, weil ich die Arbeit erst noch lernen musste und nur zwei Stunden pro Tag von mir verlangt wurden. Doch als sie mich später zur Helferin des Ausbilders beförderten, einem Posten, für den ich sehr viel mehr Stunden vor Ort verbringen musste, erwartete ich, dass mein Lohn proportional steigen würde, und das tat er nicht. Und fünfzehn Dollar für eine echte Arbeit bedeutete, dass ich ausgenutzt wurde.

Ich war nicht die zuverlässigste Schülerin der Werkstatt gewesen, denn wenn ich lukrativere Jobs fand, kam ich nicht, aber ich hatte wirklich viel gelernt, und man sagte mir sogar, dass ich ein Talent für die Arbeit mit den Steinen hatte. Mir gefiel es, wie die kleinen, erdverkrusteten Brocken sich als Amethyste oder Türkise entpuppten, die später elegante Halsketten oder Ohrringe zieren würden. Diese Steine waren weit gereist: Von den afghanischen Felsen, wo einige Kriegsherren sie abbauten, wurden sie nach Pakistan verkauft, und von dort kamen sie wieder nach Afghanistan, zum Zuschneiden und der Weiterverarbeitung zu Schmuckstücken.

Ich war nicht die einzige Helferin unseres Ausbilders Said. Da war noch eine sehr gewissenhafte Frau, die immer litt, weil sie ihre Kinder durchbringen musste, und ständig meinte, wir müssten unsere Rechte einfordern. Und dann war da noch eine junge Frau, die mich faszinierte, weil sie so ziemlich das Gegenteil von mir war: zart und hochnäsig. Wenn sie sich dazu herabließ zu erscheinen, kam sie stets geschminkt und mit einem kleinen, eleganten Tuch auf dem makellosen, modisch frisierten Haar. Gelegentlich hörten wir sie sagen: »Das kann ich nicht machen, das ruiniert mir die Fingernägel!« Es war dermaßen übertrieben, dass wir uns nicht mal über sie ärgern konnten und ihr die feinsten Arbeiten überließen.

Unser Ausbilder Said – der verheiratet war und eine ganze Schar Kinder hatte – versuchte mit ihr zu flirten, aber sie machte sich über ihn lustig, indem sie behauptete, er sehe »haargenau« aus wie ein indischer Schauspieler … Ihretwegen lachten wir viel und schafften es ab und zu, Said eins der Milchbonbons abzuluchsen, die er in

Kilopackungen kaufte und die wir so gern mochten, dass wir ihm sogar ab und zu welche stibitzten, wenn er gerade nicht hinsah.

Das geschah nicht nur aus einer Laune heraus: Zu jener Zeit litt ich ziemlich oft Hunger. Wenn ich nach der Schule zu WIFW kam, waren alle beim Essen. Ich roch den leckeren Fleischgeruch, der aus der Küche drang, hatte aber kein Recht mitzuessen, weil ich nicht zu den Festangestellten gehörte. Fast immer musste ich mich mit dem Brot begnügen, das ich in der Tasche hatte, während ich wartete, ob das Glück auf meiner Seite war und irgendwer, der schon genug gehabt hatte, mir den Rest seiner Mahlzeit überließ.

Es war allgemein bekannt, dass Said für seine Arbeit fünfhundert Dollar im Monat bekam. Und ich, die ich nur fünfzehn bekam, hatte manchmal auch noch Probleme, sie ausgezahlt zu bekommen. Schuld daran war der Buchhalter der Organisation, ein überheblicher Mann, der mich gern demütigte. Dann wurde ich fuchsteufelswild und drohte ihm mit dem Schlimmsten, was mir in den Kopf kam: Normalerweise sagte ich, ich würde eine Bombe unter seinem Stuhl hochgehen lassen. Vermutlich merkte er bald, dass ich nichts dergleichen tun würde, doch im Moment der Wut hätte ich, wenn man mir eine Bombe in die Hand gegeben hätte, diese ohne Zögern in die Luft gehen lassen.

Vier Monate lang unterrichtete ich, wie man die Steine zuschnitt, und fädelte Ketten auf, die später im Internet verkauft wurden. Bis ich es satthatte. Die Direktorin meinte zuerst, sie könne mir nicht mehr bezahlen … Doch am nächsten Tag teilte sie mir mit, dass sie ihre Meinung geändert habe, und erhöhte meinen Lohn auf einhundert Dollar. Ich fragte nicht, was passiert war, und als ich aus ihrem Büro herauskam, meinte ich, ich müsse träumen. Als wir jedoch wenige Tage später hörten, dass der internationale Leiter der Organisation aus den Vereinigten Staaten nach Kabul gekommen war und mit den Arbeitern sprechen wollte, wurde mir alles klar.

So kam es, dass ich weiter für WIFW arbeitete. Im ersten Moment kamen mir die hundert Dollar wie ein Vermögen vor. Ich kaufte rote Vorhänge, passend zum Teppich, und zum ersten Mal hatten wir etwas vor den Fenstern. Ich kaufte auch eine kleine Batterie, mit der wir den alten Kassettenrekorder und die Taschenlampe aufladen konnten, die wir benutzten, wenn wir nachts aufstehen mussten. Meine Mutter konnte sich einen neuen Kittel für zu Hause und bequemere Schuhe als die Plastiksandalen vom Markt kaufen. Und wir beschlossen, auch die Matratzen zu erneuern, weil wir morgens mit schmerzenden Gliedern aufwachten: Statt sie mit alter Kleidung zu füllen, würden wir Baumwolle als Füllmaterial kaufen. Doch dafür mussten wir sparen.

Ich begann auch Pflanzenöl mitzubringen, um die Ernährung meiner herzkranken Mutter zu verbessern, und gewöhnte mir an, einmal pro Woche Fleisch zu kaufen, allerdings nur für sie: Wir anderen mussten weiterhin Butter ungewisser Herkunft – die ziemlich Übelkeit erregend war – für unsere Speisen verwenden, und am Fleisch schnupperten wir nur. Manchmal träumte ich sogar von den köstlichen Schmorbraten aus meiner Kindheit, als wir zu zehnt oder zwölft davon gegessen und trotzdem alle satt geworden waren.

Bald verstanden wir, dass unsere Familie mit diesem Lohn unmöglich aus dem Elend herauskommen konnte. Ja, unser Haus mit den beiden Zimmern sah gemütlicher aus. Und meine Mutter aß ein wenig gesünder. Trotzdem konnten wir nicht oft Milch trinken, und ich brauchte einen Rucksack, der nicht an allen Ecken auseinanderfiel. Und andere Schuhe als die aktuellen, die so kaputt waren, dass ich sie mir mit Stoffstreifen an den Füßen festbinden musste … Bald würden außerdem echte Ausgaben auf uns zukommen.

Das Haus in den Bergen

Kurze Zeit später bekamen wir unerwarteten Besuch. Oder besser gesagt, einen Besuch, den wir zwar erwarteten, an den wir aber lieber nicht dachten: von den Besitzern unseres Hauses.

Von ihnen erfuhren wir die Geschichte der Familie, die in dem Haus gelebt hatte, das in den letzten Jahren zu unserem eigenen geworden war: Es war ein Ehepaar mit einem Sohn und drei Töchtern gewesen. Während des Kriegs hatten sie wie alle anderen auch zeitweilig anderswo Unterschlupf suchen müssen, solange in ihrem Viertel gekämpft wurde. Als sie noch im Haus ihrer Tante im Keller ausharrten, wollten die Eltern und der Junge ihrem eigenen Haus einen kurzen Besuch abstatten, um mehr Decken und Essen zu holen. Die Mädchen warteten und warteten, aber die Eltern und der Bruder kehrten nie zurück. Eine Bombe hatte alle drei getötet. Und wie so oft in der afghanischen Geschichte war das Unglück damit nicht vorüber: Als die Mädchen sie suchen gingen, fiel eine weitere Bombe und verwundete die jüngste, der ein Bein amputiert werden musste. Mir kam sie trotz allem wie ein sehr hübsches, fröhliches und sympathisches Mädchen vor. Sie war sehr dankbar, weil wir uns, wie sie sagte, so gut um das Haus gekümmert hatten, und während ich mit ihr sprach, vergaß ich ganz, dass sie Krücken brauchte und nicht richtig laufen konnte.

Sie hingegen würde das nie vergessen, und als ihre älteren Schwestern Jahre später heirateten und sie allein zurückblieb, mit der Aussicht, als Sklavin ihrer unangenehmen, tyrannischen Tante alt werden zu müssen, beschloss sie, sich in der Garage zu erhängen.

Mit Ankunft der drei Schwestern mussten wir uns eine andere Bleibe suchen. Allmählich kamen einige Menschen aus dem Exil zurück, und es war nicht mehr so leicht möglich, einfach ein Haus in einem der zentrumsnahen Viertel zu beziehen. Wir hatten kein Geld, um Miete zu zahlen, daher mussten wir in die Randgebiete von Kabul ausweichen, an den Fuß der Berge. Zur damaligen Zeit gab es dort keine befestigten Straßen, Läden oder öffentlichen Transportmittel, nur verstreut liegende einzelne Häuser inmitten des kahlen, staubigen Nichts.

Der Umzug in das »Haus in den Bergen«, wie wir es nannten, ging schnell, weil wir nicht viele Besitztümer zu transportieren hatten. Schwer war nur, all die Tiere abzugeben, die ich für ein paar Extraeinkünfte hielt. Zum damaligen Zeitpunkt hatte ich zehn Tauben, ein Schaf, ein Kalb, einen Falken, einen Kanarienvogel und zwei Papageien, außerdem einen Hund. Schon vor Längerem hatten wir eins der halb zerstörten Zimmer zu einem Stall umfunktioniert, und wenn es nötig war, brachte ich eins der Tiere zum Händler, zum *kaftar forousch* auf den Markt und verkaufte es. Es war ein bunter und fröhlicher Markt, voller Läden aus Lehm und mit Straßenverkäufern, wo sich die Stimmen der Verkäufer mit den Rufen der verschiedensten Tiere mischten. Man musste aufpassen, nicht plötzlich auf eine Gans zu treten oder vom peitschenden Schwanz eines Esels getroffen zu werden, aber mich versetzte dieses dichte Gedränge aus Menschen und Tieren immer in gute Laune.

Das Geld von WIFW und vom Verkauf der Tiere war schnell verbraucht, denn das Haus in den Bergen war in sehr schlechtem Zustand, und um darin leben zu können, mussten wir es zuerst instand setzen, wir mussten sogar einen Tagelöhner engagieren, damit er uns half.

Wir merkten sofort, dass es eine der größten Unbequemlichkeiten des Hauses war, dass es in der Gegend nicht nur kein fließendes Wasser gab, sondern die nächste Wasserstelle auch noch ziemlich weit entfernt lag, in der Ebene. Ich kam darauf, dass ich die Arbeit der Tieraufzucht durch die als Wasserträger ersetzen könnte. Schon nach wenigen Tagen verteilte ich in Benzinkanistern Wasser an die Nachbarn. Das war eine harte Arbeit, was mich nicht abschreckte, aber ich verdiente damit nur sehr wenig. Wir lebten weiterhin im Elend, und ich wollte auf keinen Fall die Schule aufgeben.

Da lernte ich meinen Wohltäter kennen.

Der deutsche Beschützer

Alles fing damit an, dass Mariam, das Mädchen, das mich an meinem ersten Tag im Institut getröstet hatte, mir erzählte, sie habe mit ihrem Onkel über mich gesprochen. Und dieser Mann, der wie ein Vater für sie sorgte, meinte, dass er mich gern kennenlernen würde. Kurze Zeit später luden sie mich zu sich nach Hause ein. Genau wie es mir bei meiner ersten Freundin Mariam aus der Grundschulzeit ergangen war, war ich auch hier wieder überwältigt von dem Anblick. Und ebenfalls wie damals traf ich auch hier auf jemanden, der mir unbedingt helfen wollte. Diesmal war es Onkel Ghani. Nach dem Gespräch mit meiner Freundin bat er darum, dass ich ihn in seinem Büro besuchen käme, in einem Elektrizitätswerk. Ich kannte die Gegend, als kleines Mädchen war ich dort oft Verwandte besuchen gegangen. Anfangs fürchtete ich, dass mich jemand erkennen und mir Probleme bereiten könnte, aber zum Glück passierte nichts, und am Ende war ich froh, hingegangen zu sein, weil ich so feststellen konnte, dass alles nach den schlimmen Zerstörungen des Krieges wiederaufgebaut worden war.

Onkel Ghani war Ingenieur und arbeitete als Assistent und Übersetzer für Herrn Hans, einen deutschen Manager, der beruflich nach Afghanistan gekommen war. Mich schüchterte dieser ausländische Mann ein, der schon älter und sehr ernst und förmlich war und immer im Befehlston zu sprechen schien. Ich beantwortete all seine Fragen, die Onkel Ghani für mich übersetzte, ohne wirklich zu verstehen, was ich dort sollte.

Die Formalitäten und das Gespräch waren bald vorbei. Onkel Ghani machte mir ein Zeichen, dass ich mich bedanken und dann verabschieden solle, und als wir wieder draußen vor dem Büro standen, erklärte er mir, dass der Deutsche ihn gebeten habe, mit mir einkaufen zu gehen.

Gleich darauf fand ich mich mit Mariams Tante in einem Taxi wieder. Sie hatte eine Brieftasche voll Geld dabei, das ich in den Läden im Zentrum, in die sie mich normalerweise nicht mal hineinließen, für alles, was ich benötigte, ausgeben könnte. Es war wie im Traum. Wir kauften Turbane für meinen Vater und für mich, und Schuhe und Kleidung für mich, meine Mutter und meine Schwestern. In meiner Euphorie traute ich mich auch, um eine Uhr zu bitten. Ich trug schon lange eine, aber die Uhren, die ich bis dahin gehabt hatte, waren so überaus simpel, dass sie immer schnell kaputtgingen. Doch diesen Wunsch zensierte die Frau von Onkel Ghani: »Vielleicht beim nächsten Mal.«

Mir war nicht klar, wie genau die Abmachung lautete, und auch nicht, ob es ein zweites Mal geben würde, ich beschloss jedoch, den Moment zu genießen. Vor allem war ich überglücklich, als ich nach Hause kam und meiner Mutter die große Tüte voller Kleider zeigte, die uns wie der reine Luxus vorkamen.

Am nächsten Tag ging ich wieder zu Herrn Hans, um mich zu bedanken. Er zwinkerte mir mit einem leisen Lächeln zu und sagte: »Du hast keine Uhr, höre ich.«

Einen Moment lang dachte ich, er wolle mir sagen, dass ich versucht habe, seine Großzügigkeit auszunutzen, doch stattdessen sah ich mit weit aufgerissenen Augen, wie er die Uhr von seinem Handgelenk nahm und sie seiner Sekretärin gab, mit dem Auftrag, sie für mich passend enger einzustellen.

Und so schien es plötzlich, dass mein Glück sich gewendet hatte. Herr Hans hatte, warum auch immer, beschlossen, mir zu helfen, ohne irgendwas im Gegenzug dafür zu erwarten, und ohne erkennbare Grenze. Er gab mir nie Bargeld; das gab er Onkel Ghani, der es verwaltete, je nachdem, was ich brauchte. Wir konnten Stühle kaufen, damit meine Mutter, die große Probleme mit den Knien hatte, sich bequem hinsetzen konnte. Uns fehlte es nicht mehr an Essen oder an Medikamenten. Und später konnten wir sogar das so unkomfortable Haus in den Bergen verlassen, weil er für uns die Miete für ein günstiger gelegenes Haus übernahm, wo er uns im Hof einen Brunnenschacht mit einer Wasserpumpe bauen ließ, um die uns die ganze Nachbarschaft beneidete.

Ajmal

Ajmal hatte einige Schwierigkeiten mit dem Lernen, und seine schlechte Handschrift verursachte ihm Probleme mit den Lehrern. Ich wollte liebend gern Zeit mit ihm zusammen verbringen, deshalb bot ich an, ihm jede Woche Kalligrafie-Unterricht zu geben.

»Zelmai«, sagte Ajmal zu mir, »wenn ich heirate, schreibst du die Einladungskarten für mich. Sonst bring ich dich um, ist das klar?«

Zwischen uns war alles sehr intensiv.

Wir arbeiteten nicht immer nur. Manchmal tranken wir Tee und dachten uns dabei gemeinsam neue Geschäftsideen aus. Wir würden Schafe halten, ein Internetcafé aufmachen … wir träumten davon, wie reich wir werden und wie viel Spaß wir haben würden.

Aber eins waren die Träume, und ein anderes die Realität: Hunger und Elend. Obwohl es mir besser ging denn je, hatte ich von Zeit zu Zeit immer noch große Schwierigkeiten. Und überhaupt: Dieses Glücksgefühl kam von einer Liebe, die keinerlei Zukunft hatte. Ich würde nicht einmal meine Freunde für alle Zeiten behalten können, denn über kurz oder lang würde meine Lüge uns auseinanderbringen.

Nach einem Arztbesuch mit meiner Mutter, bei dem der Doktor uns an ihre Herzprobleme erinnert hatte und sagte, dass sie sich besser ernähren müsse, sah ich, dass ich so nicht weitermachen konnte. Als mir daher ein Bekannter anbot, ein Stück Land in Kandahar zu übernehmen, sagte ich zu. Weder Liebe noch Freundschaft würden mir Essen und Medikamente für meine Eltern verschaffen.

Noch am selben Tag ging ich zu meinen Freunden und sagte es ihnen. Ajmal war verzweifelt: »Du kannst nicht weggehen! Und was ist mit mir? Wir werden nicht mehr zusammen sein können!«

›Warum ist er so traurig, wenn er nicht weiß, dass ich ein Mädchen bin?‹, fragte ich mich mit einem Kribbeln im Bauch.

»Ich habe mich entschieden, Ajmal; übermorgen gehen wir. Dort werde ich meine Familie ernähren können und schulde keinem irgendwelche Erklärungen.«

Zum Abschied lud Wais uns alle für den Abend zu sich nach Hause ein. Das hatten wir noch nie gemacht, und ich wollte es zur gleichen Zeit und wollte es auch nicht. Mehr als alles andere fürchtete ich, dass sie meine Identität aufdecken würden, und deshalb bat ich meine Mutter, nach zwei Stunden meine Schwester Rosiah vorbeizuschicken. Sie sollte mich mit dem Vorwand holen kommen, dass es meiner Mutter nicht gut ginge und sie mich brauche.

Und so aßen wir zusammen, tranken Tee, und Rosiah kam nicht. Wir schauten Fernsehen, und keine Spur von

Rosiah. Ich war sehr nervös, konnte aber nichts sagen, und als Wais vorschlug, die Decken auszubreiten, blieb mir nichts anderes übrig als zu bleiben. Mein Schlafplatz war neben Ajmal, und das machte die Sache noch schwieriger. Ich litt wirklich, weil ich nicht wusste, ob Rosiah etwas passiert war, ich litt aus Sorge, dass meine Freunde herausfinden könnten, wer ich war, und ich litt, weil Ajmal so nah war, dass ich kaum atmen konnte. Es war eine Nacht so voller Emotionen, dass mein Herz fast zu explodieren schien.

Am nächsten Morgen rannte ich, sobald die Sonne aufging, nach Hause, als reines Nervenbündel und todmüde von der durchwachten Nacht – und erfuhr, dass Rosiah nicht hatte kommen können, weil sie Angst hatte, nachts rauszugehen. Ich hätte sie fast erwürgt! Doch das ging schnell vorüber: Ich ließ jede Minute, die ich mit Ajmal verbracht hatte, noch einmal Revue passieren. Er war so hübsch, so lustig, so sanft ... und so liebevoll zu mir. Wie konnte das sein?

An dem Tag ging ich das Geschäft für das Stück Land in Kandahar abschließen. Auf dem Weg musste ich immer noch unentwegt lächeln beim Gedanken an meinen Freund, doch das Lächeln verging mir, kaum war ich im Haus meines Bekannten angekommen.

»Zelmai, es tut mir sehr leid, aber anscheinend hat mein Vater das Land, das ich meinte, schon einer anderen Familie überlassen. Verzeih mir bitte!«

Ich hatte das Gefühl, als hätte mir jemand einen Eimer

kaltes Wasser ins Gesicht geschüttet. Ich musste wieder zurück ins komplizierte Leben von Kabul.

Und noch am selben Abend überraschte mich Ajmal wieder: »Ich bin so froh, dass du doch hierbleibst! Mach dir keine Sorgen wegen irgendwas, lern du ruhig, ich helfe dir schon mit allem anderen!«

Wie gern hätte ich ihn umarmt!

Zum Glück schien in der Gruppe niemand unsere spezielle Verbindung zu bemerken, alles wirkte völlig natürlich. Wir sahen uns fast täglich zum Lernen – wenn wir nicht Kalligrafie übten, machten wir Englisch, oder halfen uns bei Mathe oder was sonst anstand –, und wir verabredeten uns auch oft zum Spazierengehen oder einfach nur, um Spaß zu haben. An einem Tag standen wir alle auf der Straße vor dem Klamottenladen unserer Freunde Nazad und Naquil und unterhielten uns, als wir merkten, dass es Zeit für das Abendgebet war.

»Komm, Zelmai, warum machen wir nicht *gamaat*? Lasst uns gleich hier beten, und du leitest uns an, einverstanden?«

»Einverstanden, los, kniet euch richtig hin.«

Genau wie die Mullahs es taten, kniete ich mich mit dem Rücken zu meinen drei Freunden, bedeckte mein Gesicht mit den Händen und sagte die Anfangsworte *»Allah akbar«*. An der Stelle verschwanden sie manchmal und machten sich über mich lustig, oder ich versteckte mich selbst, während sie die Stirn auf den Boden gedrückt hielten und mich nicht sehen konnten. Doch an diesem

Tag nahmen wir es alle ernst. Und das war ein Glück, denn als ich fertig war und mich umdrehte, sah ich, dass mir außer meinen Freunden noch etwa zwanzig weitere Personen gefolgt waren. Darunter ein hoher städtischer Beamter und ein Mullah aus einem anderen Dorf, der nicht rechtzeitig die Moschee erreicht hatte und mich zu meinem Erstaunen beglückwünschte. Die Anekdote verbreitete sich im Viertel und ließ mein Ansehen noch weiter steigen.

Worauf es mir ankam, war, was Ajmal und die anderen von mir dachten.

Ich weiß, dass sie mich für etwas extravagant, launisch und manchmal mürrisch hielten, mich aber trotzdem mochten. Sie wussten, dass ich manche Geheimnisse, wie mein Alter, nicht lüften wollte. Normalerweise erzählte ich ihnen, dass ich jünger als sie alle sei, weil ich dachte, dass sie sich dann nicht wundern würden, dass ich noch keinen Bartwuchs hatte und meine Stimme sich nicht verändert hatte. Aber ab und zu wollte ich auch betonen, dass ich kein kleiner Junge mehr war. Wie am Tag der Wahlen.

Im November 2004, Ajmal und ich fuhren gerade zusammen auf meinem Fahrrad, sagte er zu mir: »He, Zelmai, ich bin jetzt volljährig! Und weißt du was? Ich hab schon gewählt. Tata! Schau!« Ajmal zeigte mir den Wählerausweis, den er im Wahllokal bekommen hatte.

»Ach ja«, sagte ich und tat so, als wäre ich unbeeindruckt. »Ich gehe heute auch wählen.«

Ajmal lachte: »Wie willst du denn wählen, wenn du noch nicht achtzehn bist? Du hast ja noch kein Haar im Gesicht!«

»Nur weil ich gezaubert habe! Natürlich bin ich achtzehn«, gab ich mit einem gezwungenen Lachen zurück.

Er hatte einen wunden Punkt getroffen. Und ich setzte mir in den Kopf, dass ich unbedingt auch wählen musste, wie auch immer, und einen Ausweis wie den von Ajmal bekommen wollte, der bewies, dass ich kein Kind mehr war.

Es war nicht einfach. Zuerst suchte ich ein Wahllokal, in dem nicht viel los war und wo die Eingangskontrollen nicht übermäßig streng wirkten. Dann machte ich mich mit Staub vom Boden dreckig und trat entschlossen ein.

»He, wohin gehst du?«, fragte mich ein Mann auf Dari. Ich antwortete auf Paschtu: »Entschuldige, aber ich verstehe dich nicht. Man hat mir gesagt, ich soll hier hinkommen und wählen …« Ich hatte vor, wie jemand zu wirken, der von nichts eine Ahnung hat.

Die drei oder vier Verantwortlichen in dem Lokal fingen an zu diskutieren, ob sie mich wählen lassen sollten oder nicht, weil ich sehr jung aussah. Einer von ihnen, der Paschtu sprach, fragte mich nach meinem Alter, und ich sagte, dass ich neunzehn sei. Sie glaubten mir nicht so ganz.

»Ich habe sogar Familie«, fügte ich hinzu.

Die Diskussion ging weiter. Der, der Paschtu sprach,

meinte, dass die Paschtunen in den ländlichen Gemeinden wirklich sehr jung heiraten. Schließlich einigten sie sich, mich wählen zu lassen.

»Den Pass, bitte.«

»Was? Welchen *Bass*?«

Der Mann seufzte resigniert.

»… schau, steck den Finger in das Tintenfass hier und mach einen Abdruck auf das Papier, das war's dann.«

Anschließend gaben sie mir einen Zettel voller Bilder und Namen der Kandidaten, und einen Filzstift, um einen davon anzukreuzen, gleich dort vor ihren Augen. Während alle zuschauten, machte ich ein Kreuz neben Hamid Karzai. In Wahrheit war es mir egal, wer gewann.

Eine Stunde später – nachdem ich mich gewaschen hatte – lief ich triumphierend zu Ajmals Haus, um ihm meinen Wählerausweis zu zeigen. Ich glaube, mehr als meine Volljährigkeit zu beweisen, zeigte ihm das einmal mehr, dass ich dickköpfig war und alles schaffte, was ich mir vornahm.

Er wusste, dass ich sehr stolz war und es manchmal besser war, mein Spiel mitzuspielen, damit ich mich nicht schlecht fühlte. Weil er sich zum Beispiel bewusst war, dass ich oft nicht aß, um mein dicht gedrängtes tägliches Programm von Lernen und Arbeiten absolvieren zu können, suchte er nach Vorwänden, damit ich zu ihm nach Hause kam.

»Zelmai, könntest du mir bitte deine Englisch-Mitschriften vorbeibringen? Ich verstehe da etwas nicht ganz.«

Wenn ich bei ihm zu Hause auftauchte, fand ich ganz zufällig einen Teller frisch gemachten Rühreis vor.

Seine Fürsorglichkeit entwaffnete mich. Und seine Träume machten mich verrückt. Er stellte sich vor, dass seine Tante, die in London lebte, ihm eines Tages vorschlagen würde, zu ihr zu ziehen, und wenn er sich dort eingerichtet hätte, würde er sie bitten, auch mich zu holen. Ich beendete diesen Traum mit einem Gedanken: Wenn wir erst einmal in London wären, könnte ich Ajmal sagen, dass ich ein Mädchen war, und wir würden weiter gute Freunde sein ... Ich wagte mir nicht einmal vorzustellen, dass er und ich mehr sein könnten als das.

Ich mühte mich, mit ihm über Mädchen zu sprechen, ihn zu fragen, welche ihm gefielen, selbst so zu tun, als hätte ich ein Auge auf eine geworfen, und uns auszumalen, wie wir uns weiterhin treffen würden, wenn wir schon Frau und Kinder hätten. Aber das tat mir nicht wirklich gut, und ich sehnte mich nur danach, in seiner Nähe zu sein. Zur Begrüßung gaben wir uns die Hand und berührten uns an der Schulter, und jede dieser Berührungen brannte. Ich wollte mehr: Ich wollte ihn küssen und durfte nicht, und das wühlte mich auf bis zu den Tränen, ich fühlte mich so ohnmächtig.

Meine Mutter hatte mich vor der Liebe gewarnt, und insbesondere vor der Ehe – in Afghanistan zwei Dinge, die normalerweise nicht viel miteinander zu tun haben –, und alles deutete darauf hin, dass sie recht hatte: Ich kannte Hunderte unglücklicher Geschichten von Paaren, die nicht heiraten konnten, sowie von Verheirateten, die sich absolut nicht ausstehen konnten, und in jedem Fall war es die Frau, die mit Abstand am meisten litt … Dennoch hatte ich mich unsterblich in Ajmal verliebt. Er schätzte mich, gab mir das Gefühl, etwas Besonderes zu sein, und schenkte mir Hoffnung und Glück. Auch Kraft, um die wohlgemeinten Kommentare meiner Tanten zu ertragen, die sagten: »Nadia hilft ihrer Mutter, weil sie nicht heiraten kann.« Und sie boten mir an: »Wenn du möchtest, können wir dich aufnehmen, wenn deine Mutter stirbt.« Sie sahen in mir keine fähige Person mit eigenem Charakter, die aus freien Stücken half, sie sahen jemanden, der entstellt und perspektivlos war.

Manchmal färbte diese Vision meiner Tanten auf mich ab, und ich stellte mir vor, dass ich in der Zukunft meine Schwestern oder irgendein anderes Familienmitglied bitten müsste, mich bei ihnen leben zu lassen, im Gegenzug dafür, dass ich die Hausarbeit erledigte. Doch dann kam ich wieder zu mir und sagte mir: ›Das ist völliger Quatsch. Ich muss nicht heiraten oder irgendwo aufgenommen werden, um es zu etwas zu bringen: Ich bin klug und kann perfekt alleine leben!‹ Ajmal half mir, an mich zu glauben. Ich liebte ihn wie verrückt.

Und ich spürte, dass er meine Gefühle auf unerklärliche Weise erwiderte.

Wenn du nicht isst, esse ich auch nicht

Eines Abends, als wir aus dem Englischunterricht kamen, sagte Ajmal mir, dass er noch nicht gegessen habe.

»Warum nicht?«, fragte ich.

»Weil ich mir gedacht habe, dass du auch noch nichts gegessen hast. Wenn du nicht isst, habe ich keine Lust zu essen. Wenn du nicht trinkst, habe ich keine Lust zu trinken.«

Am nächsten Tag konnte ich zu Hause essen, und als ich sah, dass meine Mutter Ajmals Lieblingsgericht gekocht hatte – Kartoffeln mit Soße –, beschloss ich, auch nichts davon zu essen, wenn er es nicht essen konnte.

»Was für dummes Zeug!«, warf mir meine Mutter entgegen. »Wenn Ajmal kommt, werden wir ihm schon einen Teller voll geben, mach dir keine Sorgen.«

Aber mir war der Appetit vergangen, und er kam erst am Nachmittag zurück, als wir uns wiedersahen und zusammen essen konnten. An jenem Tag gestanden wir einander Empfindungen ein, die jeden schockiert hätten, weil sie von zwei jungen Männern kamen: »Zelmai, ich habe den ganzen Tag lang Kopfschmerzen gehabt, und jetzt, da wir zusammen sind, sind sie gleich weggegangen.«

»Ich … ich auch, Ajmal.«

Wir gingen raus auf die Straße, erstaunt über diese Magie, teilten uns eine Pepsi und gingen lachend und taumelnd spazieren, wie trunken. Unsere Eingeständnisse gingen weiter, immer ungezügelter:

»Wenn ich schlafen gehe, bin ich traurig, weil du nicht da bist«, sagte er zu mir. Und ich konnte vor Glück gar nicht mehr aufhören zu lachen.

Am nächsten Tag stand ich schon um vier Uhr morgens vor seinem Haus, um gemeinsam mit ihm in die Moschee beten zu gehen. Und bevor wir uns trennten, jeder auf dem Weg in seine Schule, verabredeten wir, an diesem Abend gemeinsam bei mir zu Hause zu essen. Meiner Mutter ging es nicht gut, deshalb bat ich Ajmal, Fleisch zu besorgen und es bei ihr vorbeizubringen.

»Zelmai, mit deinem Turban und diesem Rucksack siehst du aus wie von Al-Qaida!«

»Was sagst du denn da?!«

Ajmal stürmte eilig und lachend davon.

Der ganze Tag war ein Countdown. Ich war total aufgeregt und dachte an die Stunden, die wir zusammen verbringen würden, den Abend, das Essen und danach, wenn ich ihn mit dem Rad nach Hause begleiten würde.

Deshalb war ich so enttäuscht, als ich um fünf nach Hause kam und er nicht da war und auch das Fleisch noch nicht wie vereinbart gebracht hatte. Hatte ich mir zu viele Hoffnungen gemacht?

Im ersten Moment merkte ich nicht, dass meine Mutter nicht wie sonst immer an die Tür gekommen war, um mich freudig zu begrüßen. An dem Tag traf ich sie mit dem Rücken zu mir stehend an, sie machte etwas, das ich nicht sehen konnte. Ich stellte meinen Rucksack ab und sprach vom Essen, da wechselte sie plötzlich das Thema, ohne sich umzudrehen.

»Zelmai, du bist sehr gläubig, nicht wahr?«

»Das weißt du doch.«

»Gott gibt und Gott nimmt.«

Ich ging näher zu ihr.

»Was ist los?«

Meine Mutter versteckte ihr tränenüberströmtes Gesicht.

»Ajmal hat einen Unfall gehabt.«

»Ach!«, lachte ich. »Was für eine schlechte Entschuldigung, um heute zu spät zu kommen. Er macht immer Witze.«

»Nein«, antwortete sie sehr ernst, »wirklich. Und er hat sich schwer verletzt … am Bein.«

Ich verstand immer noch nicht.

»Ich werde ihm helfen, das macht doch nichts. Ich fahre gleich zu ihm!«

Ich ging fröhlich aus dem Haus und dachte, dass ich bald bei ihm sein würde.

Vor Ajmals Tür herrschte ungewöhnlicher Menschenandrang, und als ich ankam, hatte ich das Gefühl, dass mich alle anstarrten und mit dem aufhörten, was sie gerade taten.

»Was? Was ist los?«

Ich hatte keine Zeit nachzudenken; ein Cousin von Ajmal sagte es mir ins Gesicht: »Ajmal ist heute Morgen gestorben. Wir haben auf dich gewartet, aber weil du nicht gekommen bist, mussten wir ihn zum Friedhof bringen.«

»Nein.«

Die Zeit blieb stehen.

Später erzählten sie mir, dass Ajmal um sieben Uhr morgens, beladen mit dem Fleisch und den Tomaten, die er schon gekauft hatte und zu meiner Mutter bringen wollte, von einem Auto überfahren worden war. So absurd, so grauenhaft. Ich sah Ajmal auf dem Boden liegen, und die Tomaten rollten über die Straße. Aber er lag nicht mehr mitten auf der Straße, sondern auf dem Friedhof, denn die Krankenhäuser hatten keine Kühlräume für die Lagerung der Toten, sodass diese schnell begraben werden mussten.

Ich marschierte los Richtung Friedhof: fast eine Stunde Fußweg. Unterwegs blieb ich immer wieder stehen, und wie von Sinnen nahm ich Hände voller Sand und Staub, machte mir die Fingernägel damit kaputt und rieb mir den Staub ins Gesicht, als wollte ich selbst begraben werden. Innerlich schrie und weinte ich, aber aus meinem Mund wollten keine Klagen dringen, ich war wie weggetreten, stolperte, verlor meine Schuhe … Als ich ankam, war das Grab schon geschlossen, Blumen lagen darauf. Alles war voller Menschen. Ich erinnerte mich an das eine Mal, als Ajmal mich zu Zelmais Grab begleitet hatte. Er hatte mir geholfen, zwei Steine parallel nebeneinanderzulegen, um zu zeigen, dass dort ein Mann lag, und wir hatten gemeinsam den Stock mit dem grünen Tuch aufgestellt, der besagte, dass er ein *shahid* war, ein unschuldiges Opfer des Krieges. Wir beteten auf traditionelle Art, indem wir in unsere Hände blickten wie in ein aufgeschlagenes Buch, und baten Gott, den Verstorbenen zu vergeben.

An diesem Tag war es Ajmal, der begraben worden war, und andere Freunde mussten mich nach Hause bringen. Ich wachte um drei Uhr morgens wieder auf, erinnerte mich mit einem jähen Schreck, was passiert war, und kehrte allein zum Friedhof zurück. Diesmal konnte ich weinen. Ich weinte um Ajmal, und diese Tränen sprengten den Damm, der bereits übervoll von den Tränen war, die ich für Zelmai nie vergossen hatte. Ich weinte Flüsse, Sturzbäche, Meere. Ich weinte für alle, um die ich trauerte. Am nächsten Morgen fanden mich Ajmals Eltern auf dem Grab, ich war eingeschlafen. Bedeckt von dem Schlamm aus meinen Tränen und der Erde.

Ich habe keine Erinnerung daran, wie ich jenes zweite Mal nach Hause kam. Ich kann nicht einmal sagen, wie ich in den nächsten Tagen auch nur atmete. Das Leben war im Innersten meines Herzens eingefroren. Meine Mutter erzählte später, dass ich fünf Tage lang wie eine Marionette überlebt hatte, ohne Willen oder Bewusstsein. Am sechsten Tag kehrte das Leben in mich zurück, aber nur, um mich mit unerträglichem Schmerz zu füllen. Ich fühlte mich, als hätte man mich plötzlich auf einen tausend Lichtjahre entfernten Planeten geschickt, wo ich nichts und niemanden kannte. Meine Freunde kamen mich besuchen, sie brachten mir Essen, sie umarmten mich, aber ich wies sie alle ab. Ich schlug nach ihnen und warf sie schreiend raus. Ich hatte für nichts anderes Platz als für meinen Schmerz.

Ich ließ mich gehen, wartete jeden Moment auf den Tod. Aber eine Lehrerin vom Institut, die mich besuchen kam, beschloss, das zu verhindern: Sie sagte meiner Mutter, ich müsse dringend zu einem Arzt, man müsse mich unverzüglich hinbringen. Und sie selbst begleitete mich mit Onkel Ghani ins Krankenhaus, wo man mich mit Beruhigungsmitteln vollstopfte und den Rat erteilte, es solle nichts in meiner Nähe sein, womit ich mir Schaden zufügen könnte. Auch auf spirituellem Weg suchten sie nach Heilung für mich und fuhren mit mir zum Mausoleum eines Heiligen, um für mich zu beten. Ich war so vollgedröhnt mit Medikamenten, dass ich nicht denken konnte, und erinnere mich weder an ihre Gebete noch an ihre Tränen.

In jenen Tagen kümmerte Onkel Ghani sich wie ein Vater um mich: Er litt mit mir und ließ mich nicht einen Augenblick lang allein. Einmal hieß er mich in sein Auto steigen, um mich ins Büro von Herrn Hans mitzunehmen. Ich folgte ihm wie ein Lamm; es war mir egal, ob er mich dorthin brachte oder sonst wohin.

Herr Hans empfing mich mit sehr ernster Miene, vielleicht noch ernster als sonst. Wir hatten uns kaum gesetzt, jeder auf einer Seite seines Schreibtischs, als er mich fragte: »Ich habe gehört, dass es dir nicht gut geht. Was ist los mit dir, Mädchen?«

Ich antwortete ihm, dass mein Leben keinen Sinn mehr hatte, seit mein Freund Ajmal gestorben war.

»Es ist keine Lösung, wenn du selbst auch stirbst.« Er sagte das nicht schockiert, auch nicht betrübt oder beunruhigt wie all die anderen, denen gegenüber ich schon dieselbe Bemerkung gemacht hatte. Deshalb hörte ich ihm aufmerksam zu. »Ich will dir etwas erzählen.«

Und Herr Hans erzählte mir, dass während des Zweiten Weltkriegs, als die Russen in das deutsche Dorf kamen, wo er lebte, sein Vater vor seinen Augen ermordet und seine Mutter verschleppt worden war; die Kinder sahen sie nie wieder.

»... aber sowohl meine Schwester wie auch ich haben weitergemacht, wir haben studiert und es zu etwas gebracht. Und das ist es, was du auch zu tun hast.«

Er sagte das auf die Art, wie er eben sprach, ganz trocken, es klang fast wie ein Befehl. Und zum zweiten Mal war sein Eingreifen entscheidend. Diesmal gab er mir das Gefühl, weniger allein zu sein. Er blickte mich fest und ohne Mitleid an: Er verstand, was mit mir los war, und würde nicht zulassen, dass ich unterging. Er würde mir helfen, im Gegenzug dafür, dass ich mir selber half.

Herr Hans beschloss zu verhindern, dass ich mich wieder ganz in mich zurückzog, und schenkte mir ein Mobiltelefon. Die waren damals schon relativ billig – tatsächlich war ich die Letzte in der Gruppe, die eins bekam. Ich rief keinen an, aber ich war erreichbar, und so überprüften sie, ob es mir gut ging.

Ich dachte viel an Ajmal: jeden Tag, ständig. Ich ging seine Familie besuchen, und da sie mich so gut kannten und sahen, wie hart ich getroffen war, erlaubte seine Mutter sich sogar, die üblichen Regeln zu missachten, und weinte viel mit mir, sogar unverhüllt. Sein Vater fragte mich, ob ich ihm helfen könne, die Einladungen zur Gedenkfeier für Ajmal zu schreiben. Wie ich ließ er unablässig die Gespräche Revue passieren, die er mit seinem Sohn geführt hatte, das Lachen, all das, was wir zusammen erlebt hatten, und er erinnerte sich, dass Ajmal einmal gesagt hatte, dass ich eine wunderschöne Handschrift hätte und dass wir vereinbart hätten, dass ich die Hochzeitseinladungen für ihn schreiben würde.

»Nun, da er nicht heiraten wird, hätte es ihm sicher sehr gefallen, dass du die Gedenkkarten für ihn schreibst.«

Meine Aufgabe war es, den Empfänger auf die bereits gedruckten Karten zu schreiben. Ich sagte ohne Zögern zu, aber es war unglaublich hart, hundert Mal Ajmals Namen neben dem Wort »Tod« zu lesen. Ich versuchte, so schön wie möglich zu schreiben, aber auf allen Karten verlief die Tinte durch meine Tränen.

Die Karten luden Verwandte und Freunde ein, gemeinsam zu trauern: Jeden Freitag, vierzig Tage lang, trafen wir uns, um den Koran zu lesen und gemeinsam zu essen, so wie es die Tradition gebot. Viele Menschen hatten Ajmal gemocht, und bei den Zusammenkünften war es immer rappelvoll. Nach und nach verabschiedeten wir uns alle von ihm. Und an jedem dieser vierzig Tage brachten seine Geschwister die Portion Essen, die für ihn bestimmt gewesen wäre, einer armen Familie. Bei diesem Ritual ließen sie kein Detail aus: Sie brachten den Teller mit Essen, den Nachtisch, ein wenig Salz oder Zucker, den Tee, Servietten … In der zweiten Woche übernahm ich diese Aufgabe von Ajmals Schwester. Ich weinte verzweifelt, während ich die Speisen verschenkte, die für meinen Geliebten gewesen wären, aber mir schien, dass ich ihn, solange ich Sachen für ihn tat, immer noch ein wenig bei mir hatte …

Der Rest der Welt interessierte mich absolut überhaupt nicht.

Aber meine Freunde waren nicht bereit, mich fallen zu sehen, und warteten monatelang, bis ich bereit war, mir helfen zu lassen und langsam wieder aus dem Loch herauszukommen. In der Zwischenzeit brachten sie mir weiter Essen, nahmen mich in den Arm und ertrugen stoisch und ausdauernd meine Zurückweisungen.

Ashraf und Afzal überlegten sich eines Tages, dass ich nicht Nein sagen könnte, wenn sie mich baten, sie zu unterrichten, wie Ajmal es getan hatte. Zuerst weigerte ich mich, aber damit hatten sie schon gerechnet und machten es mir deshalb ganz einfach: »Du stellst uns nur Aufgaben und korrigierst sie hinterher für uns, in Ordnung?« Ich musste annehmen, und damit öffneten sie einen kleinen Spalt Licht, den sie hartnäckig vergrößerten.

In den Kalligrafiestunden – die sie mir endlich abgerungen hatten – stellten sie sich extra dumm an, um mich zum Lachen zu bringen oder mich wenigstens ein kleines bisschen aus meiner Traurigkeit zu locken. Und das war ihnen noch nicht genug: Nach ein paar Stunden klopfte Afzal an meine Tür und machte mir einen weiteren Vorschlag, von dem er wusste, dass er mich zwingen würde, aus dem Haus zu gehen und die Sorgen ein Weilchen lang Sorgen sein zu lassen.

»Ich fahre zum Friedhof, kommst du mit? Du könntest den Maulbeerbaum gießen, ich hab Wasser im Auto.«

Wir Afghanen sagen, dass man vor seinem Tod einen Maulbeerbaum pflanzen und eine Brücke bauen muss, denn so wird die Nächstenliebe nie enden. Ajmal hatte keine Zeit dafür gehabt, und deshalb pflanzte ich den Baum für ihn neben seinem Grab.

Meine Freunde hatten es geschafft, mich aus der Isolation zu holen.

Auf der Suche nach dem Paradies

Und dann teilte mir Herr Hans mit, dass seine Aufgabe in Afghanistan beendet sei und er in sein Land zurückkehren würde. Er sagte, er habe Geld für mich dagelassen, damit ich studieren könne, und dass Onkel Ghani es für mich verwalten und ihn über mich auf dem Laufenden halten würde, aber er sagte mir nicht, wie viel Geld das war. Ich wusste nicht, wie lange das alles reichen würde, und die Tatsache, dass Herr Hans nicht mehr da sein würde, machte mich ein wenig nervös.

Ich ging nicht mehr in meine kleine Fahrradwerkstatt. Dort arbeitete jetzt nur noch Khalil, der mir das Geschäft kurze Zeit später abkaufte. In der Schule kriegte ich nichts mit, ich konnte meine Tränen nicht unterdrücken und beschloss, nicht mehr hinzugehen. Doch dann geschah etwas Unerhörtes: Eine Gruppe Schulkameradinnen vom Institut sprach sich ab, um mich jeden Tag von zu Hause abzuholen und mich mit in den Unterricht zu nehmen, sie dachten gar nicht daran, zuzulassen, dass ich das Lernen aufgab. Die Lehrer taten sich ebenfalls zusammen und drängten mich weiterzumachen. Fast ohne es selber zu merken, war ich von einem schreckenerregenden Monster zu einer akzeptierten und sogar beliebten Mitschülerin geworden. Alle kannten mich, und nicht nur wegen meines Aussehens, sondern wegen meiner guten Noten und weil ich, nachdem ich in den letzten Ferien intensiven Einzelunterricht bekommen hatte, auf einen Schlag gleich zwei Schuljahre vorgerückt war.

Trotzdem hatte ich oft mit der Mutlosigkeit zu kämpfen, und in solchen Momenten mochte ich die geschützte Atmosphäre in meiner Moschee; dort hatte ich meine Ruhe und konnte nachdenken. An einem Freitag blieb ich nach dem Gebet dort, um im Koran zu lesen. In meiner Nähe betete ein Unbekannter. Ab und an warf er einen verstohlenen Blick zu mir, als versuche er mich einzuschätzen. Nach einer Weile kam er zu mir und fragte mit einer Handbewegung, ob er sich neben mich setzen könne. Ich zuckte mit den Schultern, was so viel bedeuten sollte wie: »Mach, was du willst, ich bin mit mir selbst beschäftigt.« Dann las ich weiter, wobei ich ihn möglichst ignorierte, bis es nicht mehr ging und ich abgelenkt das Buch zuschlug. Daraufhin richtete er, der bis dahin schweigend neben mir gesessen hatte, das Wort an mich: »Du bist jung und gläubig. Gott wird dir alles geben, was du möchtest.«

Seine Stimme war tief, warm und beruhigend. Ich sah ihn an: Er war etwa vierzig Jahre alt, trug einen langen schwarzen Bart und eine Mütze. Eigentlich sah er ganz normal aus, aber irgendetwas an ihm, ich kann nicht genau sagen was, wirkte anziehend auf mich. Vielleicht waren es seine Augen, die klug und schön waren und mich interessiert anblickten. Fast ohne es zu merken, erzählte ich ihm von meiner Trauer wegen Ajmals Tod. »Seit er gestorben ist, habe ich keine Lust mehr zu irgendwas. Ich bin müde von der Welt und würde am liebsten immer nur in der Moschee bleiben.«

Er hörte mir lange zu. Vor dem Gehen fragte ich ihn, was ihn dorthin geführt habe, da er doch nicht aus der Nachbarschaft komme, und er antwortete mir, er sei auf der Suche nach seinem Bruder ins Viertel gekommen.

»Ich helfe dem Mullah der Moschee hier, vielleicht kenne ich ihn!«, sagte ich, froh, ihm helfen zu können. Doch er lehnte meinen Vorschlag ausweichend ab: »Ich glaube nicht, dass du ihn kennst, aber danke …«

In den folgenden Tagen kam der Mann wieder, und nach dem Gebet setzten wir unser Gespräch fort. Er schien wirklich interessiert, mich kennenzulernen, und ich fühlte mich frei, viele Dinge auszusprechen.

Der Mann gefiel mir so sehr, dass ich ihn auch meinen Freunden vorstellen wollte. Ich nannte ihn »den guten Menschen«. Nur Wais willigte ein, mit mir zu einem Treffen zu kommen. An einem Freitag holte ich ihn um vier Uhr morgens ab. Er kam sofort raus, nachdem ich geklingelt hatte, mit noch ganz verschlafenem Gesicht. Nach dem Beten stellte ich meine beiden Freunde einander vor, und wir begannen zu reden. Doch plötzlich kam der Mullah auf uns zu und brüllte den Unbekannten an: »Du! Raus hier! Hau ab!«

Wais und ich machten große Augen. Was war in den

Mullah gefahren, der immer so umsichtig und ruhig war? Wie konnte er jemanden aus der Moschee werfen, und noch dazu einen so frommen Mann? »Der gute Mensch« verteidigte sich: »Ich habe nichts getan!«

Aber der Mullah war ganz außer sich, er bebte vor Zorn: »Lass diese Jungen in Ruhe! Hau ab oder ich erzähle alles!«

Wir gingen alle drei hinaus, richtig geschockt. Ich verstand nicht, was der Mann getan haben konnte, dass der Mullah derart austickte; und war auch sehr wütend auf meinen alten Lehrer, weil er eine so gewaltvolle Situation hervorgerufen hatte.

Am nächsten Tag hatte ich überhaupt keine Lust, wieder in die Moschee zurückzukehren, trotzdem zog ich frühmorgens los wie immer, dabei dachte ich an alles, was passiert war. Nicht weit von der Moschee sah ich den Mann, wie er betete. Ein Gefühl der Rührung durchströmte mich, und er lächelte mich an, als habe er nur auf mich gewartet. Wir setzten uns auf den Boden und begannen zu reden. Ich erklärte ihm, wie sehr mich das Verhalten des Mannes, den ich als meinen Lehrer angesehen hatte, verletzt und beschämt hatte. Er wollte dem nicht viel Bedeutung beimessen. Ich fühlte mich sehr verwirrt, war aber so fasziniert davon, mit ihm zusammen zu sein, dass ich an nichts anderes denken konnte. Seine Denkweise ähnelte stark der der Taliban, er sagte jedoch, dass er keiner sei, und weil er keinen Turban trug und vor allem, weil er nicht im Geringsten den typischen ignoranten und brutalen Taliban glich, schluckte ich alles, was er mir erzählte. Ich hörte seinen Reden zu, in denen er behauptete, das System sei korrupt und die Leute, die daran teilhätten, würden in die Hölle kommen …

»Für die hingegen«, sagte er im Brustton der Überzeugung, »die für Gott sterben, werden sich die Tore vom Paradies öffnen; siebzig Sünden werden ihnen vergeben werden und siebzig Mitglieder ihrer Familie gerettet. Stell dir vor, Zelmai, du könntest deinen Freund Ajmal wiedersehen!«

Ajmal wiedersehen, Vergebung erlangen … das klang wie Himmelsmusik für mich. Doch zwei Tage später kam ich wieder an der Moschee vorbei und diesmal wartete der Mullah auf mich. »Zelmai, komm bitte rein.« Sein Ton war so wie immer, bedächtig und überlegt. Er sagte, es tue ihm leid, dass er einen solchen Aufruhr gemacht habe, das sei aber nötig gewesen.

»Zelmai, es ist so, dieser Mann ist gar kein Muslim. Er ist ein *wahabi*, er sucht Leute, damit sie andere Leute umbringen, und will wieder zu einer Herrschaft wie der von den Taliban zurück.«

Er öffnete mir die Augen, aber ich sagte ihm, dass ich mich für den nächsten Freitag wieder mit dem Mann verabredet hätte, denn ich empfand das Bedürfnis, den Mullah um die Erlaubnis zu diesem Treffen zu bitten.

»Jetzt weißt du, wer er ist. Geh nur, finde selbst heraus, was er möchte.«

Dieses Treffen mit dem »guten Menschen« war das

letzte. Er hatte mich zu einer anderen Moschee bestellt, und an jenem Tag kam er zur Sache: Er bot mir an, mich nach Pakistan zu schicken, wo einige Freunde von ihm eine Koranschule gegründet hatten und mir helfen könnten. Es war absolut nicht so, dass es mir nie durch den Kopf gegangen wäre, ein Märtyrer zu werden. Mehr als einmal hatte ich mir gedacht, dass ich, falls mir irgendwann mal jemand Geld dafür bieten sollte, eine an meinem Körper befestigte Bombe explodieren zu lassen, liebend gern zusagen würde: Mein Leiden hätte ein Ende und meine Familie etwas zu essen. Doch jetzt, da ich es in Reichweite vor mir hatte, schien es mir nicht mehr so verlockend. Ich hatte das Gefühl, dass »der gute Mensch« sich nicht länger für mich und unser Gespräch interessierte, er war nur ungeduldig, mich wegschicken zu können. Das war es, was die Tür endgültig schloss und mich davon abhielt, alles zu machen, was er mir sagte.

»Es ist sehr wichtig, dass du den Islam richtig lernst«, meinte er zu mir. »Hier bringen sie ihn dir nicht gut bei. Aber in Pakistan wirst du Leute treffen, die sind wie du. Ich weiß, dass du es weit bringen wirst, und ich werde dir helfen wie ein Bruder.«

»Ich danke dir sehr, aber mein Vater ist krank und meine Mutter braucht mich …«

Er sagte, dass sie mich auch begleiten könnten, aber alles, was ich sagte, klang nach Ausflüchten, und uns war beiden klar, dass etwas in die Brüche gegangen war. Wir trafen uns nie wieder.

Ein festes Gehalt

Sehr langsam stellte sich eine neue Normalität ein, in der die Trauer immer da war, aber nicht mehr im Mittelpunkt meiner Welt stand. Der Kampf darum, genug zu essen zu haben und einigermaßen angenehm leben zu können, wurde wieder zu meiner täglichen Sorge.

Eines Tages sagte ein Mädchen, das ich vom Institut kannte, zu mir: »Mein Vater sagt, wenn du mir ein Passfoto mitbringst, gibt er das an einen Verein weiter, der dir helfen wird, und dann musst du nicht mehr arbeiten gehen.«

Ich konnte mir vorstellen, wie das ablaufen würde: »Was ist dir passiert? Was macht deine Familie? Wie stellst du es an, damit du nicht entdeckt wirst? Hast du Angst? Wie verdienst du deinen Lebensunterhalt? Bist du traurig? Was würdest du gern aus deinem Leben machen? Welche Rolle sollten Frauen deiner Meinung nach in der Gesellschaft spielen?« Die Geschichte kannte ich schon. Das arme, unglückliche Mädchen – welch prächtiges Symbol für das Leiden Afghanistans! Und ich hatte es satt. Ich sehnte mich mit aller Kraft danach, nicht mehr jeden Tag von meinen Sorgen erzählen, Mitleid erregen und ständig allen gegenüber, die mich retten wollten, dankbar sein zu müssen. Es lastete schwer auf mir, bei so vielen Menschen in der Schuld zu stehen. Ich wollte nur lernen und es zu etwas bringen. Und ich hatte auch Angst, dass Onkel Ghani es mitbekommen könnte, falls eine weitere NGO mich finanziell unterstützte, und das als Treulosigkeit Herrn Hans gegenüber deuten würde.

Das Problem war, dass ich Geld brauchte. Daher gab ich dem Vater meiner Freundin also ein Foto mit, und er brachte mich an einem Tag nach dem Unterricht mit drei Mitarbeitern von CAWAF zusammen.

Als ich sie mit einer Videokamera ankommen sah, war ich schon versucht abzuhauen, aber im Unterschied zu anderen logen sie mich nicht an: Sie erzählten mir, dass sie für eine europäische Organisation arbeiteten, die Projekte in meinem Land hatte, und dass sie ein Interview mit mir führen wollten, um meine Situation bekannt zu machen und Mittel zur Unterstützung der afghanischen Frauen zu sammeln. Dafür würden sie mir fünfzig Dollar geben. So spazierte ich also mit ihnen durch meine Straßen und nahm sie sogar mit auf den Friedhof zu Zelmai. Ich beantwortete alle Fragen, die mir die Wortführerin – eine junge Ausländerin namens Sara – stellte, wenn auch lustlos und nicht immer ganz wahrheitsgetreu. Eher als das, was ich wirklich dachte, erzählte ich ihnen, was sie hören wollten, und anscheinend waren sie zufrieden damit. Warum sollte ich mich anstrengen, ehrlich zu sein, wenn sie sicher am nächsten Tag wieder verschwunden wären und ich nie wieder von ihnen hören würde?

Doch diesmal täuschte ich mich. Mit Sara würde es noch viele weitere Interviews und Dokumentarfilme geben. Und noch viel mehr als das: Sie war der Schlüssel dafür, dass mein Leben sich für immer verändern würde.

Einige Monate lang hörte ich jedoch nichts von CAWAF und fand mich damit ab, mein altes Leben weiterzuführen. Ich hatte die festen Einnahmen von WIFW und die gelegentlichen Hilfen von Herrn Hans, kam aber nicht aus der Armut heraus: Wenn ich Fleisch kaufen wollte oder meine Mutter zum Arzt bringen musste, musste ich einen Brunnen reparieren oder bei jemandem auf dem Feld arbeiten, um in dem Monat über die Runden zu kommen. Fast ein Jahr später, als ich schon nicht mehr damit rechnete, kam Sara mit einem Vorschlag für mich aus Europa zurück.

Das Büro von CAWAF war in der New Street, im Herzen einer der modernsten Gegenden von Kabul, wo sich die namhaftesten Läden und Restaurants befanden.

Sara war direkt bei unserem Treffen: »Wir bieten dir eine Hilfe von hundertfünfzig Dollar im Monat an, damit du studieren kannst, ohne dich um irgendwas anderes sorgen zu müssen.«

Mein Gesicht leuchtete auf.

»Aber …«

Es gab ein Aber.

»… Bedingung ist, dass du nirgendwo arbeiten darfst und auch keinem ein Interview gibst.«

Warum nahmen es sich alle heraus, Bedingungen zu

stellen, obwohl sie wussten, dass mich das dazu verurteilte, mit nur sehr wenig zu leben? Warum sollte ich, nur weil ich arm war und Hilfe annahm, das Recht verlieren, Entscheidungen über mein eigenes Leben zu treffen? Für den Moment sagte ich ihr nichts von Herrn Hans und WIFW. Warum sollte ich? Lebten die Leiter von CAWAF vielleicht von nur hundertfünfzig Dollar und würden es hinnehmen, dass irgendwer sie davon abhielt, nach mehr zu streben? Das alles ging mir durch den Kopf, ich sagte aber nur: »Einverstanden. Danke.«

Ich dachte nie daran, irgendeine Gelegenheit auszulassen, mir etwas dazuzuverdienen, obwohl ich wusste, dass ich das von nun an verbergen müsste – so schlimm war das schließlich auch nicht. Ich machte allerlei kleine Arbeiten, vom Verteilen von Keksen, die von einer NGO bezahlt wurden, in der Pause auf dem Schulhof, über eine Mitarbeit für einen Journalisten von *National Geographic* bis hin zu Privatunterricht.

Doch eines Tages kam es, wie es kommen musste: Ich ging zu CAWAF, um mein »Gehalt« abzuholen, und statt Geld bekam ich fetten Ärger.

»Nadia, wir wissen, dass du weiter Interviews gibst und auch arbeitest«, sagte der Verwalter, in drohenderem Ton, als er sonst sprach. »Das lassen wir dir nicht durchgehen.«

Er erklärte mir, dass Sara die Reportage bei *National Geographic* in die Hände bekommen hatte, wo Fotos von mir zu sehen waren, wie ich vorgab, auf dem Bau zu arbeiten. Ich musste zugeben, dass ich ein Gespräch mit einem Journalisten geführt hatte, aber ich stritt rundweg ab, dass ich weiterhin irgendwo regelmäßig arbeitete. Tatsächlich hatte ich bei WIFW aufgehört und machte nur Gelegenheitsjobs, die meine Studien nicht störten, aber der Verwalter wollte mir nicht glauben. Er wurde immer wütender, und meine Zähne klapperten wegen der Malaria, die ich wieder einmal hatte, und aus Angst. Ich versuchte, mich auf den roten iranischen Teppich zu konzentrieren, der mein Haus nun dank des Geldes, das ich mit diesen Nebenjobs verdient hatte, verschönerte. Ich wollte nicht zusammenbrechen, ich wollte ihm nicht zuhören, aber die Aggressivität jenes Mannes war erschreckend.

»Setz dich! Ich sage, du sollst dich setzen. Du wirst jetzt eine Nachricht an Sara schreiben und ihr alles erzählen. Und du wirst alles Geld zurückzahlen müssen, das sie dir bezahlt hat, denn du hast dein Versprechen gebrochen.«

Ich wusste nicht, wie man eine Computertastatur benutzt, und mein geschriebenes Englisch war noch sehr mangelhaft. Doch unter dem zornigen Blick des Verwalters begann ich Entschuldigungen zu tippen. Der Text war wohl kaum lesbar, er schickte ihn jedoch ab, ohne noch einmal drüberzuschauen.

Vielleicht war es diese so gequälte, chaotische Nachricht, die dafür sorgte, dass Sara mir verzieh. Die Beziehung zum Verwalter hätte jedoch angespannter nicht sein können. Das dachte ich zumindest damals.

Das einzig Gute an dem Vorfall war, dass es mich motivierte, zu lernen, wie man einen Computer benutzt.

Dabei half mir Flora sehr. Sie war eine freiwillige Helferin aus Italien, die in Afghanistan lebte, weil ihr Mann dort arbeitete. In freien Zeiten am Nachmittag brachte sie mir bei, was ein Computer ist, wofür die Textverarbeitungsprogramme da sind und wie das Internet funktioniert. Sie zeigte mir Fotos von ihrer Hochzeit und suchte mir Bilder von Florenz und Venedig raus ... Ich war wie verzaubert. Das alles sah für mich aus wie eine Traumwelt: die Fotos von den Mädchen, die Blütenblätter auf das Brautpaar warfen, das schön und königlich wie aus dem Märchen wirkte; diese Stadt, in der alle per Boot unterwegs waren, weil es statt Straßen Kanäle gab ... Es fiel mir schwer, das alles für wahr zu nehmen.

Was für eine Entdeckung! Als ich aus der ersten dieser Stunden herauskam, ging ich sofort in einen Laden, wo man für fünfzig Afghani die Stunde ins Internet konnte. Nachdem ich den Besitzer überzeugt hatte, dass ich zahlen konnte, ging ich stolz hinein und setzte mich an den einzigen noch freien Platz. An zwei langen Tischen gab es fünf Computer, die Wände hingen voller Bollywood-Poster. Alles wäre perfekt gewesen, hätte es am anderen Ende des Ladens nicht die Telefonkabine gegeben, in der die Kunden wie verrückt rumschrien, damit irgendwelche Verwandten in Kanada sie verstehen konnten.

Ich schaute auf die Tastatur. Ich wusste nicht, was ich tun sollte. Mir fiel nur ein, das Hintergrundbild zu ändern, eins der wenigen Dinge, die ich bei einem ziemlich nutzlosen Minikurs bei CAWAF gelernt hatte. Ich öffnete ein Word-Dokument. Schrieb ein Wort. Änderte die Schriftart, die Farbe, die Größe. Fügte ein paar Smileys ein.

Ich hatte immer noch über eine halbe Stunde. Ich begann auf den Computer neben mir zu schielen, wo ein junger Mann unaufhörlich tippte und E-Mails schrieb. Ich versuchte, es ihm gleichzutun, aber ich wusste nicht einmal, wie man das Programm öffnete. Ich sagte: »Ich glaube, mein Computer funktioniert nicht richtig.« Mein Nachbar nahm die Maus und klickte auf das Icon des Mailprogramms. »Funktioniert doch! Du musst nur hier klicken.«

Sehr gut, jetzt hatte ich das Programm offen. Und was nun? Ich traute mich nicht, noch etwas zu fragen. Der Ladenbesitzer schaute mich misstrauisch an. Am Ende beschloss der junge Mann neben mir, mir zu helfen, damit ich nicht weiter jede seiner Bewegungen nachmachte und ihn in Ruhe ließ. Er empfahl mir, eine E-Mail-Adresse bei Hotmail einzurichten, und ich folgte seinen Anweisungen und legte eine für mich an. Das Problem war nur, dass ich mich, weil ich mich mit Begriffen wie *password* und *login* nicht auskannte, später nicht erinnerte, welche Daten ich eingegeben hatte. Daher konnte ich dieses E-Mail-Konto nie wieder verwenden.

Milde Gaben und Mitleid

Als Folge von Ajmals Tod begannen zwei Lehrerinnen vom Institut sich intensiver um mich zu kümmern. Meinen Körper verlangte es danach, mit seiner Trauer allein zu sein und niemandem Rechenschaft ablegen zu müssen, aber ich wusste, dass sie es in guter Absicht taten, und hatte Angst, sie zu kränken. Und so fand ich mich, sehr entgegen meinem Willen, auf einem Treffen von Kabuler Lehrern wieder, bei dem sie über besondere Fälle in der Schülerschaft sprachen. Schüchtern sagte ich, dass ich lieber nichts beitragen wolle. Doch sie beharrten darauf, dass sie mir helfen könnten und meine Teilnahme sehr wichtig sei.

So fasste ich mein Leben also zum zigsten Mal vor einem Haufen Unbekannter zusammen, flankiert von meinen Lehrerinnen, die mich wie einen Affen auf dem Jahrmarkt auszustellen schienen. Die Zuhörer waren gerührt; ich hörte, wie sie »die Arme, ach, die Arme« murmelten. Angeregt von meiner Erzählung und sicher voll guten Willens schlug einer vor, gleich dort an Ort und Stelle Geld zu meiner Unterstützung zu sammeln. Mir war so unbehaglich, dass ich am liebsten weggelaufen wäre, aber ich dachte, dass sie es missverstehen könnten, wenn ich das Geld ablehnte. Ich hätte ihnen gern gesagt, dass ich keine milden Gaben wollte, dass ich mir nichts anderes wünschte, als dass man mich so akzeptierte, wie ich war, und mir eine gute Arbeit gab, damit ich mir selber meinen Lebensunterhalt verdienen könnte. Aber ich zwang mich zu einem Lächeln und bedankte mich mit heißen Wangen, den Tränen nah wegen der Demütigung, der sie mich ausgesetzt hatten.

Eine der Organisatorinnen des Treffens, eine sehr sympathische junge Frau, gab mir hundert oder hundertfünfzig Dollar, die sie schon vorbereitet hatten. Ich konnte ihr nicht mal in die Augen sehen. Als ich wieder ins Institut zurückkehrte und glaubte, nun müsse ich die Nummer nicht länger spielen, kam die Direktorin hochzufrieden auf mich zu: »Wie schön, Nadia! Du hast ziemlich viel Geld eingesammelt, was?« Nicht einmal sie schien zu begreifen, wie wenig mir diese Situation gefiel.

Es war ihnen wirklich gelungen, mir in Erinnerung zu rufen, dass ich ein Unglücksvogel war und nie wie die anderen sein würde. Im Institut waren viele Legenden über mich im Umlauf: dass meine ganze Familie gestorben sei, dass ich früher eine Schönheit gewesen sei, und andere Geschichten, die die Fantasie der Leute ankurbelten. Ein Mädchen hatte mir sogar angeboten, mich bei sich zu Hause aufzunehmen, weil sie glaubte, ich sei mutterseelenallein auf der Welt. In Ermangelung von Fernsehserien wirkten sie entzückt, jemanden wie mich in ihrer Mitte zu haben, um sich nach Herzenslust dramatische Geschichten ausdenken und mich bedauern zu können. Ich gab mir keine Mühe, die Missverständnisse aufzuklären. Ich wollte nichts, als dass sie mich endlich in Frieden ließen.

Das Schlimmste war, das Gefühl zu haben, dass sie mir einen Gefallen taten, indem sie meine Identität nicht verrieten, und irgendwie schienen sie von mir dafür eine Gegenleistung zu erwarten. Das hieß, dass sie mich oft »baten«, irgendeine Besorgung für sie zu erledigen, und ich konnte mich nicht verweigern. Sie machten es wie die Frau von Onkel Ghani, die mich fragte »ob ich denn vielleicht« für sie einkaufen gehen könne, genau am Freitag, meinem einzigen freien Tag, und es war unvorstellbar, ihr das abzuschlagen. Es sah so aus, als nähme mir der Umstand, arm zu sein und ein Geheimnis zu haben, das Recht, über meine eigene Zeit zu verfügen, und dazu musste ich den anderen auch noch dankbar sein.

Eine Familie schlug mir sogar vor, ich solle, um aus dem Elend herauszukommen, meine Teenie-Schwester mit einem Verwandten von ihnen verheiraten, der schon älter war und zudem geistig schwer behindert. Ich bekam es nicht gut hin, den Vorschlag abzulehnen, ohne sie zu kränken, aber ich war wirklich sauer. Eine mittellose Person soll fröhlich das tun, was niemand sonst machen würde, der es irgendwie vermeiden kann? Wir waren arm, aber solange es uns irgendwie möglich war, würden wir unsere Freiheit und unsere Würde bewahren.

Neue Arbeit

Um alle Unbill zu vergessen, versuchte ich, mich auf das Lernen zu konzentrieren, und schenkte mir so endlich selbst eine gute Nachricht: Ich hatte das Abitur bestanden, und zwar mit guten Noten!

Zu der Zeit war Sara für einen längeren Aufenthalt in Afghanistan und bat mich, sie besuchen zu kommen, um über meine Zukunftspläne zu sprechen.

»Ich habe mir überlegt, dass ich ein Telecenter oder ein Internetcafé mit meinen Freunden aufmachen könnte«, erzählte ich ihr.

»Das ist gut, aber … und wenn du hier arbeiten würdest, bei CAWAF?«

Das erste Bild, das mir in den Sinn kam, war das vom Verwalter und seinem giftigen Blick. Aber konnte ich ablehnen, wenn ich mich dank der finanziellen Hilfe dieser Organisation über Wasser hielt? Nein, konnte ich nicht. Wieder einmal lastete das Gefühl auf mir, jemandem etwas schuldig zu sein.

So fing ich an, dort zu arbeiten. Manchmal erledigte ich Verwaltungsaufgaben, und an anderen Tagen – wenn ich etwas mehr Glück hatte – half ich Sara. Sara war die Vorsitzende eines katalanischen Vereins, der einige der

Projekte von CAWAF finanzierte – deshalb hatte sie dort etwas zu sagen –, außerdem arbeitete sie als Journalistin. Diese zierliche, energiereiche und entschlossene junge Frau brachte mir vieles bei und öffnete viele Türen für mich.

Zunächst einmal die Türen zu den Einrichtungen in der Gegend, die mit Sicherheitskräften zugestellt waren. Allein hätte man mich nie reingelassen, wegen meines in einer so schicken Umgebung verdächtigen Aussehens, aber ich freundete mich mit Sara an, und sie als Ausländerin kam überall rein. So trank ich Tee im City Center, lernte löslichen Kaffee kennen – und liebte ihn fortan –, und kaufte mir sogar ein Paar Schuhe. Mein Bedürfnis, mich als armer Bauernjunge zu verkleiden, hatte sich gelockert – tatsächlich war ich immer weniger arm und sicherlich keine Feldarbeiterin mehr –, und ich traute mich, mich für die Arbeit bei CAWAF etwas besser anzuziehen. Dieser neue Job schaffte innerhalb weniger Tage, was mein Freund Afzal in Jahren nicht geschafft hatte. Da er Schneider war, schenkte er mir ab und zu etwas zum Anziehen, aber die Sachen passten mir nie so richtig, weil ich ihn kein Maß an mir nehmen ließ. »Du bist so komisch, Zelmai!«, seufzte er.

Sara sprach noch nicht ausreichend fließend Dari und brauchte mich deshalb manchmal zum Dolmetschen, wenn sie Interviews machen ging. Bei diesen Gelegenheiten stellte ich fest, was für wenig realistische Vorstellungen viele Afghanen von Ausländern haben – wie ich selbst auch, bevor ich einige Ausländer ganz unterschiedlichen

Schlags kennengelernt hatte. In einem Dorf überzeugten wir eine Frau, mit uns zu reden, obwohl ich dem Anschein nach ja ein Mann war. Tief bekümmert erklärte sie uns, dass ihr Mann eine andere Frau geheiratet habe, weil sie ihm keine Kinder geschenkt hatte. Doch die neue Ehefrau war ebenfalls nicht fruchtbar, und der Mann war in den Iran geflohen. Die Frau flehte Sara an, ihnen beiden irgendein Medikament zu geben, damit sie schwanger werden und ihren Mann halten könnten.

»Sara kann weder zaubern, noch ist sie Ärztin!«, rief ich auf Dari, beschämt von ihrer Unwissenheit.

Aber in Wahrheit wusste ich selbst auch vieles nicht, was die Mädchen im Westen von klein auf lernen. Noch am selben Abend machte ich eine wichtige Entdeckung. Wir übernachteten in einem Hotel, und als wir schlafen gingen, sah ich verblüfft, wie Sara sich völlig natürlich vor mir auszog, um in ihren Schlafanzug zu schlüpfen. Ich hielt mir die Augen zu, wie ich es tat, wenn meine Mutter sich umzog, aber es war mir todpeinlich und ich wagte kaum zu atmen.

Sara merkte, dass es mir unangenehm war, und sagte etwas, um das Eis zu brechen. Nach einer Weile, jede in ihrem Bett liegend, sprachen wir über Liebe. Ich fragte sie etwas, das mich beunruhigte: »Eine Freundin von mir hat eine andere Frau geküsst. Glaubst du, sie werden schwanger?«

Falls Sara gegen das Lachen ankämpfen musste, verbarg sie es sehr gut.

»Nein, das wird nicht passieren. Ganz ruhig, ich erkläre dir mal, wie das funktioniert«, sagte sie, sprang aus dem Bett und begann in ihrem Rucksack zu wühlen.

Sie holte einen Notizblock und einen Kugelschreiber hervor und zeichnete für mich einen Frauen- und einen Männerkörper auf, mit den Geschlechtsorganen. Sie erzählte mir von der Menstruation und vielen anderen Dingen. Mit zwanzig Jahren erfuhr ich endlich, woher die Kinder kamen.

Schon bei ausgeschaltetem Licht erinnerte ich mich an Gesprächsfetzen mit meinen Freunden, die mich erröten ließen. Sie sprachen von Umarmungen, und davon, den Mädchen die Zunge in den Mund zu stecken, und ich hielt mir die Ohren zu, bat Gott laut um Vergebung (*»tobah, tobah«*) und verkleidete meine Unwissenheit als Sittenstrenge. Ich schnitt das Thema sofort ab und vermied es so, über meine Grenzen zu gehen. Ich vermied es so aber auch zu lernen.

Ich erinnerte mich auch an den Tag, als eine Cousine mir von ihrer Hochzeitsnacht erzählt hatte, wie sie sich allein mit ihrem Mann im Schlafzimmer wiederfand und nicht wusste, was zu tun war. Er sagte ihr, sie solle die Schuhe ausziehen und es sich bequem machen, aber sie schnauzte zurück: »Und was geht es dich an, ob ich die Schuhe ausziehe oder nicht? Sag mir nur, wo ich schlafen soll!« Der Mann sagte, neben ihm, er sei ja jetzt schließlich ihr Mann … Aber vielleicht wusste auch er nicht so genau, was sie machen sollten, oder er hatte Angst oder empfand Respekt vor dieser jungen Frau; Tatsache ist, dass sie drei Nächte lang getrennt schliefen.

Sie fühlte sich in dem neuen Haus nicht wohl und wollte zurück zu ihrer Mutter, aber die Schwiegermutter setzte sie unter Druck: Jeden Morgen wollte sie wissen, wie *es* gelaufen sei. Die Frau wollte Ergebnisse und gab keine Ruhe, bis sie welche bekam. Die Frischvermählten lernten schließlich, was von ihnen erwartet wurde: In der vierten Nacht teilten sie das Bett und neun Monate später brachte meine Cousine ihren ersten Sohn zur Welt.

Nun, während ich im Hotel lag, dachte ich an diese Geschichte und wunderte mich, dass ich überhaupt nichts verstanden und auch keine Neugier empfunden hatte. Ich hatte meine Cousine nicht gefragt, was die Schwiegermutter denn von ihnen gewollt hätte und was sie dann gemacht hätten und wie es ihr gelungen sei, schwanger zu werden. Die einzige Erklärung war, dass bei mir zu Hause das Tabu sehr stark war und dass ich schon genug Probleme mit meiner Identität hatte, ohne mich auch noch für Sex zu interessieren.

Helft Nadia

Manchmal wäre es mir lieber gewesen, nicht so viele Dinge zu erfahren, die mich durcheinanderbrachten und von denen ich nicht wusste, wie ich sie in meinem Leben unterbringen sollte. Und doch ließ sich die Büchse, einmal geöffnet, unmöglich wieder schließen. Jene Zeit war ungeheuer intensiv … Sara brachte mir Sachen bei, die in ihrem Land schon die siebenjährigen Kinder wussten, in meinem Land aber von manchen nie herausgefunden wurden. Und Flora, die unermüdliche Italienerin, war wild entschlossen, zu erreichen, dass ich mich noch mehr für die Welt öffnete. Nachdem sie mich ins Internet eingeführt hatte, schrieb sie einen Blog, damit auch andere etwas über mich erfahren könnten: Dort wurde mein »Fall« vorgestellt, und sie ermunterte die Leser, einen Geldbeitrag zu spenden, der mich für eine Operation nach London bringen sollte.

Als das alles losging, erhielt sie eine überraschende E-Mail. Sie kam von einer Amerikanerin namens Margo, die ihr schrieb, auch sie habe einen Blog, um Geld zu meiner Unterstützung zu sammeln. Diese Nachricht bereitete mir viel Kopfzerbrechen. Denn bei CAWAF glaubten sie, dass ich darüber Bescheid wüsste und Geld bekam, ohne ihnen davon zu sagen, und waren entrüstet. Es war nicht leicht, sie zu überzeugen, dass ich besagte Margo überhaupt nicht kannte und erst recht kein Geld von ihr bekam.

Schließlich kamen wir darauf, dass Margo meine neue Unterstützerin von WIFW war, also eine jener ausländischen »Freundinnen«, die mir weiterhin Geld schickte und nicht wusste, dass ich es gar nicht mehr bekam, seit ich angefangen hatte, für CAWAF zu arbeiten.

Zum Glück konnten wir das Problem lösen, und ich fing eine E-Mail-Brieffreundschaft mit Margo an, die praktisch in meinem Alter war. Wir wurden Freundinnen, und ihre Mutter Helen, eine renommierte Künstlerin, die zu einer engagierten Unternehmerin geworden war, wurde so etwas wie eine Patin für mich. Nicht nur ökonomisch, sondern auch weil ich fortan auf sie zählen konnte, wenn ich über meine Enttäuschungen, aber auch über meine Hoffnungen sprechen wollte. Via E-Mail, und später auch telefonisch, hörte Helen mir zu, gab mir Ratschläge, ermunterte mich und schimpfte mit mir, wenn nötig. Plötzlich hatte ich eine Familie, die ich noch nie gesehen hatte, in einem Land, das ich vielleicht nie besuchen würde.

Floras Blog funktionierte, und wir sammelten eine beachtliche Summe Geld, aber letzten Endes konnte ich nicht nach London fahren, weil ich kein Visum bekam. Daher konzentrierte ich mich auf andere Ziele: Ich schrieb mich an der Uni ein und bemühte mich um ein offizielles

Abiturzeugnis auf Englisch, damit ich mich damit bei internationalen Organisationen bewerben könnte. Überraschenderweise war das mit der Uni viel einfacher als das Zeugnis zu bekommen. Ich konnte zwar nicht auf die staatliche Universität, weil sie dort meine Doppelrolle mit offizieller und realer Identität nicht akzeptierten, aber an der ersten privaten Hochschule, bei der ich fragte, schrieben sie mich ohne Umschweife für Wirtschaftswissenschaften ein. Der Rektor war ein offener Mann, der seine Ausbildung im Ausland gemacht hatte. Mit ihm sprach ich ab, dass ich im Unterricht und in den Augen aller anderen immer Zelmai sein würde, in den offiziellen Unterlagen aber als Nadia geführt werden würde. Dann begann ich die nötigen bürokratischen Schritte anzuleiern, um mein Abiturzeugnis offiziell übersetzen zu lassen.

Alles lief wie am Schnürchen bis zum letzten Moment, als mir nur noch der Stempel des Außenministeriums fehlte. Ich sprach dort vor, aber der Sicherheitsbeamte wollte mich nicht reinlassen. Er misstraute meinem Aussehen. Weil ich beharrlich blieb, versetzte er mir schließlich einen Fausthieb, der mich zu Boden warf. Um sich in den Augen der Vorübergehenden zu rechtfertigen, schrie der Wachmann los, ich hätte eine Bombe dabei. Und plötzlich war er nicht mehr der Einzige, der auf mich einschlug. Von allen Seiten prasselten Schläge und Fußtritte auf mich. Keiner dachte daran, dass die Bombe längst explodiert wäre, wenn ich wirklich eine bei mir gehabt hätte, sie schlugen nur immer weiter zu. Und ich weinte, stöhnte, und sah mit auf den Asphalt gedrücktem Gesicht mein Blut fließen.

Nach einer Ewigkeit ließen sie mich in Frieden, innerlich wie äußerlich übel zugerichtet; so gut ich konnte, schleppte ich mich zu CAWAF. Sara war nicht da, und ich suchte nach einem Zuständigen und fand nur den Verwalter. Er zeigte sich völlig ungerührt.

»Was soll ich denn machen, Nadia? Mich mit dem Wachmann schlagen?«

Er schaute Beifall heischend zu den anderen Kollegen, als wollte er sagen: »Was will die denn bloß?«, und ich hätte schwören können, dass alle lachten. Sie gossen sich noch ein wenig Tee ein, als würden sie nicht gerade jemanden vor sich sehen, der wirklich litt, sondern irgendein Straßenspektakel oder ein Filmdrama, das nichts mit ihnen zu tun hatte und sie sogar amüsierte. Es fehlte nur noch das Popcorn.

»Hey!«, rief ich. »Seht ihr denn nicht, was sie mit mir gemacht haben? Ich hab das alles so satt ...«

»Wenn du es satthast, dann stirb doch, Mädchen«, kam zurück. Der Kommentar verstörte mich so sehr, dass ich einfach wegging.

Ich stieg aufs Fahrrad und fuhr langsam zurück nach Hause. Als ich schon fast da war, hörte ich jemanden besorgt nach mir rufen. Es war Maruf.

»Zelmai, was ist passiert? Geht es dir gut? Wer hat dir das angetan?«

Ich konnte ihm nicht die Wahrheit sagen. Ich sagte

ihm nur, dass ich mich mit einem Wachmann geschlagen hätte und später noch mehr Leute in den Kampf eingestiegen wären.

»Warum hast du mich nicht angerufen, Zelmai?«

»Weil das mein Krieg ist, nicht deiner!« Ich fühlte mich so ohnmächtig, weil ich nicht ehrlich sein konnte …

»Ich bin dein Freund, das ist auch mein Krieg.«

Maruf trommelte schnell unsere Gruppe zusammen, und weniger als eine Stunde später saßen wir schon alle in Afzals Auto. Der Wachmann wird sich wohl noch lange an mich erinnert haben – an den jungen Mann, der keine Bombe hatte, aber ein paar Freunde, die nicht zimperlich waren, wenn einer von ihnen schlecht behandelt wurde.

Zu Hause, während meine Mutter sehr erschrocken meine Wunden versorgte, sagte ich ihr, dass ich keine Kraft mehr hätte, weiterhin dieses Leben zu führen, dass es sehr hart sei, ständig so viel Verachtung und Gewalt zu ertragen, und dass ich nicht länger mit den vielen Täuschungen weitermachen könnte. Sie antwortete mir, dass wir weggehen würden, falls ich das wolle.

»Mama, ich bitte CAWAF um Geld und wir verlassen das Land. Je früher, desto besser.«

Doch am nächsten Tag erhielt ich einen Anruf von Sara.

»Nadia, geht es dir gut? Sie haben mir erzählt, was passiert ist. Unglaublich, das ist schrecklich. Bitte, komm her, ich möchte mit dir sprechen.«

Sie bestand darauf, dass ich nicht gehen solle, denn

sonst – so meinte sie – würde ich all meine Anstrengungen, es zu etwas zu bringen, über Bord werfen. Ihre unterstützenden Worte gaben mir Sicherheit, und es gelang ihr, mich zu überzeugen. Innerhalb weniger Tage erlangte ich den noch fehlenden Stempel vom Ministerium, und endlich bekam ich das Abiturzeugnis mit meinem Namen darauf: Nadia.

Ich gehe

Das Unileben war entspannter als das auf der weiterführenden Schule, doch auch so war mein Stundenplan immer noch sehr dicht gedrängt: Den frühen Morgen widmete ich dem Gebet – ich ging noch bei Nacht zur Moschee, vor fünf Uhr – und dem Lernen. Mittags holte ich den Sohn von Onkel Ghani von der Schule ab und brachte ihn nach Hause, wo ich ihm bei den Schulaufgaben half, während meine Mutter das Essen zubereitete. Wir aßen gemeinsam, und wenn er dann Mittagsschlaf hielt, radelte ich zu CAWAF, wohin ich eine Stunde lang unterwegs war. Wenn nichts Besonderes anstand, blieb ich dort bis um fünf. Anschließend fuhr ich zum Haus meiner Freundin Manija und unterrichtete sie und ihre kleinen Geschwister. Um acht Uhr abends nahm ich das Fahrrad und fuhr wieder eine Stunde zurück bis nach Hause, wo ich todmüde ankam, aber vor dem Abendessen noch einige Aufgaben erledigen und etwas lernen musste, bevor ich endlich ins Bett konnte. Zum Glück war an den Freitagen frei und ich konnte mit meinen Freunden ausgehen, denn sonst weiß ich nicht, wie ich das ausgehalten hätte.

Dennoch dauerte diese Phase nicht lange, weil eine

neue Möglichkeit auftauchte, nach Europa zu reisen. Diesmal sollte das Ziel Barcelona sein, wo mir eine ärztliche Behandlung versprochen wurde. Sara hatte mir bewiesen, dass sie es ernst gemeint hatte. Sie hatte wirklich Kontakte und ich konnte mich auf sie verlassen. Außerdem kannte meine Mutter sie ebenfalls, weil sie gelegentlich bei uns zu Hause vorbeikam, und sie gab mir ihr Einverständnis. Da ich mittlerweile Englisch sprach, sagte ich meiner Mutter, dass ich gut allein zurechtkommen würde, sie ließ mich nur versprechen, dass ich einfach zurückkommen solle, falls ich mich schlecht fühlte.

Die Ärzte, die mich untersuchen und operieren sollten, gehörten einer Organisation namens Cirujanos Plástikos Mundi an. Vor der Reise wollten sie mich kennenlernen und bestellten mich nach Shahr-e Nau, in ein modernes, westlich geprägtes Viertel voller Botschaften, NGOs, Hotels und Restaurants. Einer der Lieblingsorte für die Ausländer, die in Kabul lebten oder auf Durchreise waren.

Wir wurden von zwei freundlichen, lächelnden Mitarbeiterinnen in Empfang genommen. Von einer von ihnen konnte ich den Blick nicht abwenden, weil sie für mich sehr exotisch aussah: Das Blond ihrer Haare war wie Gold und ihre Augen hatten ein Blau, wie ich es noch nie gesehen hatte. Beide machten mir große Hoffnungen: Sie sagten, es sei fast sicher, dass sie mich operieren könnten, und sie hätten bereits die Unterstützung von einem Krankenhaus in Barcelona gewonnen. Mit Sara sprachen sie über administrative Fragen der Reise – oder das sagten sie mir, weil sie in einer Sprache redeten, die ich noch nie gehört hatte –, und erzählten mir, dass sie nach Familien suchten, die mich für die Zeit aufnehmen könnten, wenn ich nicht im Krankenhaus wäre. Obwohl ich noch immer ein wenig skeptisch war – wer wusste, ob sie nicht im letzten Moment einen Rückzieher machen würden –, begann ich doch langsam daran zu glauben und mich zu freuen. Alles fügte sich nach und nach zusammen …

Der nächste Schritt war ein Besuch beim spanischen Botschafter. Ich verstand nicht ganz, welche Rolle dieser Herr spielte, aber Sara bestand darauf, dass es sehr wichtig sei, um das Visum zu bekommen, weswegen ich ein wenig nervös war. Aber sie und noch ein weiterer Mitarbeiter von ihr würden mich begleiten, und das beruhigte mich. Wir verabredeten uns für den späten Nachmittag.

»Wir sind da, Leute! Das Hotel Serena!«, verkündete Sara, als das Taxi anhielt. Von außen sah man nur eine wenig eindrucksvolle beige Hauswand, einen Gitterzaun und einen Haufen Sicherheitsleute, die alarmbereit aufmerkten, als sie mich aus dem Auto steigen sahen – und sich wieder entspannten, als hinter mir zwei Ausländer folgten.

Der Eingang war vielleicht nicht besonders reizvoll, doch als wir über die Schwelle traten, war es, als wären wir plötzlich von Afghanistan in ein anderes Land gereist, wo nur Luxus und Wohlstand herrschten. Es war schwer zu glauben, dass es in Kabul einen solchen Ort geben konnte. Doch auf einmal hörte ich den Ruf des Muezzins durch die Fenster des Hotels dringen, was mich daran erinnerte, dass ich doch noch immer in meinem Land war und das Ramadan-Fasten brechen konnte. Fast unbewusst zog ich einen iranischen Kirschsaft aus der Tasche und begann zu trinken, während ich völlig fasziniert alles rund um mich herum in Augenschein nahm: Lichter, Sofas, glänzende Böden, hohe Decken, Spiegel, elegante Gäste, Angestellte in tadellosen Uniformen …

»… hast du damit genug?«

Ich war so verzaubert, dass ich nicht einmal gehört hatte, was Saras Kollege zu mir sagte.

»Was sagst du?«

Er lächelte.

»Ob dir ein Saft genug ist, wenn du den ganzen Tag nichts gegessen hast!«

»Ja, ja …«, antwortete ich zerstreut.

Sara fragte nach dem Botschafter, und nach wenigen Minuten sahen wir ihn aus einem glitzernden Aufzug steigen, in Begleitung eines Mannes, der wohl sein Sekretär war. Er gab mir zur Begrüßung lächelnd die Hand, sagte auf Dari Hallo und führte uns in den Garten des Hotels. Ein gepflegter Garten, mit Rasen, Springbrunnen, Sonnenschirmen, Kerzen … Die Ausländer saßen an Tischen und tranken Bier und Coca-Cola, als wären sie in Paris oder New York. Für mich war das alles einfach nur überwältigend. Wir nahmen zusammen an einem Tisch Platz, und ich saß weiter mit offenem Mund da, ohne groß auf das zu achten, was geredet wurde.

Plötzlich merkte ich, dass ein Kellner hinter mir stand, in schwarzer Hose und weißem Hemd und mit einem Stück Pappe in der Hand, und er schien etwas von mir zu erwarten. Ich wusste nicht genau, was ich tun sollte, ich war solche Förmlichkeiten nicht gewöhnt, und die Karte, die auf Englisch geschrieben war, konnte ich nicht so schnell entziffern. Sara rettete mich:

»Nadia, hast du Lust auf ein Sandwich und Pommes frites?«

»Ja, das wäre gut, danke.«

Sie wusste, dass ich Pommes liebte. Über das Sandwich mit Salat, Tomate, Thunfisch und Mayonnaise dachte ich nur eines: dass es sehr gut für meine Mutter geeignet wäre, der viele Zähne fehlten. Es war so zart und saftig.

Meine Tischgefährten sprachen in dieser seltsamen Sprache, und sagten ab und zu auf Englisch etwas zu mir, und ich antwortete unweigerlich: »Thank you, thank you.« Aber ich schaute sie kaum an. Lieber beobachtete ich: die Hotelgäste, so elegant und unbekümmert von dem Elend, das sich in wenigen Metern Entfernung abspielte; die Wachmänner, die unentwegt wie nervöse Ameisen hin- und herliefen, und den märchenhaften Garten.

Ich konnte nicht einmal das Sandwich fertig essen und fragte, ob ich es mit nach Hause nehmen durfte. In Afghanistan ist das undenkbar, weil niemand je etwas zu essen auf dem Teller lässt, aber in diesem Hotel war es wohl nicht so seltsam, denn keiner verzog auch nur eine

Miene … Sobald ich das Paket in der Hand hatte, wurde ich ungeduldig, nach Hause zu kommen.

»Mama, Mama! Du glaubst es nicht. In Kabul gibt es so luxuriöse Häuser! So wie die, wo Präsident Karzai hingeht, wenn wir ihn im Fernsehen sehen … Ich glaube, Papa war noch nie an einem solchen Ort. Es gibt Sofas, viele elektrische Lichter, lange Gänge, alles aus Beton und nicht aus Lehm … Sie haben mir einen wichtigen Mann vorgestellt, ich glaube, er ist der Präsident von Spanien! Und es gab so leckeres Essen …! Ich hab dir ein Sandwich mitgebracht, es ist ganz zart, du wirst gleich sehen!«

Meine Mutter hatte schon zu Abend gegessen, aber als sie sah, wie aufgeregt ich war, probierte sie das Sandwich. Dann sagte sie mir, dass sie schon sehr satt sei und es sich aufheben werde.

Am nächsten Morgen, als wir aufstanden, um vor Sonnenaufgang zu essen, gestand meine Mutter mir, dass ihr das Sandwich nicht geschmeckt hatte, und schenkte mir das übrig gebliebene Stück. Ich fragte mich gar nicht erst, ob es mir schmeckte oder nicht: Ich hatte solche Freude daran, dass ich es genoss wie das exquisiteste Gericht. Außerdem hatte ich den Eindruck, mit viel mehr Energie in den Tag zu starten. Und abends versäumte ich nicht die Gelegenheit, mich vor meinen Freunden interessant zu machen. Sie blickten mich bewundernd an, und Afzal scherzte: »Ah, diese Sara! Ich sehe schon, wir bekommen wohl eine ausländische Schwägerin!«

Ich sah sie alle an und die Freude verging mir. Meine

Freunde waren froh, dass es gut für mich lief, und ich betrog sie immerzu. Ich konnte weder Sara heiraten, noch ihnen sagen, wozu wir wirklich ins Hotel Serena gegangen waren. Mir wurde allmählich bewusst, dass ich, falls die Dinge so liefen, wie ich es mir wünschte, falls ich nach Barcelona fliegen und meinen Körper wiederherstellen lassen konnte, falls ich wieder als Frau leben könnte, sicher nie wieder einen Abend wie diesen mit meinen Freunden verbringen würde. Um eine Zukunft zu erlangen, in der ich als ich selbst leben könnte, ohne Lügen, müsste ich einen sehr hohen Preis zahlen.

Der Tag rückt näher

Die Reisevorbereitungen liefen unbehindert weiter. Und an einem Tag im Herbst ließ Sara mich zu CAWAF kommen, weil sie sagte, dass nun alles fertig vorbereitet sei.

Als ich Onkel Ghanis Haus verließ, schienen mir die Pedale meines Fahrrads nicht gehorchen zu wollen, meine Füße verhedderten sich. Ganz in Gedanken versunken, fuhr ich unabsichtlich in Schlangenlinien und hätte mehr als einmal fast einen Passanten umgefahren, der mich mit Flüchen bedachte. In diesen Momenten wachte ich aus meinem Traumzustand auf, ärgerte mich ebenfalls und brüllte zurück. Ich war äußerst angespannt.

Ich betrat das Gebäude und rannte zu Saras Büro. Es war leer. Ich war so ungeduldig, dass ich es nicht mehr aushielt und Runde um Runde durch das kleine Büro tigerte, während ihre Kollegen mich sprachlos anstarrten.

»Entschuldige, Nadia«, hörte ich wenige Minuten später hinter mir. Sara, noch in Mantel und Kopftuch, streckte mir mit einem breiten Lächeln einige Papiere entgegen. »Bist du bereit? Dein Reisetermin steht schon fest.«

In den letzten Tagen hatten wir alle Dokumente vorbereitet: Wir hatten bereits den Pass und das Visum, und nun zeigte Sara mir das Flugticket und den Reiseplan. Ich blätterte mit großem Respekt die ganzen Unterlagen durch, auf denen von mir die Rede war, mit einem Passfoto – als Frau –, mit meinem echten Namen und dem Geburtsort und -datum, das sich Mariams Vater, Onkel Ghani, ausgedacht hatte, als er zum Amt ging und sich als mein Angehöriger ausgab. Ich hatte sogar einen Nachnamen, etwas Ungewöhnliches für Afghanen. Ich las alles noch einmal laut vor, Satz für Satz.

Wie seltsam das Leben ist. Als ich zum ersten Mal in das Büro von CAWAF kam, war ich ein armer Junge mit ungewisser Zukunft, und an jenem Tag kam ich mit einem Visum heraus, in dem es hieß, dass ich eine junge Frau von 21 Jahren sei. Und ich war frei zu reisen. Ich hatte viel darüber nachgedacht, was das alles zu bedeuten hatte. Es war nicht nur ein Visum für Europa, via Dubai. Es war ein Pass für ein neues Leben, ein Leben, nach dem ich mich sehnte und das ich fürchtete, alles zugleich. Von der Existenz der Stadt Barcelona hatte ich nichts gewusst, bis Sara sie mir auf der Weltkarte zeigte. Am beunruhigendsten war jedoch, dass ich, so wie ich Barcelona nicht gekannt hatte, auch die junge Frau nicht kannte, die den Dokumenten zufolge dorthin reisen würde. Dieses Ich war noch ganz neu, und ich war mir nicht ganz im Klaren darüber, ob ich es kennenlernen wollte. Schließlich tötete Nadia fast das gesamte Leben, wie ich es bis dahin kennengelernt hatte, und die Person, die meine Freunde, meine Schwestern, meine Welt geliebt hatten … Ich hatte keine Zweifel, ob ich mich an eine neue Stadt gewöhnen könnte – ich hatte mich an schreckliche Umstände gewöhnt, sicher könnte ich mich auch an ein reiches Land gut gewöhnen –, aber wie sollte ich zu einer »echten« Frau werden?

Darüber hatte ich oft mit Sara gesprochen. Ich würde mich operieren lassen, und wenn mein Körper und vor allem mein Gesicht wiederhergestellt wären, würde ich mit meiner neuen weiblichen Identität nach Afghanistan zurückkehren. Ich würde ein neues Leben anfangen, ohne die Leute von früher wiederzusehen. Als wäre der Zelmai, der ich geworden war, ebenfalls gestorben. Die Entscheidung stand fest, es gab keinen Weg zurück, aber ich empfand doch große Traurigkeit, eine enorme Trauer um jenen kleinen Zelmai, dem es so schlecht nicht ergangen war.

Ich fühlte ein riesiges Bedürfnis, nach Hause zu gehen und eine Pause von all den Empfindungen dieser aufgewühlten Tage zu haben. Ich wollte gern hören, dass noch nicht alles anders geworden war, ich wollte den Duft meines Zuhauses einatmen, mich auf dem Bett ausstrecken, das ich mit meiner Mutter teilte, und mich ein Weilchen in das Bekannte zurückziehen, das beruhigend auf mich wirkte, weil es vertraut war, und das immer noch mein Leben war, wenn auch nicht mehr für lange. Ich hatte auch vor, mit einer Arbeit für die Uni weiterzumachen, die ich vor meiner Abreise fertigstellen wollte.

Doch beim Hereinkommen sah ich, dass die Blätter,

die ich halb fertig liegen gelassen hatte, verschmiert waren, voller großer, bogenförmiger Tintenflecken, als hätte jemand mit der Hand darüber gestreift, um sie auszubreiten … Ich suchte mit dem Blick nach meinem Vater und sah ihn zusammengekauert in einer Ecke hocken, in seiner Nicht-Gegenwart, an die wir uns schon gewöhnt hatten, mit leerem Blick. Neben ihm stand ein Tintenfass. Und ja, seine Hände waren schwarz vor Farbe. Ich drehte durch, schimpfte ihn aus und schlug ihn fast, so wütend war ich. Statt den Frieden zu finden, den ich brauchte, hatte ich in weniger als einer Minute die Nerven verloren. Manchmal erwachte mein Vater aus seiner Benommenheit und hatte gewalttätige Anfälle, dann beschimpfte er uns und schlug nach uns. Wir mussten ihn oft mit Hilfe der Nachbarn niederringen und ihm ein Beruhigungsmittel verabreichen, denn wir wussten nicht, woher er die Kraft nahm. Aber einen so ausgefeilten Angriff wie meine Arbeit zunichtezumachen, hatte es noch nie gegeben, und es war umso schmerzlicher für mich.

›Warum legt mir zu Hause immer jemand Steine in den Weg, statt mir zu helfen?‹, fragte ich mich.

Ich war so wütend, dass ich nicht begreifen konnte, was wirklich geschehen war: Auf seine Art hatte mein Vater mir helfen wollen. Tatsächlich war dieses kleine Unglück die erste schützende Regung, die er mir gegenüber seit vielen Jahren an den Tag gelegt hatte. Mein Vater hatte vorgehabt, das Tintenfass vom Tisch zu nehmen, damit niemand dagegenstieß oder es runterfiel. Aber aufgrund seines ständigen Zitterns hatte er selbst Tinte über meine Arbeit geschüttet und sie ungeschickt und vergeblich wegzuwischen versucht.

Als wir das herausfanden, fühlte ich mich noch schlechter, weil ich ihn ausgeschimpft hatte. Die Tintenflecke auf dem Papier, die auch eine Spur auf dem Teppich hinterlassen hatten, als er das Tintenfass mit sich wegtrug, waren ein Zeichen seiner Behinderung … und ein Zeichen seiner Liebe.

Bis nie wieder

Normalerweise traf ich mich abends mit meinen Freunden und wir drehten zusammen eine Runde durchs Viertel oder gingen zu einem von uns nach Hause. Manchmal besuchten wir gemeinsam die Moschee und blieben anschließend bei dem Brunnen für die rituellen Waschungen stehen und unterhielten uns. Und ab und zu machten wir einen Ausflug. Am Tag vor meiner Abreise beschloss ich, meine Freunde auswärts zum Essen einzuladen, aber ich sagte ihnen nicht, warum.

Afzal kam mich um sieben Uhr abholen. Für diese Gelegenheit zog ich mir eine Weste an, die er mir geschenkt hatte, von der Marke Titanic – der Film *Titanic* hatte, obwohl die Premiere mitten in der Taliban-Zeit heimlich stattfinden musste, große Wirkung im Land gehabt, und sofort gab es Titanic-Klamotten, Titanic-Parfüm, Titanic-Frisuren und alles mögliche andere. Zusammen fuhren wir die anderen abholen: zuerst Ashraf, dann Wais, der uns wie immer warten ließ, weil er mit einer seiner Schülerinnen aus der Akademie plauderte und flirtete. Afzal lachte: »He, Meister! Könntest du uns bitte ein Autogramm geben? Oder müssen wir deinen Sekretär darum bitten?«

Zuletzt fuhren wir Maruf abholen. Und wie immer,

wenn wir alle zusammen waren, herrschte Party im Auto. Die ich zum Abkühlen brachte: »Halt mal kurz an, Afzal, es ist Zeit zum Beten, nicht?«

Alle schauten mich genervt an.

»Komm schon, Zelmai, heute sind wir zum Feiern unterwegs!«, sagte Wais sanft. Aber alle wussten, dass ich meine Meinung nicht ändern würde, und Afzal hielt vor einer Moschee. Für mich war dieses letzte gemeinsame Gebet, bei dem ich Gott bis zu den Tränen bat, sie zu beschützen, ein sehr intensiver Moment.

Anschließend bemühte ich mich, wieder in Stimmung zu kommen, aber es gelang mir nicht ganz.

Ich nahm sie in ein Restaurant in der Nähe vom Büro von CAWAF mit, wo ich einige Male mit Sara gewesen war. Alle staunten, dass der Kellner mich kannte.

»Wir setzen uns auf die Terrasse«, sagte ich, als sei es mein Restaurant. Alle folgten mir.

Wir bestellten Reis, Huhn, Lamm und zum Trinken eine Menge Coca-Cola, und wie immer, wenn wir zusammen waren, war es ein fröhliches Durcheinander und wir sprachen sehr, sehr viel über Mädchen.

»Wie geht es meiner Nachbarin, Zelmai?«, fragte Maruf.

Seine Nachbarin war mit mir in die Schule gegangen, aber da ich mit allen verabredet hatte, dass wir außerhalb der Schule so tun würden, als ob wir uns nicht kennen würden, sahen wir uns nur stumm an, wenn wir uns begegneten. Maruf hatte diese Blicke mitbekommen und in unserer Gruppe das Gerücht gestreut, seine Nachbarin und ich seien heimlich ineinander verliebt. Und da ich das weder bestätigte noch bestritt, war es schon zu einem üblichen Thema bei unseren Gesprächen geworden. An diesem Abend fühlte ich mich zu betroffen, um Witze reißen zu können; alles, was sie sagten, rührte mich. Ich hätte gern jedes Wort aufgenommen, jedes Bild, jede Geste und jedes laute Lachen …

»Ich glaube, Zelmai wird traurig, wenn er an sie denkt. Nur die Ruhe, Freund, wir werden dir schon helfen!«, bemerkte Ashraf.

»Ihr seid so romantisch …«, seufzte Wais.

»Komm schon, Wais, du findest doch alles romantisch, du verliebst dich jeden Tag! Du bist wie eine Autowerkstatt: Jeden Tag fährt ein Mädchen rein und am nächsten wieder raus!«

Das mit der Autowerkstatt sagten wir immer zu Wais, weil er ein Frauenheld war, aber wir wussten alle, dass er ein Mädchen liebte, das mit ihm zur Uni ging, mit dem seine Eltern aber nicht einverstanden waren. Ich erbot mich im Scherz, sie zu heiraten und anschließend an ihn »weiterzugeben«. In unserem Land, in dem die Frauen dermaßen unterdrückt wurden, waren auch die jungen Männer nicht frei, die Macht des Vaters infrage zu stellen. Deshalb drehten sich sehr viele der Gespräche unter jungen Männern um die Mädchen, in die wir verliebt waren, und um die Tricks, die wir anwenden könnten, um sie und auch die Eltern beider Seiten zu überzeugen. Wir redeten dummes Zeug, um das herunterzuspielen, weil es ein Thema war, dem alle jungen Leute ohnmächtig gegenüberstanden.

In meinem Fall war es natürlich pures Spiel. Einmal sagte Afzal: »Zelmai, du hast sehr schöne Augen!«

»Sehr gut, weißt du, was wir machen? Ich heirate deine Schwester und du bekommst eine Nichte mit meinen Augen, einverstanden?«

Von da an trug ich ihm jedes Mal, wenn ich ihn sah, Grüße an seine Schwester auf. In Wirklichkeit kannte ich die meisten der Brüder meiner Freunde nicht – und ihre Schwestern erst recht nicht. Und sie kannten meine Schwestern genauso wenig, denn auch meinen Freunden gegenüber war ich, wie auch sonst immer, lieber uneindeutig, was meine Familie betraf: Ich sagte ihnen nie wirklich, wie viele Geschwister ich hatte, denn das ließ mir einen gewissen Spielraum, um mir Geschichten auszudenken, wenn es nötig war, meine Unternehmungen als Mädchen zu verdecken. Wenn sie zu mir nach Hause kamen, zwang ich meine Familie, sich in unser anderes Zimmer zurückzuziehen oder in den Hof zu gehen, egal ob der Besuch Minuten oder Stunden dauerte.

Bei Afzals Schwester war das mit der Liebe ein Witz. Aber mit ihm war es etwas anderes. Nach Ajmals Tod war er immer an meiner Seite gewesen, und nach und nach war etwas zwischen uns gewachsen, eine Spannung, die ich als Verliebtheit erkennen konnte, was aber für ihn, der mich für einen Jungen hielt, nicht mehr als eine unbequeme und merkwürdige Unruhe war. Afzal sah gut aus, er war lustig und passte sehr gut auf mich auf, aber er kam auch aus einer sehr traditionellen und konservativen Familie, und er selbst hatte einen ziemlich machomäßigen Blick auf die Welt. Es ging uns gut zusammen, aber wir konnten keine gemeinsame Zukunft haben. Und außerdem wollte ich noch nicht einmal daran denken, denn mir kam es so vor, als ob die Menschen, die ich liebte, vor ihrer Zeit starben, und ich hatte genug gelitten.

An diesem letzten Abend fuhren wir nach dem Essen in einen Vergnügungspark. Normalerweise wäre das ein Riesenspaß gewesen, aber Maruf merkte, dass etwas nicht stimmte, und als er mich allein erwischte, fragte er, was mit mir los sei, warum ich so traurig sei.

»Ich gehe weg, Maruf.«

Die Erklärung hatte ich schon vorbereitet. Uneindeutig, wie immer, aber es war schon genug: Ich würde zum Arbeiten ins Ausland gehen, zuerst nach Pakistan, dann vielleicht in die USA.

Maruf war untröstlich. Er rief die anderen herbei: »Zelmai geht weg, er verlässt uns! Und er hat doch immer gesagt, wir würden immer zusammenbleiben!«

Alle kamen herbeigelaufen und wollten es nicht glauben.

Afzal war sehr wütend und traurig und sagte immer wieder: »Ich gehe mit dir.«

Die Tränen zurückhaltend sagte ich ihnen, dass ich auch sehr traurig sei, es aber tun müsse.

»Lasst uns versuchen, besser in Stimmung zu kommen, ich möchte eine schöne Erinnerung an diesen Abend haben … Warum leihen wir uns nicht einen Film aus und schauen ihn zusammen bei Afzal zu Hause?«

Keiner wollte mitmachen. Alle sagten, sie seien müde, sicher mussten sie die Nachricht verdauen. Ich konnte sie nicht einmal umarmen, wie ich es gern getan hätte.

Am nächsten Tag rief Afzal mich an, damit ich zum Verabschieden bei ihm zu Hause vorbeikäme. Ich traute mich nicht, ihn noch einmal zu sehen, und sagte, dass ich mich noch von vielen Leuten verabschieden müsse, aber er ließ nicht locker. Schließlich verabredeten wir uns, um zusammen einen Koffer besorgen zu gehen, und Afzal kaufte mir eine Lederjacke. Er wollte mich auch begleiten, um allen anderen Lebewohl zu sagen, und im Auto suchte er unablässig nach Lösungen, damit ich nicht wegging: dass er mit Sara sprechen würde, damit sie mir eine bessere Arbeit gab, dass er mir Geld geben würde, dass er seinen Vater um Hilfe bitten würde …

»Sag mal, Zelmai, bist du sauer auf einen von uns?«

Der Kloß, den ich im Hals hatte, ließ mich kein Wort sagen. Zum Glück wurde dieser traurige Monolog jeweils unterbrochen, wenn wir vor einem Haus anhielten, damit ich mich von irgendwem verabschieden konnte. Er wartete unten auf mich, während ich meine besten Freundinnen besuchte: Mariam aus der Grundschule, Mariam aus der weiterführenden Schule, Manija … Sie versuchten mich aufzumuntern und waren vollkommen überzeugt davon, dass die Operation mich perfekt wiederherstellen würde. Ich selbst hatte ja schon vierzehn Mal im OP-Saal gelegen und war mir da nicht so sicher. Doch sie waren alle zuversichtlich und fügten noch hinzu: »Und lächle, sonst hast du bald das Gesicht einer alten Frau!« Ich lächelte unter Tränen.

Afzal sagte ich, dass ich meine Familie besuchte: Tanten, Cousins und Cousinen. Und er staunte, wie reich meine »Familie« sein musste, denn viele der Viertel, in denen ich mich von meinen Freundinnen verabschieden ging, waren sehr wohlhabend, ganz anders als meine Realität und selbst als seine eigene.

Später hielten wir an, um *bolani* zu essen, unsere mit Zwiebeln und Kartoffeln gefüllten Teigtaschen. Afzal redete unablässig, ganz versessen darauf, mich umzustimmen, auch wenn er mich gut genug kannte, um zu wissen, dass ihm das nicht gelingen würde. Ich wollte ihm sagen, dass er netter zu den Leuten sein und vorsichtig fahren und im Auto nicht gleichzeitig mit dem Handy telefonieren sollte, aber ich brachte keinen Ton heraus. Und er gab sich geschlagen und bat mich um meine Telefonnummer, damit er Kontakt mit mir halten könnte.

»Mein Handy lasse ich bei meiner Mutter. Wenn ich ein neues habe, gebe ich dir Bescheid …«

Als wir uns trennten, begann es zu regnen.

Was ich zurückließ

Und dann ging ich, einen großen Koffer auf kleinen Rollen hinter mir herziehend. Darin nahm ich fast alles mit, was ich besaß, und hatte noch Platz übrig: Es waren nur die wenigen Kleidungsstücke, die ich für die Reise brauchte, denn anschließend würde ich sie nicht mehr benötigen, mein von so vielen Lese- und Studierstunden in der Moschee abgegriffener Koran, die Fotos von meiner Familie, die mir ein Journalist gegeben hatte, und von meinen Freunden, wie sie bei einem Picknick herumblödelten, der Hausschlüssel, und das war's auch schon.

Bevor ich in das Flughafengebäude trat, hatte ich den Turban gegen einen Schleier vertauscht. Aus reiner Gewohnheit spähte ich von dem Moment an ängstlich nach allen Seiten, ob auch kein Bekannter in Sicht war. Aber ich sah nur das warme Lächeln der beiden Frauen, die mit mir nach Barcelona flogen, weil sie an einer von Sara organisierten Tagung über Afghanistan teilnehmen sollten.

Erst wenige Stunden zuvor hatte ich mein Haus verlassen. Ich versuchte, selbstsicher zu erscheinen und meine Mutter und meinen Vater, der mich unruhig ansah, zu beruhigen. Ich gab beiden Küsse auf die Hände und sie küssten mich auf den Kopf. Ich war nicht in der Lage, die Eiswand zu durchbrechen, die seit Langem zwischen mir und meinen Schwestern stand: Die Kleine umarmte ich, der Älteren gab ich nur die Hand. Anschließend nahm meine Mutter einen Koran und hielt ihn hoch in die Luft, während ich unter dem heiligen Buch hindurch drei Mal ins Haus hinein- und wieder hinausging, Symbol für den Schutz Gottes, während ich fort sein würde. Sie bespritzte mich auch mit Wasser und sagte: »Das Wasser ist Licht, möge Gott dich erleuchten!« Die Zeremonie zog sich für mich unerträglich lang hin, denn es fiel mir schwer, die Traurigkeit zurückzuhalten. Als sie fertig war, zog ich die Tür hinter mir zu und stieg in das wartende Taxi. Aus dem Auto sah ich, wie meine Mutter aus dem Haus gerannt kam, ihr fiel das Tuch vom Kopf, aber sie hob es nicht auf … Ich bat den Taxifahrer, schnell loszufahren. Wenn meine Mutter mich in diesem Moment in die Arme geschlossen hätte – ich weiß nicht, ob ich hätte gehen können.

Ich dachte an meine Freunde Afzal, Maruf, Ashraf, Wais; ich dachte an meine erste Liebe, Ajmal; an die Familie von Herrn Bismillah und all die Leute, die ich während meiner Zeit bei ihm kennengelernt hatte; ich erinnerte mich auch an meinen Mullah, die Mitglieder der Sufi-Gemeinschaften und den »guten Menschen«, der mich für den Heiligen Krieg anwerben wollte … Für all diese Männer starb ich in diesem Moment. Ich würde sie nie mehr wiedersehen.

Eine der Frauen, die mich begleiteten, merkte, dass ich schwächelte, und nahm mich in den Arm. Wie unabsichtlich begann sie davon zu schwärmen, wie schön Barcelona sei. Sie erzählte, dass ich bald das Meer sehen würde und sogar darin baden könnte, dass Sara bei mir sein würde, dass ich bestimmt andere Freunde finden und mich in Europa sicher wohlfühlen würde.

In dem Moment sah ich mein Spiegelbild im Fensterglas eines der Cafés am Flughafen. In der weiten Lederjacke von Afzal steckte ein Frauenkörper, den Kopf verhüllt wie eine Frau. Mit schönen Augen und schönen Locken. Ich dachte an das fröhliche, glückliche Mädchen, das mit Zelmai gespielt hatte. Und dieses Mädchen war ich.

Ich ging zu dem Gate, wo wir einchecken sollten. Die Stewardess schaute den Pass an, sie schaute mich an, und winkte mich hindurch, mit derselben müden Geste wie alle anderen auch.

Ich lächelte und lief los.

Dank

Mein besonderer Dank gilt meiner Familie in Katalonien: Papa *jan*, Mama *jan* und meine Schwester, Marta *jan*. Euch dreien danke ich für eure bedingungslose Unterstützung, die Geduld und das Vertrauen, das ihr mir immer entgegengebracht habt.

Mònica Bernabé, die mich gefördert und mir in den schlimmsten Momenten beigestanden hat, als ich keine Kraft mehr zum Weitermachen hatte.

Meiner Freundin Behjat Mahdavi und ihren Freunden, für ihre Freundschaft und ihre emotionale Unterstützung. Sie waren die Ersten, die mich mit offenen Armen empfangen haben.

Ich bin auch EXIL sehr dankbar, besonders Ariadna Nuño und Marc Waether, für ihr Verständnis und ihre Unterstützung in dieser ganzen Zeit.

Carme Vilarmau, Lektorin und unermüdliche Lehrerin, die mich bei diesem Projekt und vielen anderen Dingen beraten und unterstützt hat.

Der Familie Puig-Borràs, meinem Onkel und meiner Tante, für ihre Zuneigung.

Elaine Keenan für ihre Ermutigung und ihren Rat.

All meinen Freunden und Freundinnen, und den Leuten, die bei ASHDA mitarbeiten. Ihr habt mir alle auf die eine oder andere Weise geholfen vorwärtszukommen, und ich möchte euch sagen, dass ihr großartige Menschen und ein wichtiger Teil meines Lebens seid.

Und zu guter Letzt danke an dieselben wie immer, meine Familie und meine afghanischen Freunde, die trotz der Schwierigkeiten weiterkämpfen.

NADIA

Ich möchte Nadia danken, dass sie mir die Geschichte ihres Lebens anvertraut und mich ein Buch daraus hat machen lassen. Es hat sich als wunderbares Abenteuer von Dimensionen herausgestellt, die keine von uns erahnt hatte.

Vielen Dank an Tati Dunyó, Laia Tresserra, Núria Esteve, Dolors González und Cristina Rotger für ihre Hilfe, und an alle, die mir Ermutigung und gute Ratschläge gegeben oder mich irgendwann unterstützt haben.

Danke an Sandra Bruna und das Team von Planeta, die vom ersten Moment an an das Buch geglaubt haben.

Auch wenn das vielleicht kitschig klingt, danke auch an all die, die schon daran geglaubt haben, bevor es überhaupt geschrieben war.

Und schließlich Dank an meine Familie, die immer da ist, besonders an Oriol, Alzira, Marçal und Aniol.

AGNÈS

© privat

Autorin

Nadia Ghulam wurde 1985 in Kabul geboren. Als Kind wurde sie in Afghanistan schwer verletzt, wurde viele Male operiert, verlor ihren Bruder und gab sich schließlich unter den Taliban als Junge aus, um die Familie zu ernähren. Heute lebt sie in Spanien, engagiert sich in einer NGO für Kinder in Afghanistan, für Flüchtlinge im Mittelmeerraum und tritt unermüdlich gegen Unterdrückung von Frauen und Mädchen ein. In »Das Geheimnis meines Turbans« erzählt sie ihre Geschichte. 2022 wurde der Roman von der Jugendjury für den Deutschen Jugendliteraturpreis nominiert.

© Dani Codina

Autorin

Agnès Rotger wurde 1973 in Badalona geboren. Sie hat eine journalistische Ausbildung, schreibt für verschiedene Zeitschriften und hat die Imprints Pòrtic und Mina des renommierten katalanischen Verlagshauses Grupo 62 geleitet. Außerdem hat sie verschiedene Bücher geschrieben. Ihr Schwerpunkt liegt bei weiblichen Biografien.

© Ellen Bornkessel

Übersetzerin

Silke Kleemann, geboren 1976 in Köln, studierte Angewandte Sprach- und Kulturwissenschaft und arbeitet seit 2000 als Übersetzerin spanischsprachiger Literatur, Lektorin und Autorin. Sie lebt in München, reist gern und mag besonders Bücher, die sie mit in andere Welten nehmen. 2015 erhielt sie den Bayrischen Kunstförderpreis für Literatur und ein Literaturstipendium der Stadt München.

Mehr über cbj auf Instagram unter @hey_reader

Badeeah Hassan Ahmed; Susan Elizabeth McClelland

Eine Höhle in den Wolken

320 Seiten, ISBN 978-3-570-31370-1

Badeeah Ahmed Hassan ist gerade einmal 18, als IS-Kämpfer ihr Dorf im Irak überfallen. Mit Hunderten anderer jesidischer Frauen und Mädchen wird sie verschleppt und nach Syrien verkauft. Dort landet sie als Haussklavin bei einem hochrangigen IS-Kämpfer in Aleppo. Sie wird regelmäßig misshandelt. In Monaten der Gefangenschaft sind es die Erinnerungen und Geschichten aus ihrer Kindheit, die ihr Halt geben. Daraus schöpft sie die Kraft, zu fliehen und ihre Familie wiederzufinden.

Die junge Autorin erzählt ihre Geschichte, um ihrem Volk eine Stimme zu verleihen, auf den Genozid der Jesiden aufmerksam zu machen und unterdrückten Menschen auf der ganzen Welt Mut zu machen.

30423

www.cbj-verlag.de

Deborah Ellis

Die Sonne im Gesicht – Ein Mädchen in Afghanistan

128 Seiten, ISBN 978-3-570-21214-1

Nur als Junge verkleidet kann Parvana die Herrschaft der Taliban überleben!
Als ihr Vater verhaftet wird, nimmt die elfjährige Parvana seinen Platz auf dem Markt in Kabul ein. Hier hatte er den vielen Analphabeten ihre Post vorgelesen. Wegen der restriktiven Gesetze der Taliban kann sie sich jedoch nur als Junge verkleidet in der Öffentlichkeit zeigen. Und begibt sich so in große Gefahr ...

30355

www.cbj-verlag.de

Wolfgang Böhmer

Hesmats Flucht

288 Seiten, ISBN 978-3-570-40300-6

Seine Mutter ist gestorben, sein Vater wurde umgebracht: Hesmat hat keine Wahl, er muss aus Afghanistan fliehen! Zu Fuß geht es über den Hindukusch, weiter mit dem Zug nach Moskau und von dort in den Westen. Er landet immer wieder in Gefängnissen, er wird bestohlen, gequält und misshandelt. Manchmal ist er kurz davor, aufzugeben. Aber der Traum von einem besseren Leben treibt ihn weiter ...

6315

cbt

www.cbj-verlag.de